KB123492

심양왕환일기

瀋陽往還日記

瀋陽往還日記

심양왕환일기

위정철 원저 · 신해진 역주

1631년 회답사로서 심양을 다녀온 일기

잘못 알려진 저자에 대한 고증,
등초본과 발굴 목판본의 비교

보고사

머리말

이 책은 정묘호란과 병자호란 사이에 후금과 조선의 외교적 교섭에 관한 중요사료라 할 수 있는 《심양왕환일기(瀋陽往還日記)》를 번역하고 주석한 것이다.

춘신사(春信使) 박난영(朴蘭英)이 1630년 12월 18일 심양으로 출발하여 후금의 칸에게 예물을 전달하고자 했으나 전달하지 못하고 1631년 3월 4일 돌아왔는데, 후금이 예물을 물리쳐 보냈을 뿐만 아니라 대동해갔던 군관을 가두어버렸다. 게다가 후금의 차사(差使)가 뒤따라오다시피 하여 조선을 으르고 협박하였다. 이에, 조선은 다시 예물을 마련하고 후금의 사정을 탐지해 오도록 회답사(回答使)를 파견함에 따라, 1631년 3월 19일부터 4월 30일까지 회답사로서 심양을 다녀온 사행일기가 바로 《심양왕환일기》이다. 후금의 정세는 물론이고 그 명나라 및 몽골의 관계에 관한 낌새까지 아주 자세히 기록되어 있다.

이 사행일기는 서울대학교 규장각한국학연구원에 소장되어 있는 필사본으로 1책 38장본이다. 표제는 '심양일기'로 되어 있고, 권두서명은 '심양왕환일기'로 되어 있는 유일본이다. 맨 끝장에는, 조선사편수회가 1927년 전라남도 장흥군 관산면을 방문하여 위순량(魏順良)의 소장본을 베껴 옮긴 등초본(謄抄本)임을 알리는 후기가 있다. 이처럼, 최초의 소장자는 밝혀져 있지만 그 저자에 대해서는 필사본 어디에도 밝혀져 있지 않다. 그럼에도 이 일기의 내용을 충분히 살피지도 않은 채 빈약한 근거만으로 박난영을 저자로 추정하였고, 그간 이를 용인하여 왔다. 이에, 조선사편수회가 편찬한 자료 등에서 새로운 근거를 찾아내어 위정철(魏廷喆)이 저자임을 입증한 역주자의 글을 부록으로 실었다. 한국고전연구학회의 『한국고전연구』 29집(2014.6)에 실린 논문이다.

한편, 선약해(宣若海)가 1630년 4월 3일부터 5월 23일까지 위문사(慰問使)로서 심양을 다녀온 기록인 『심양사행일기』(보고사)를 2013년에 역주한 바 있다. 당시에는 미처 깨닫지 못했지만, 후금인들의 이름에 대해 음차한 한자어를 그대로 번역한 것이 바람직한 작업이었는지, 이제 와서 생각해 보면 고개를 젓게 된다. 인명은 아무리 정밀하게 음차하여 표기한다 하더라도 어긋날 수밖에 없는데다, 후금 및 명나라와 조선의 그 음차 표기방식이 전혀 다르기 때문에, 후금의 인물을 특정하기가 용이치 않아서이다. 우리 문헌에서는 실제 인물일지라도 후금의 입장에서 보자면 유령 인물일 수밖에 없지 않겠는가. 그러한 줄 알지만 이번 작업에서도 역시 해결하지 못한 채로 역주하였다. 같은 인물의 이름에 대해서 3가지 방식의 음차표기가 있을 정도로 저자도 고심했던 것 같지만, 역주자의 능력이 미약하여 그 어떤 보탬도 되지 못한 것이 송구할 따름이다. 이 방면의 연구자들이 적어도 우리 역사서와 각종 문헌에 자주 등장하는 후금인만이라도 구체적인 정보를 구축해주었으면 하는 희망을 피력하기 위하여 장광설을 늘어놓았다.

이제, 〈심양왕환일기〉를 초역하고 그 저자를 규명하여 상재하니, 대방가의 질정을 청한다. 다양한 분야에서 새롭게 조명되기를 희망한다. 끝으로 편집을 맡아 수고해 주신 보고사 가족들의 노고에도 심심한 고마움을 표한다.

2014년 8월 빛고을 용봉골에서
무등산을 바라보며 신해진

차 례

일러두기

이 책은 다음과 같은 요령으로 엮었다.

1. 번역은 직역을 원칙으로 하되, 가급적 원전의 뜻을 해치지 않는 범위 내에서 호흡을 간결하게 하고, 더러는 의역을 통해 자연스럽게 풀고자 했다.

2. 원문은 저본을 충실히 옮기는 것을 위주로 하였으나, 활자로 옮길 수 없는 古體字는 今體字로 바꾸었다.

3. 원문표기는 띄어쓰기를 하고 句讀를 달되, 그 구두에는 쉼표(,), 마침 표 (.), 느낌표(!), 의문표(?), 홑따옴표(' '), 겹따옴표(" "), 가운데점 (·) 등을 사용했다.

4. 주석은 원문에 번호를 붙이고 하단에 각주함을 원칙으로 했다. 독자들이 사전을 찾지 않고도 읽을 수 있도록 비교적 상세한 註를 달았다. 단, 원저자의 주석은 번역문에 '협주'라고 명기하여 구별하도록 하였다.

5. 주석 작업을 하면서 많은 문헌과 자료들을 참고하였으나 지면관계상 일일이 밝히지 않음을 양해바라며, 관계된 기관과 여러분들께 진심으로 감사드린다.

6. 이 책에 사용한 주요 부호는 다음과 같다.
   1) (   ) : 同音同義 한자를 표기함.
   2) [   ] : 異音同義, 出典, 교정 등을 표기함.
   3) "   " : 직접적인 대화를 나타냄.

4) ' ' : 간단한 인용이나 재인용, 강조나 간접화법을 나타냄.

5) 〈 〉 : 편명, 작품명, 누락 부분의 보충 등을 나타냄.

6) 「 」 : 시, 제문, 서간, 관문, 논문명 등을 나타냄.

7) 《 》 : 문집, 작품집 등을 나타냄.

8) 『 』 : 단행본, 논문집 등을 나타냄.

7. 후금인 동일인물의 이름에 대해 음차한자어 표기가 조금씩 다른바, 번역문에는 그 통일성을 위하여 다음과 같이 대표 한자어를 취했다. 단, 원문의 각주에는 음차의 다른 한자어 표기에 대해 언급했다.

刀斗 : 道斗   道之好 : 刀乙好, 道道好

董揚聲 : 董揚詳   豆頭 : 頭頭

滿月介 : 滿月乙介, 滿月芥   亡介土 : 忘介土, 亡可土

每隱月 : 每阝月乙里   沙沙乃 : 沙沙麻

沙阿羅 : 沙河羅, 沙下羅   阿之好 : 阿之胡

者賴 : 自賴   之乙介 : 之乙可

好立 : 好口 , 好之

심양왕환일기

일기를 쓴 해는 신미년(1631) 숭정(崇禎) 4년이다.

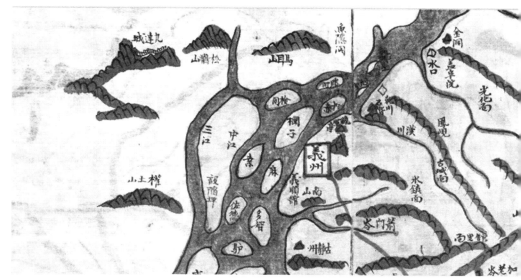

의주 압록강 하구(출처 : 규장각한국학연구원)

　신(臣)은 지난 3월 19일 신시(申時 : 오후 3시~5시)경에 압록강을 건넜는
데, 간신히 중강(中江)에 이르렀을 때 날이 이미 저물고 말아 그곳에 잠시
머무르면서 말에게 먹이를 먹이고는 달뜨기를 기다렸다가 길을 나섰고,
구련성(九連城)을 지나 5리쯤 되는 곳에 후금(後金)의 차사(差使)들이 머무
는 데서 묵었습니다.

　　臣去三月十九日申時[1]量渡江, 僅至中江[2], 日已昏暮, 姑留秣馬, 待月
　　登程, 過九連城五里許, 金差所駐處, 止宿爲白遣[3]。

---

1) 申時(신시) : 오후 3시~5시.
2) 中江(중강) : 압록강 상류에서 갈라진 가닥의 하나. 흔히 압록강의 세 가닥을 小西江,
　 中江, 三江이라 한다.
3) 爲白遣(위백견) : '하시옵고'의 이두표기.

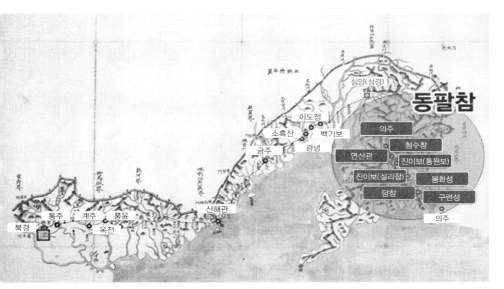

동팔참(출처 : 한국국학진흥원 사행박물관)

※ 역참에는 숙소와 수비군이 있어서 사신들은 신변의 안전을 보장받을 수 있었음.

20일

이른 아침 출발할 즈음, 용호(龍胡 : 용골대)에게 개시(開市 : 시장을 열어 물건 매매를 시작함)하러 갔던 사신보다 먼저 돌아오는 역관 20명이 도착하여서 저들에 관하여 약간의 사정을 묻고 장계(狀啓)를 올린 뒤로 탕참보(湯站堡)에서 점심하는데 '봉황성(鳳凰城)을 지나 15리쯤 되는 곳에 후금의 차사(差使)들이 먼저 도착하여 머물고 있다.'고 하였습니다. 신(臣)이 두 차사가 다음날 새벽 먼저 출발함을 듣고 바로 가서 만나보고 문답한 내용은 호송군(護送軍)을 되돌려 보낼 때 이미 장계하였습니다.

二十日。早朝, 臨發之際, 龍胡[4]開市[5], 先來[6]二十名來到, 問彼中略

---

4) 龍胡(용호) : 龍骨大(1596~1648)를 가리킴. 他塔喇 英固爾岱(Tatara Inggǔldai)인데, 명나라에서는 잉어얼다이(英俄爾岱) 혹은 잉구얼다이(英固爾岱)라고 부른다. 그는 청나라 개국 시기의 유명한 장군이면서, 동시에 理財와 外交에 밝았던 것으로 유명하다. 1636년에 사신으로 仁祖妃 韓氏의 조문을 왔을 때 후금 태종의 尊號를 알리면서 군신

于⁷⁾辭緣, 狀啓後, 湯站堡中火⁸⁾, 過鳳凰城十五里許, 金差等先到, 留駐
爲白有去乙⁹⁾。臣聞兩差, 明曉先發, 卽爲往見, 問答辭緣段¹⁰⁾, 護送軍
放還時, 已爲狀啓爲有齊¹¹⁾。

21일

신(臣)은 생각하기를, '오늘날의 사태가 이전과는 매우 다르니 저들의
정세를 탐문할 길이 없으리라.'고 여겼기 때문에 김희삼(金希參)으로 하여
금 꾀를 부리도록 하였으며, 아지호(阿之好)와 문답한 내용은 신(臣)의 군
관(軍官) 송득(宋得)이 내보내졌을 때에 별도로 기록하여 이미 치계(馳啓)
하였습니다.

후금의 차사(差使)는 오늘 첫새벽에 먼저 떠났고, 신(臣)은 약간 뒤처져

의 義를 강요했으나 거절당하였다. 그 후 1636년 12월에 청나라 태종의 지휘 하에 청이
조선 침략을 감행할 때 馬夫大와 함께 선봉장에 섰다.

5) 개시(開市) : 中江開市. 소서강과 중강 사이에 있는 於赤島에서 열렸다. 조선은 곡식·
나귀·노새를 명으로부터 수입하였고, 그 대금을 銀·馬匹·綿布 등으로 결제하였다.
또한 조선은 화약을 밀수입하기도 하고 인삼·은·수달가죽 등을 몰래 팔아넘기기도
하였다.

6) 先來(선래) : 외국에 갔던 사신이 돌아올 때 그보다 앞서서 돌아오는 역관. 《인조실록》
과 《승정원일기》에 의하면, 春信使로서의 朴蘭英은 1631년 2월 2일 이전에 瀋陽을 향
했다가 3월 4일에 돌아왔으며, 宣諭使로서의 박난영은 1631년 3월 6일 명을 받아 3월
9일 떠났다가 5월 19일에 돌아왔다. 한편, 《인조실록》 1631년 3월 27일조 2번째 기사
에 의하면 용골대가 1천여 騎를 이끌고 와 九連城에 주둔하였다고 한다. 이러하다면
이 일기의 저자는 박난영이 될 수가 없다.

7) 略于(약우) : '略干'의 오기.

8) 中火(중화) : 길을 가다가 먹는 점심.

9) 爲白有去乙(위백유거을) : '하옵거늘' 또는 '하옵기에'의 이두표기.

10) 段(단) : '은, 는'의 이두표기.

11) 爲有齊(위유제) : '하였다'의 이두표기.

새벽녘에 길을 나서서 겨우 20리쯤 되는 곳에 이르렀을 때, 용호(龍胡) 일행의 오랑캐 척후(斥候) 기마병 4명이 신(臣)의 일행을 보고는 당도(當途 : 중요한 지위에 있는 사람)가 즉시 말을 멈추고 용호에게 되돌아가 보고하였습니다. 이에, 용호가 먼저 말에서 내려 길가에서 마치 기다리고 있는 모습이라 신(臣)도 도착하자마자 곧 말에서 내려 마주앉아 각기 문안 인사를 나눈 뒤에, 용호가 먼저 물었습니다.

"국왕께서는 평안하신가?"

신(臣)이 대답하였습니다.

"아주 평안하시다."

신(臣) 또한 칸(汗)의 안부를 물었습니다.

"평안하시다."

신(臣)이 또 물었습니다.

"이번 그대들의 일행이 거느린 군병 및 장사꾼과 물품이 얼마나 되는가?"

"군병은 600여 명이고 장사꾼은 800여 명이며 물품은 단지 6만여 냥어치이다."

이같이 운운하였는데, 지난번 용호가 먼저 와서 말한 것과는 크게 서로 같지 않을 뿐더러, 이번 말도 그대로 믿을 수가 없었습니다.

용호가 또 물었습니다.

"근래 도중(島中 : 假島)의 소식은 어떠한가?"

신(臣)은 '아마도 아지호(阿之好)·박중남(朴仲男) 두 차사(差使)가 이미 도중의 변고를 알고 먼저 길을 나섰기 때문에 이처럼 만나서 묻는 것이다.'고 생각하고는 천천히 대답하였습니다.

"도중(島中)에 이른바 변고가 일어났다고 운운하는 말은 내가 압록강을 건너는 날에 잠시 풍문으로 들었는데, '그곳에서 멀리 바라보매 서로 싸운 것 같다.'고 하지만 지금은 뱃길이 통하지 않고 막혔는지라 그간의 실상을 어떻게 알 수 있었겠는가?"

용호가 또 말하였습니다.

"내가 만약 귀국에 도착하면 알 수 있을 것이다."

오늘 팔도하(八渡河)에 이르러 이곳에서 묵었습니다.

　　二十一日。臣意以爲'今之事機, 與前頓異12), 而彼中情形, 探得無路.' 使金希參13)行計14), 與阿之好, 問答辭緣段, 臣軍官守得15)出送時, 別 錄已爲馳啓爲白有齊16)。金差段當日曉頭先發, 臣段差曉登程, 僅至二 十里許, 龍胡一行斥候騎胡四名, 見臣行, 當途17)卽爲駐馬, 回報龍 胡。龍胡18)先爲下馬, 路左似有等候19)之狀, 臣亦到卽下馬, 相與對坐, 各說寒暄20)之後, 龍胡先問:"國王平安乎?"臣答曰:"萬安."臣又問 :"汗之安否?"答:"平安."臣又問:"今番你行, 所領軍兵及商胡物貨, 幾許耶?"答曰:"軍兵六百餘名, 商胡八百餘名, 物貨則只六萬餘兩."云 云, 與前日龍胡先來所言, 大相不同, 而此言亦不可准信21)是白齊22)。 龍胡又問:"近來島中, 消息如何?"臣料'其阿朴23)兩差, 旣知島之變而

---

12) 頓異(돈이) : 뚜렷이 다름.

13) 金希參(김희삼, 생몰년 미상) : 여진어를 할 줄 아는 역관.(胡譯) 후금을 오가는 사신 일행에서 활동한 인물인 듯하다. 《인조실록》1629년 4월 11일 1번째 기사와 4월 20일 1번째 기사에 등장한다.

14) 行計(행계) : 일을 꾸미며 실행함.

15) 守, 得(수, 득) : 《만회당실기》에는 '宋得'. 이에 따르면 인명으로 파악될 뿐만 아니라 저본의 뒷 대목에도 '송득'이 나오므로, 번역은 이를 따랐다. 이번에 새로이 발굴한《만 회당실기》에 대해서는 이 책의 말미에 있는 후기를 참조하기 바란다.

16) 爲白有齊(위백유제) : '하였습니다'의 이두표기.

17) 當途(당도) : 중요한 지위나 직분에 있음.

18) 龍胡(용호) : 《만회당실기》에는 '胡'.

19) 等候(등후) : 미리 기다리고 있음.

20) 寒暄(한훤) : 일기의 춥고 더움을 묻는 인사.

21) 准信(준신) : 믿을만한 말.

22) 是白齊(시백제) : '입니다, 합니다'의 이두표기.

先行, 故有此引問之端.' 徐答曰 :"島中所謂生變云云之說, 俺渡江之日, 暫得風聞'自此遙望, 似有相戰之狀.'云, 而卽今船路不通, 其間[24]虛實, 何可知也?" 龍胡又曰 :"我若到貴國, 則可知."云云爲白齊. 當日, 至八渡河[25], 止宿爲白遣。

22일

답동(畓洞)에서 점심을 먹으려는 즈음, 용골대(龍骨大)의 종호(從胡 : 수행원) 2명이 진달(眞㺚) 1명을 거느리고서 말을 급히 몰아 도로 돌아와서는 심양(瀋陽)으로 향하기에, 신(臣)이 김희삼(金希參)으로 하여금 그 곡절을 묻도록 하였더니, 대답하였습니다.

"도중(島中 : 가도)에서 도망쳐 나온 진달 15명 중 14명은 뒤따라 들어올 것인데, 먼저 1명을 데리고 칸(汗)에게 알리러 간다."

또 김희삼으로 하여금 진달(眞㺚)에게 그 곡절을 묻도록 하였더니, 진달을 거느리고 온 종호(從胡) 등이 말하였습니다.

"용골대 장군이 분부하기를 '만일 조선인을 만나게 되면 절대로 서로 접촉하지 못하게 하라.' 하였으니, 도중의 일을 말하지 말라."

이같이 말하며 진달로 하여금 입을 열지 못하게 하고는 곧장 말 달려 가버렸습니다.

---

23) 阿朴(아박) : 阿之好와 朴仲男. 《승정원일기》의 仁祖 9년조를 살펴보면 2월 28일, 3월 3일 등의 조목에 金差로서 阿之好와 朴仲男 등에 대한 언급이 있다. 朴世堂의 《西溪集》 권12 〈領議政白軒李公神道碑銘〉에 의하면, 박중남은 鍾城의 토착민으로 청나라에 투항했다가 1629년 청나라 사신과 함께 나왔다고 한다.

24) 間(간) : 《만회당실기》에는 '開'.

25) 八渡河(팔도하) : 松站과 通遠堡 사이에 있음. 팔도하는 分水嶺에서 근원한다.

같은 날, 회령령(會寧嶺) 밑에서 호인(胡人 : 되놈)들과 이웃하여 묵었습
니다.

二十二日。畓洞[26]中火之際, 龍骨大從胡[27]二名, 率其眞獔一名, 催
馬還來, 指向瀋陽爲白去乙[28], 臣使金希三, 問其曲折, 則答曰: "自島
中逃來, 眞[29]十五名內, 十四名段, 隨後入來, 先將一名, 告知於汗前."
又使希參, 向眞獔, 問其曲折, 則領來從胡等曰: "龍將分付內, '如遇朝
鮮人, 切不得相接.' 勿言島事."是如爲白遣[30], 使眞獔不得開口, 卽爲
走馬而去爲白齊。同日, 會寧嶺[31]底, 與胡人, 作隣止宿。

23일

회령(會寧)의 고갯마루에 이르자, 호인(胡人) 20여 명이 투항해온 진달
(眞獔)들을 맞이하여 호송하는 일 때문에 양식과 반찬, 술과 음식을 가지
고 오거늘, 신(臣)이 말을 멈추고 역관(譯官)으로 하여금 묻게 하였습니다.

"그대들은 어느 곳으로 향해 가는가?"

"우리나라 사람들 중에 도망자가 있을까 우려하여 정탐하기 위해 나간다."

이같이 대답하면서 숨기고 곧이곧대로 말하지 않았습니다.

오시(午時 : 오전 11시~오후 1시)경 첨수참(甛水站) 성 밖의 별관(別館)에
도착하니, 잠깐 사이에 관호(館胡 : 관사의 오랑캐)에게 양고기와 술, 건초

---

26) 畓洞(답동) : 通遠堡를 지나서 있는 마을. 일명 草河口라고도 한다. 畓은 중국에 없는
   한자로, 조선인이 북상하여 벼농사를 짓는데 성공시킨 마을이라 한다.
27) 從胡(종호) : 오랑캐의 수행원. 오랑캐 부리는 하인.
28) 爲白去乙(위백거을) : '하옵거늘'의 이두표기.
29) 眞(진) : 《만회당실기》에는 '眞獔'.
30) 是如爲白遣(시여위백견) : '이라 하옵고'의 이두표기.
31) 會寧嶺(회령령) : 連山關과 甛水站 사이에 있음.

와 양식을 가져오게 해서 주며 이미 전례(前例)가 있다고 하거늘, 즉시 전
례대로 일행의 원역(員役 : 구실아치)들에게 나누어 주라고 하였습니다. 이
어서 물었습니다.

"오늘 회령 고갯마루에서 서로 마주쳤던 20여 명의 호인(胡人)들은 어디
로 갔는가?"

"도중(島中)에서 도망쳐 나온 진달(眞㺚)들을 맞이하여 호송하는 일로
나갔다."

이같이 대답하였는데, 이번에는 곧이곧대로 말하였습니다.

호인(胡人)들이 떠나간 뒤, 정묘년(1627)에 포로가 된 여인 2명이 찾아왔
는데, 한 명은 태천 호방(太川戶房) 최경련(崔景連)의 딸 태생(台生)이었고,
다른 한 명은 의주 통사(義州通事) 남향(南香)의 누이로 이생(己生)이라고
불리는 사람이었습니다. 태생은 조금도 슬퍼하는 기색이 없었지만, 이생
은 뜰아래서 3번 머리를 땅에 조아리며 통곡하여 참혹하기가 차마 볼 수
없었는지라, 신(臣)이 즉시 금하여 슬피 울지 못하게 하고는 이윽고 물었
습니다.

"근래에 어떤 특별한 소식이라도 있는가?"

"특별히 긴요한 소식은 없습니다."

신(臣)이 또 물었습니다.

"비록 어떤 일이 있을지라도 그대들은 모두 여자들이라서 필시 상세히
알지는 못할 것이다."

"우리들은 무릇 우리나라에 견주자면 모두 비장(裨將)과 같은지라, 세밀
한 일은 비록 간혹 알지 못할지라도 만일 큰 일이 생긴다면 알 수가 있습
니다만, 이곳에서는 군법(軍法)이 엄하여 동쪽을 향해 비밀히 하라고 하면
서쪽에서도 역시 이를 알기가 어렵습니다."

　바야흐로 다시 물으려 하는 찰나에 동참(同站)의 집사(執事) 호인(胡人) 2명이 찾아와서 말하였습니다.

　"그대들은 잡담을 나누지 말라."

　이같이 말하고 곧바로 일행을 데리고 갔는데, 사람과 말이 피곤하여 오늘은 그대로 머물러 묵었습니다.

　　二十三日。至會寧嶺[32]上, 胡人二十餘名, 以投來眞獐迎護事, 持粮饌酒食而來爲白去乙, 臣駐使舌官[33]問："你等指向何處乎?" 答曰："慮有我國人逃亡者, 偵探次出去."云, 諱不直言爲白齊。午時量, 到甛水站[34]城外別館, 俄傾把館胡, 持羊酒蒭[35]粮而給之, 已有前例是如爲白去乙[36], 卽令依例, 分給一行員役爲白遣。因問："今日嶺上, 相値二十餘胡, 何往乎?" 答曰："自島中, 逃來眞獐迎護事, 出去."云云, 此則以直言之爲白齊。胡人出去之後, 丁卯年被擄[37], 女人二名來到, 一則太川戶房崔景連女子台生, 一則義州通事南香妹, 已生稱名者也。台生則小無哀戚之色, 已生則庭下三叩頭痛哭, 慘不忍見, 臣卽爲禁抑, 使不得悲泣, 因問："近來有何別樣消息乎?" 答曰："別無緊關消息." 臣又問："雖有某事, 你等皆是女人, 必不詳知."云, 答曰："我等之夫比我國, 則皆裨將[38]之類, 細微之事, 雖或不知, 如有大事, 則可以知之, 而但此處, 軍法吅[39], 密束向云, 則西向亦難知之."云。方欲更問之際, 同站執事

---

32) 會寧嶺(회령령)：連山關과 甛水站 사이에 있음.

33) 舌官(설관)：譯官.

34) 甛水站(첨수참)：조선의 使行이 하룻밤을 묵거나 점심을 먹고 가던 곳. 遼陽 시내에서 동남쪽으로 대략 60여 km 지점에 위치한다. 지금의 遼陽縣 甛水滿族鄕에 해당한다.

35) 蒭(추)：《만회당실기》에는 '芻'.

36) 是如爲白去乙(시여위백거을)：'이라고 하거늘'의 이두표기.

37) 擄(노)：《만회당실기》에는 '胡擄'.

38) 裨將(비장)：조선시대, 監司·留守·兵使·水使·遣外使臣을 따라다니며 일을 돕던 무관. 그 지역 민정에 대한 염탐을 하기도 했다.

39) 吅：'嚴'의 약자.

胡人二名來到曰：“你等無[40]雜言.” 卽率去一行, 人馬瘦困, 當日因留
止宿爲白遣。

24일

삼류하(三流河)에서 점심을 먹고 신성(新城)으로 향하여 15여 리 남짓
못 미쳐서 호장(胡將 : 오랑캐 장수) 2명이 칸(汗)의 분부를 칭하며 종호(從
胡 : 수행원) 22명을 데리고 우리 일행을 영접하여 호송하는 일로 나온 것
이라고 하거늘, 말을 탄 채로 수인사를 하고는 서로가 앞뒤로 하여 성에
들어갈 때에 좌우의 구경꾼이 저자와 같이 몰려들었습니다. 그 중에는 달
려나와 쳐다보며 눈물 흘리는 자가 있기도 하였지만, 자신의 집에서 통곡
하는 자가 또한 많으니 호인(胡人 : 되놈)들이 엄히 울음을 터뜨리지 못하
도록 하였는데, 이는 오랑캐에게 포로가 된 우리나라 사람들이 고향을 그
리워하며 통곡한 것이라서 인정상 매우 불쌍하였습니다.

또 호인(胡人) 중에 두뢰(頭賴)라고 하는 자는 김희삼과 북도(北道)에 있
을 때 강을 사이에 두고 살았던지라 평소 서로 알고 지내는 교분이 있어서
넌지시 말하였습니다.

"칸(汗)께서 사신들이 들어온다는 소식을 들으시고 자못 기뻐하는 기색
을 띠었다고 하니 다행이다."

二十四日。三流河[41]中火, 前向新城[42], 未及十五里餘, 胡將二名, 稱
以汗之分付, 率從胡二十二名, 迎護事出來是如爲白去乙, 馬上寒暄,

---

40) 無(무) :《만회당실기》에는 '毌'.
41) 三流河(삼류하) : 狼子山과 王祥嶺 사이에 있음. 낭자산 30리 지점에 있고, 동북으로
   흘러 太子河에 모인다.
42) 新城(신성) : 중국 遼寧省 撫順市 동북쪽 北冠山 위에 있었던 고구려 때의 城.

互相先後, 入城之際, 左右觀者如市。而其中, 或有奔走[43]望見而涕泣
者, 或有自家中痛哭者亦多, 胡人叩禁使不得發哭, 此是我國被擄人,
懷土[44]之哭, 情甚[45]矜惻爲白齊。又胡人, 頭賴稱名者, 與金希參, 在
北道時, 隔江居生, 素有相知之分, 卽與密語曰："汗聞使臣入來, 頗有
喜色云, 多幸."云云是如爲白齊。

25일

신성(新城)에서부터 일행의 예단(禮單) 짐바리 등은 소와 말을 차출하여
싣도록 하고 호인(胡人)들이 호위하여 실어 날랐으나, 일행이 타고가야 할
말은 마침 말 먹이는 일로 멀리 나갔다가 아직 돌아오지 않아 대기시키지
못했다며 전례(前例)를 실추시켜서 미안하다고 운운하였습니다. 어렵사리
신성으로부터 5리쯤 되는 곳에 다다랐습니다.

삼화(三和 : 평안남도 용강)에 살던 교생(校生) 차인범(車仁範)은 무오년
(1618)에 오랑캐에게 포로로 잡힌 자로서 김희삼(金希參)이 여러 차례 이곳
을 드나들며 전부터 안면이 있었는데 우연히 도중에 서로 만나서 오랑캐
의 사정을 물었더니, 칸(汗)은 군병을 거느리고 어제 나가서 카르친(加乙
眞, Kharchin) 몽골지방(蒙古地方)으로 향했다고 하였으며, 지난해 12월 우
리나라의 인물 2명이 항복하여 심양(瀋陽)에 들어가 홍대웅(洪大雄)과 함
께 같은 곳에 있는데, 한 명은 벽동 통인(碧潼通引)이고 다른 한 명은 성천
(成川) 인물이라 하나 그 이름은 알지 못한다고 하였습니다. 바야흐로 더

---

43) 奔走(분주) : 이리저리 바쁨을 비유하는 말.
44) 懷土(회토) : 고향을 그리워함.
45) 甚(심) :《만회당실기》에는 '方'.

물으려는 찰나에 우리 일행을 호위하는 호인(胡人)들이 가까이 다가와서, 다시는 더 캐묻지 못하고 물러났습니다.

또 오랑캐에게 포로로 잡힌 융립(戎立)이라고 하는 자도 역시 김희삼과 안면이 있었는데 심양에서 나오는 도중에 서로 만나 오랑캐의 사정을 물었더니, 칸(汗)은 24일 요호(蓼湖) 강변으로 나가서 군사를 점고하여 보낸 뒤에 그대로 하나하나 점검하고, 새로이 몽골병(蒙古兵)들을 배속하여 말을 기르도록 했다고 운운하였으며, 이형장(李馨長) 등을 역시 데려갔다고 하였습니다.

같은 날 호피보(虎皮堡)에서 묵었는데, 양고기와 술, 건초와 양식 등은 전례(前例)대로 마련해주겠다고 하거늘, 건초와 양식은 일행의 원역(員役 : 구실아치) 등에게 나누어 주고, 양고기와 술은 우리 일행을 맞아 호위하는 호인(胡人) 등에게 나누어 주니, 머리를 땅에 조아리며 고마움을 표하였습니다.

二十五日。自新城, 一行禮單卜物等, 責立[46]牛馬載之, 胡人等押領[47] 輸運, 所騎馬, 則適以牧馬事, 遠出未還, 不得入把[48], 墜落前規, 未安云 云爲白齊[49]。難[50]新城五里許。三和[51]居校生車仁範, 戊午[52]被攎[53] 者也, 金希參累度出入, 曾有面分, 偶然相值於中途, 問其事情, 則汗領 軍兵, 昨日出去, 指向乫眞[54]蒙古地方是如爲白旀[55], 上年十二月, 我

---

46) 責立(책립) : 필요한 인원·牛馬 등을 책임지고 차출하던 일.
47) 押領(압령) : 사람이나 마소·선박 따위를 인솔함. 호위의 뜻을 지니고 있다.
48) 入把(입파) : 관아에서 사용하기 위하여 말을 대기시킴.
49) 爲白齊(위백제) : 《만회당실기》에는 '是白齊'.
50) 難(난) : 《만회당실기》에는 '離'.
51) 三和(삼화) : 평안남도 용강 지역의 옛 지명.
52) 戊午(무오) : 光海君 10년인 1618년.
53) 被攎(피로) : 被擄.
54) 乫眞(갈진) : 이 부분 이외의 다른 곳에는 '加乙眞(카르친, Kharchin)'으로 표기되어

國人物二名, 投入瀋陽, 與洪大雄[56]同處, 一則碧潼[57]通人[58], 一則成
川[59]人物云[60], 而其名則不知云. 方欲相問之際, 護行胡人等迫到, 不
得更問而退爲白齊. 又被擄人, 戎立稱名者, 亦與希參, 有面分, 自瀋陽
出來, 路中相逢, 問其事情, 則汗二十四日, 出蔘湖江邊, 軍兵點送, 後仍
爲點閱[61], 新付蒙古兵, 牧馬云云[62], 而李馨長[63]等, 亦爲率是如爲白
齊. 同日虎皮堡止宿, 羊酒蒭[64]粮等物, 依例備給爲白去乙, 蒭[65]粮則
一行員役等處分給, 羊酒則迎護胡人等分給爲白乎矣[66], 叩[67]頭稱謝[68]

있음.

55) 是如爲白旀(시여위백호며) : '이라 하오며'의 이두표기.

56) 洪大雄(홍대웅) : 《인조실록》1630년 6월 1일조 4번째 기사에 의하면, 金差 阿之虎가
  肅川에 도착했을 때 '모반하다가 죄를 얻어 지금 망명 중이니 심양으로 따라가고 싶다'
  고 한 인물. 秋信使 朴蘭英이 오랑캐 내부로부터 義州로 돌아와 치계한 《인조실록》
  1632년 9월 27일조 1번째 기사에도 언급되어 있다.

57) 碧潼(벽동) : 평안북도 碧潼郡의 북부 중앙에 위치하는 군청 소재지. 압록강에 다다르
  는 국경의 취락이다.

58) 通人(통인) : '通引'의 오기. 수령의 잔심부름을 하는 구실아치.

59) 成川(성천) : 평안남도 중부에 있는 군.

60) 《인조실록》1632년 9월 27일조 1번째 기사에 의하면, 박난영이 홍대웅을 언급하는
  가운데 '安州의 通引 金士一·金士海 등이 지난 경오년(1630)에 당신 나라로 투항해 들
  어갔다'는 내용이 있음.

61) 點閱(점열) : 일일이 점검함.

62) 云云(운운) : 《만회당실기》에는 '云'.

63) 李馨長(이형장, ?~1651) : 仁祖 때 역관. 본래 군관이었으나 1629년 청나라에 국서를
  가지고 갈 인물로 발탁됨으로써 역관으로 활약하게 되었다. 1641년에는 통정대부에까
  지 승급하였다. 그 뒤 상급역관인 鄭命壽가 청나라의 세력을 믿고 조선에서의 권세를
  마음대로 하여 조정의 물의를 빚자, 수하인 그도 점차 원성을 사게 되었다. 1651년 申冕
  의 역모사건이 청을 배후로 하였다는 고변이 있자, 그 중재인으로 지목되어 참형을 당
  하였다.

64) 蒭(추) : 《만회당실기》에는 '芻'.

65) 蒭(추) : 《만회당실기》에는 '芻'.

66) 爲白乎矣(위백호의) : '하옵시되'의 이두표기.

67) 叩(고) : 《만회당실기》에는 '其叩'.

68) 稱謝(칭사) : 고마움을 표함.

爲白齊。

26일

비를 맞으며 길을 떠나서 아직 심양까지 15리쯤 남은 곳에 이르니 어떤 여염집이 있었는데, 호장(胡將) 능시(能時)·아벌아(阿伐阿)·천타변(千他卞)·박중남(朴仲男) 및 이름을 알 수 없는 호인(胡人) 2명 등 모두 6명이 그 마을에 미리 와서 소와 양을 잡아 주연(酒宴)을 베풀어 놓고 호인 1명을 먼저 보내어 신(臣)의 일행을 맞이하며 말하였습니다.

"오늘 빗줄기가 이와 같이 세차서 들판에 장막을 둘러치는 것이 어려울 듯해 촌집에서 영접하게 되었다. 비록 비좁고 누추할지라도 예(禮)는 폐할 수가 없으니, 잠시만 머물러주오."

신(臣)이 그의 말대로 하고 그곳에 이르자, 여러 호인들은 문밖까지 나와 서로 읍(揖)하고 신(臣)을 맞아들였습니다. 빈주(賓主)를 구분하여 자리에 앉고 날씨에 대한 인사를 주고받은 후로 능시 등이 먼저 물었습니다.

"국왕은 평안하신가?"

"아주 평안하시다."

"조정의 여러 대신(大臣)들은 평안하신가?"

"평안하다."

신(臣) 또한 물었습니다.

"칸(汗)은 평안하신가?"

"평안하시다. 그런데 지난 24일에 새로 귀부(歸附)한 몽골의 추장(酋長) 등을 만나는 일로 요호(蓼湖) 강변에 나아가셨다가 말 먹이는 일 때문에

10여 일을 머무르시다가 곧 돌아오실 것이다."

이같이 말하였고, 이형장(李馨長) 등도 그것을 구경시키기 위해 데려갔다고 하였습니다.

잠시 후 주연상(酒宴床)을 차려놓았는데, 술과 음식들로 풍성한 것이 비록 습속이라고 하나 오늘은 말할 게 없는 것에 가까워 다만 술 세 순배가 돌고서 파하였기에 경호(京胡 : 심양의 호인)들과 나란히 말을 타고 성으로 들어가 관소(館所)에 도착하였습니다.

조금 뒤에 능시·아벌아·박중남 및 이름을 알 수 없는 호인 1명 등 모두 4명이 와서 신(臣)을 보고 말하였습니다.

"국서를 보고 싶다."

신이 대답하였습니다.

"조만간 국서를 칸(汗)에게 전달할 것이니, 그런 뒤에 보아도 마땅할 것이다."

저들이 또 말하였습니다.

"칸(汗)께서 지금 다른 곳에 나가 계시니, 오늘 사신이 들어온 기별을 내일이면 마땅히 달려가서 아뢰어야 할 것이고, 국서 속의 뜻도 알려드리지 않을 수 없기 때문에 보기를 청하는 것이다."

신(臣)이 그 생각을 그럴듯하다고 여겨 국서를 꺼내 보이려는데, 〈저들이〉 또 말하였습니다.

"우리들은 격서를 이해할 수 없다. 이해할 수 있는 사람이 칸(汗)을 따라 나갔으니 국서를 전하여 주는 것이 마땅하다."

신이 대답하였습니다.

"무릇 사신이 중하게 여기는 것은 국서일 뿐이거늘, 받들어 전하지도 않았는데 미리 사신 등이 꺼내 보이려 했던 것조차도 오히려 미안한데,

더구나 또 국서를 베껴서 보내주겠는가?"

저들이 대답하였습니다.

"사신의 말은 비록 옳지만, 그러나 문장을 잘하는 사람이 마침 칸(汗)을 따라 나갔기 때문에 사신의 손을 빌리자고 청하는 것이다."

그렇게밖에 할 수 없었던 것이지만, 말과 얼굴빛이 매우 절실하고 긴장하였습니다. 신이 또 말하였습니다.

"꼭 원본을 베끼지 않을 수 없다면, 칸(汗)의 사람들 중에서도 베끼기에 능한 사람이 많을 것이니 그들로 하여금 국서를 베끼도록 하게 하면 매우 다행이겠다."

곧 저들이 또 대답하였습니다.

"두 나라가 우호를 맺는 국서를 관계없는 사람으로 하여금 알게 하는 것은 옳지 못하다."

신이 말하였습니다.

"그 말은 이치가 있는 듯하니, 그대들이 쓰도록 하라. 비록 함부로 쓸지라도 국서 베끼는 데야 무방할 것이다. 그러나 내가 글씨를 쓴 지면에서 자획이라도 본래 국서의 정밀하고 자세한 만큼 같지 못하게 되면 공경하는 마음에 흠결이 있을 뿐만 아니라 또한 체면을 손상시켜 마음이 편치 못하리니, 결단코 따르기가 어렵다."

저들은 저의 공경한다는 말을 듣고 기뻐서 미소를 지으며 말하기를, "사신은 큰 고집을 부린다. 그러나 지금은 이미 저물었다. 내일 마땅히 일찍 와서 국서를 베낄 것이다." 운운하였습니다.

관원(館員)을 불러 단지 깨끗하게 치워놓지 않았을 뿐이지, 습성을 점검하도록 엄히 신칙하여 수리하고 도배한 것은 이미 우대하는 뜻이었습니다.

二十六日。冒雨登程, 未及瀋陽十五里許, 有一闆家, 將胡能時[69]·阿
伐阿·千他卜·朴仲男[70], 名不知二胡, 並六人, 預到同村, 屠牛羊設宴
俱[71], 先送一胡, 請邀臣行, 曰:"今日, 雨勢如此, 似難野次[72], 迎接村
家。雖窄陋, 禮不可廢, 暫駐."云, 臣如其言, 到其所, 衆胡出門相揖, 迎
臣以入。分賓主而坐, 答說[73]寒暄之後, 能時等先問:"國王安平乎?"
答曰:"萬安."又問:"朝庭諸大臣平安乎?"答曰:"平安."臣丈[74]問
:"汗之安否?"答曰:"平安。而去二十四日, 以新附蒙古奠長[75]等相會
事, 出去蔘湖江邊, 仍爲牧馬, 留十餘日, 乃還."云, 李馨長等, 亦觀光
事, 率去是如爲白齊。俄傾, 陳設宴床, 其爲飮饌豊盛, 雖是習俗, 而近
於今[76]無謂, 只行三酌而罷, 仍與京胡等, 聯轡入城, 到館所。俄傾, 能
時·阿伐阿·朴仲男, 名不知一胡, 並四人, 來見臣曰:"欲見國書."云,
臣答曰:"早晚, 傳吐書脫力[77]汗, 然後見之, 宜當."云, 彼等又言:"汗
方在外處, 今日使臣入來之奇, 明當走報, 而國書中之意, 不可不通, 故

---

69) 能時(능시):音借한 이름으로 그 표기가 제각각임.《인조실록》1627년 12월 22일조
　　4번째 기사에 의하면 박난영이 回答使로서 치계한 글에는 '能詩'로 나오며, 宣若海의
　　《瀋陽使行日記》(『심양사행일기』, 신해진 편역, 보고사, 2013)에는 '能水'로 나온다.
70) 朴仲男(박중남):원래 이름은 東南明. 함경북도 鍾城의 토착민인데, 오랑캐에게 투항
　　한 인물이다. 누루하치의 14남이자 皇太極(황타이지, 청태종)의 동생인 多尔袞으로부
　　터 신임 받았다.《조선왕조실록》에는 1627년 3월 21일조 3번째 기사에 처음으로 등장
　　한다.
71) 俱(구):《만회당실기》에는 '其'.
72) 野次(야차):임금 등이 교외에 거동할 때에 머무르게 하기 위하여 임시로 장막을 둘러
　　친 곳.
73) 說(설):《만회당실기》에는 '設'.
74) 丈(장):又의 오기인 듯.
75) 奠長(전장):酋長을 일컫는 듯.
76) 今(금):《만회당실기》에는 글자가 없음.
77) 脫力(탈력):호칭의 앞이나 이름 뒤에 쓰이는 것 같지만, 문맥상 의미 파악이 곤란하
　　여 번역하지 못함. 본 일기에서 2번 쓰였는데, 이곳 말고도 27일자에는 이름 뒤에 쓰였
　　지만 역시 번역하지 못했다.《만회당실기》에는 '傳吐書脫力'이 '備國'으로 되어 있다.

請見."云。臣將然其意, 出而視之, 又曰 ："我等不得解見。解見之人,
從汗出去, 當傳78)書以給."云, 臣答曰："凡使价所重, 國書而已, 不得奉
傳之前, 使价等許令出見, 尙且未安, 況又登書79)送給乎?"彼等答曰 :
"使臣之言, 雖是, 而文翰之人, 適從汗出, 請借使臣之手."不得不已, 辭
色極緊。臣又言曰："必不得已登本80), 則汗人中, 亦多能寫者, 使之登
書, 幸甚."云, 則彼等又答曰："兩旺通好之書, 不可使外人知之."云, 臣
曰："此言, 則似有理然, 爾等書之。雖亂草, 登書無妨。自俺行書之紙
地, 字畫不如本旺書之精微, 則非徒有欠敬心, 亦損81)體面, 於心未安,
決難從之."云, 彼等喜聽82)敬心之說, 笑答曰："使臣大固執矣。然今已
暝83)矣。明當早來登書."云云爲白遣。招館直不84)謹修掃是如85),　嚴
餙檢氣86), 修理塗排, 已爲優待之意爲白齊。

27일

능시(能時), 아벌아(阿伐阿), 박중남(朴仲男), 이름을 알 수 없는 사람까
지 모두 4사람이 아침밥을 먹은 뒤에 신(臣)이 있는 곳으로 찾아와서 말하
였습니다.

"거처가 누추한데 어떻게 지냈는가?"

---

78) 傳(전) :《만회당실기》에는 '備'.
79) 登書(등서) : '謄書'의 오기. 원본에서 베껴 옮김. 이하 동일하다.
80) 登本(등본) : '謄本'의 오기.
81) 損(손) :《만회당실기》에는 '換'.
82) 聽(청) :《만회당실기》에는 '禮'.
83) 暝(막) :《만회당실기》에는 '暮'.
84) 直不(직불) : 다만 ~뿐 아님.
85) 是如(시여) : '이다, 이라고'의 이두표기.
86) 檢氣(검기) : 點檢氣習. 습관이나 습성을 점검함.《만회당실기》에는 '嚴餙檢氣'가 '嚴
　救檢擧'로 되어 있다.

신(臣)이 대답하였습니다.

"객지에 머무는 사람이 이 정도로도 충분하다. 잘 보냈다."

능시가 곧 관사(館舍)의 일을 맡아보던 호인(胡人)들에게 지시하여 서둘러 수리하도록 재촉하고, 이어서 국서를 등서(謄書)하다가 예단물목(禮單物目)을 보고 또 말하였습니다.

"귀하가 가지고 온 예물은 당초와 견주면 해마다 줄어든 것이라서 진실로 탓할 거리도 아니다. 요즘 들어 일마다 점차 종전만 못하였으니, 춘신사(春信使)의 일행은 어찌 그리도 크게 준단 말인가?"

신(臣)이 대답하였습니다.

"단지 궁핍해졌기 때문에 그렇게 된 것이지, 어찌 마음이 야박해서 그런 것이겠는가?"

이에 능시 등이 불쾌한 기색을 띠며 말하였습니다.

"말을 꾸며댈 생각은 말라. 지금 비록 수를 더하여 준비했다고는 하겠지만 역시 전례(前例)만 못한 것이니, 우리나라는 예물을 귀하게 여겨서가 아니라 다만 종종 푸대접한다는 생각에 유감스러운 것이다. 당초 화의(和議)를 맺고 한 약조(約條)를 진실로 이와 같이 할 수 있는 것인가?"

다분히 성내는 기색이 있어서, 신(臣)은 천천히 말하였습니다.

"종종 푸대접한다고 한 것이 어떤 일을 두고 말하는 것인지 알지 못하겠다. 심지어 예단이 줄었다고 한 말에 있어서도 진실로 아무 뜻 없이 했다고 하나, 그것에 대해 말하자면 자질구레해지기 때문에 단지 궁핍해졌다는 것으로 대답한 것이다. 지금 그대들이 이처럼 말꼬투리를 잡으니, 부득불 대략이나마 말하지 않을 수 없다. 당초 화의를 맺고 한 약조는 다만 봄과 가을에 신사(信使)를 보내기로 결정했던 것인데, 지난해 봄에 신사가 돌아올 때 그대 나라의 사개(使价 : 사신) 또한 회례사(回禮使 : 답례로 보내는 사신)를 맡아서 따라왔고, 그 회례사가 되돌아갈 때도 답례하는 예물이 없는 것이 비록 당연한 것이나, 그 당시 우리나라는 사개를 빈손으로 보내자니 또한 마음이 편치가 않아서 또 약간의 예물을 싸서 보냈었다. 이번에 춘신사의 예물은 유사(有司)가 착각하고 이전에 보냈던 숫자까지 합산하여 마련했기 때문이다."

능시가 또 말하였습니다.

"그렇다면 그 관원(官員)에게 죄가 없다는 것인가?"

신(臣)이 대답하였습니다.

"그것 때문에 지금 죄를 추궁하고 있는 중이다."

능시가 또 말하였습니다.

"보내는 예물을 국왕께서 몸소 살피시지 않는단 말인가?"

신(臣)이 대답하였습니다.

"우리나라의 법은 크고 작은 일을 막론하고 유사가 도맡아 주관하고 담당한다."

"이웃나라에 보내는 예물을 몸소 살피지 않는다는 말은 너무 소홀한 듯하다고 운운할 만하다."

"우리나라의 체면은 본래 이와 같이 하였다. 대개 이번 귀국의 국서 안에 있는 허다한 얘기들 및 그대들이 이른바 운운한 말은 모두 전혀 생각하지 않던 뜻밖의 말로서 모름지기 서로 따질 수가 없었다. 그러나 양국은 이미 하늘에 고하고 화약(和約)을 맺어 형제가 되기로 약속하였는데, 지난번 예물을 비록 받아두고 말해도 오히려 볼 낯이 없거늘 돌려보내기에 이르렀으니, 그 부끄러움을 어찌 말로 다할 수 있었겠는가? 곧바로 예물을 갖추도록 하고 특별히 별도의 사신을 보내어 지난번 잘못을 보상토록 하였으니, 우리나라가 신의를 지키려고 하는 마음은 대체로 그 가운데 있거늘 그대들 또한 어찌 알지 못한단 말인가?"

이에 능시가 머리를 끄덕이며 대답하기를, "이는 화약(和約)을 맺은 뜻에 합당한 듯하다."고 운운하며 노여움을 약간 풀고는, 또 물었습니다.

"북도(北道)의 심처(深處 : 멀리 떨어진 내지)에 사는 우지개(于之介, Udehe : 오랑캐 종족)가 귀국에서 전과 같이 서로 사고팔 수 있도록 허용했는가?"

신(臣)이 대답하였습니다.

"별도로 어사(御使)를 파견하여 금령(禁令)을 어긴 자는 효시(梟示)하며 엄중히 단속한 지가 이미 몇 년이나 지났다. 그 후로 귀국 사개(使价)들의 왕래가 끊이지 않아 필시 들은 바가 있었을 것이거늘, 알면서 어찌 다시 묻는 것인가?"

"우지개(于之介) 등이 또한 우리나라에 귀순하여 5,000여 명을 이끌고 와야 했던 일은 이형장(李馨長) 등이 또한 직접 눈으로 본 바다. 그 나머지는 납파(納坡), 회파(會坡), 헛개(虛叱介) 등 세 곳으로 나누어 배치하였다. 지난달 북도에 시장을 열어 쌀을 바꾸기를 청한 것은 이 무리들을 구하기 위한 계획이었다."

이렇게 말하고는 능시가 또 물었습니다.

"왜국(倭國)에 사신을 보낼 때도 역시 이와 같이해서 출입하였는가?"

신(臣)이 대답하였습니다.

"왜국의 사신은 특별한 사정이 생기면 그 후에야 보냈으므로 혹 5,6년에 1번 정도였으나, 근래에는 사신을 보낸 일이 없었다."

저들은 물었습니다.

"왜국의 사신도 또한 오는가?"

신(臣)이 대답하였습니다.

"사신이라고 하면서 오는 왜인(倭人)은 드물게 오지만, 비록 간혹 온다

하더라도 국내에는 들어오지 못하고 부산(釜山)에서 접견하고 보낸다."

"근래 도중(島中 : 가도)의 소식은 어떠한가?"

신(臣)은 이미 도중에서 도망 온 달자(㺚子 : 몽고인)가 먼저 와 있다는 것을 짐작했기 때문에 묻는 뜻을 알고서도 그대로 대답하였습니다.

"내가 압록강을 건너던 때에 떠도는 소문이 있어 멀리 바라보니 서로 싸운 듯했으나 근래에는 뱃길이 막히고 통하지 않아서, 그간의 실상을 자세히 알 수가 없다. 그런데 내가 오는 길에 지난달 용골대(龍骨大)의 차호(差胡)가 도중(島中)에서 도망 온 달자(㺚子) 1명을 데려가는 것을 보았으니, 이곳에 먼저 도착하였을 것인바 그대들은 필시 미리 알고 있을 것이다. 그 자세한 내용을 듣고 싶다."

이렇게 말하였더니, 머리를 끄덕이면서도 아무런 대답도 않고, 되레 물었습니다.

"국서 외에 또 말로 전할 일은 없는가?"

신(臣)이 대답하였습니다.

"비록 소회(所懷)가 있어도 아직 국서를 전하기 전인데 무슨 할 말이 있겠는가? 그러나 다만 약재(藥材)는 비록 사람의 병을 치료하는 것이라 할지라도 모두 풀과 나무 같은 것들이고, 금은(金銀)은 세상에서 보물이라고 일컫거늘, 양국이 이미 화친을 맺어서 그 있고 없는 것을 서로 교환하며 돕는데 어찌 은으로써 약재를 바꿀 수가 있겠는가? 마침 가을에 캔 것은 이미 다 소모되어 없는 데다 명나라로 가는 뱃길마저 가로막혔는지라, 의국(醫局)에 저장한 약재가 고갈되어서 마음에 맞도록 구하지 못하고 간신히 30여 종을 구하여 왔다. 만약 새로이 캔 것을 구한다면 마땅히 구하는 대로 보내어 구원하게 할 것인데, 어찌 〈이익에〉 급급하여 사고팔 것이랴? 원래의 은자(銀子)는 지금 우선 하나도 손상되지 않게 그대로 돌려보내고 오겠다."

능시 등이 머리를 끄덕였지만 가부(可否)에 대해서는 아무런 대답을 하지 않은 채, 약재에 관한 물목(物目 : 물품의 목록)을 모두 써서 가지고 갈뿐이었습니다.

二十七日。能時脫力[87]·阿伐阿·朴仲男·名不知, 並四人, 早食後, 來到臣處曰 : "居處鄙陋, 何以經過?" 臣答曰 : "作客[88]之人, 是亦足矣。好渡。"云。能時卽謂分付館舍次知[89]胡人等, 急速修理事, 催促爲白遣, 仍爲旺書謄書[90], 見其禮單物目, 又發言曰 : "貴下礼物, 自初比之, 則年年減省, 固不以咎。近來事事, 漸不如前[91], 春信使[92]之行, 何太減削耶?" 臣答曰 : "只緣貧乏所致, 豈情薄然也?" 能時等作色[93]曰 : "勿以爲餙辭也。今者, 雖曰'加數設備[94]'云, 而亦不如前例, 我旺不以礼物爲貴, 只恨種種外待[95]之意也。當初結盟約條, 固如是乎?" 多有勃然之色, 臣徐言曰 : "所謂種種外待, 未知指某事而言也。至於礼單減削之說, 實出無情, 而言之細瑣, 故只以貧乏答之矣。今者爾等, 以此爲執言, 不得不畧陳之。當初, 結盟約條, 只以春秋信使爲定[96], 而上年春, 信使之還, 爾旺使价, 亦知回礼而隨之[97], 回礼之還, 又無回礼之物者, 雖[98]所當然, 而其時, 我旺空送使介, 亦爲未安, 又封畧于礼物, 送

---

87) 能時脫力(능시탈력) : 《만회당실기》에는 '能時'.
88) 作客(작객) : 객지에 머묾.
89) 次知(차지) : 主任. 어떤 일을 맡아봄. 주로 담당하거나 책임짐.
90) 謄書(등서) : 《만회당실기》에는 '登書'.
91) 前(전) : 《만회당실기》에는 '前者'.
92) 信使(신사) : 나라를 대표하여 일정한 사명을 띠고 외국에 파견되는 사람. 瀋陽으로 매년 2회 파견했는데, 봄에 파견된 사람을 春信使, 가을에 파견된 사람을 秋信使라 했다.
93) 作色(작색) : 불쾌한 얼굴빛을 드러냄.
94) 設備(설비) : 《만회당실기》에는 '復備'.
95) 外待(외대) : 푸대접.
96) 爲定(위정) : 《만회당실기》에는 '爲言'.
97) 之(지) : 《만회당실기》에는 '而'.

之矣。今者, 春信使之礼物, 有司錯料, 并計前送之數, 而磨鍊故耳."能時又曰:"然則, 其官員無罪乎?"臣答曰:"以此方在推覈[99]中矣."能時又曰:"送礼之物, 旺王不爲親覽乎?"臣答曰:"我旺之法, 勿論大小事, 有司金管[100]次知矣."又曰:"至於隣國送礼之物, 不爲親覽之說, 似歇云云."臣答曰:"我旺體面, 本來如此。大槪今番, 貴國書中, 許多說話, 及爾等所謂云云之說, 皆是萬萬[101]情外之說, 不須相較。而兩旺旣爲告天, 結盟約爲兄弟, 則前來礼物, 雖[102]領留而言之, 尙且無顔, 至於還送, 其爲慚愧, 如何可言? 卽令設備[103]礼物, 特遣別使, 以補前失, 我旺信義之情, 盖在其中, 爾等亦豈不知也?"能時點頭[104]而答曰:"此則似合和意."云云[105]。稍解怒氣爲白遣, 又問曰 :"北道深處[106]于之介[107], 於[108]貴國, 如前相通買賣乎?"臣答曰:"別遣御使, 犯禁[109]者梟示[110], 嚴加禁斷, 已經數年之久。其後, 貴國使价絡繹[111], 必[112]有所聞, 知而如何更問?"又曰:"于之介等, 亦爲歸服[113]我國, 五千餘名, 以爲率[114]來之

---

98) 雖(수) :《만회당실기》에는 '理'.

99) 推覈(추핵) : 죄인을 추궁하고 신문하여 범죄의 실상을 자세히 조사하여 캐어내는 것. 《만회당실기》에는 '推咎'.

100) 金管(김관) : '全管'의 오기인 듯. 도맡아 관리함.

101) 萬萬(만만) :《만회당실기》에는 '閒閒'.

102) 雖(수) :《만회당실기》에는 글자가 없음.

103) 設備(설비) :《만회당실기》에는 '復備'.

104) 點頭(점두) : 머리를 끄덕임.

105) 云云(운운) :《만회당실기》에는 '云'으로 되어 있음.

106) 深處(심처) : 조선 국경에서 멀리 떨어진 곳. 《만회당실기》에는 '護處'.

107) 于之介(우지개) : '亏知介 또는 于知介'로 표기되기도 함. 野人 種族 우디거(兀狄哈, Udehe)를 적는 표기 가운데 하나이다. 《만회당실기》에는 '于之介等'으로 되어 있다.

108) 於(어) :《만회당실기》에는 글자가 없음.

109) 犯禁(범금) :《만회당실기》에는 '執禁'.

110) 梟示(효시) : 목을 베어 높은 곳에 매달아 놓아 뭇사람에게 보임.

111) 絡繹(낙역) : 왕래가 끊이지 않음.

112) 必(필) :《만회당실기》에는 '又'.

113) 歸服(귀복) : 상대의 편으로 귀순하여 복종하며 따름.

事, 李馨長等, 亦所目見。其餘, 則納坡·會坡[115]·虛叱介[116]等, 三處分置。而前月北道, 請開時[117]換米者, 爲救此流之計也." 又曰: "倭國使臣, 亦如是出入乎?" 臣答曰: "倭國之使, 有別樣事機, 而後送之, 故或五六年一度, 而近無送使之事矣." 彼等答曰[118]: "倭使亦來乎?" 臣答曰: "稱使之倭, 則罕來, 雖或來之, 不入國內, 自釜山接送矣." 又問曰: "近來島中, 消息如何?" 臣已料其島中迲㺚[119]先來, 故有知而仍問之意, 答曰: "俺渡江之日, 風聞遙望, 有相戰之狀, 而近來船路不通, 其間[120]虛實, 未能詳知。而俺路上月[121]見, 龍骨大差胡, 率島中投㺚[122]一名, 先到此處, 爾等必先知之。願聞其詳."云而, 則點頭不答, 曰: "國書外, 又無口傳之事耶?" 臣答曰: "雖有所懷, 未傳吒書之前, 有何所言? 而但藥材, 雖曰治人之病, 皆是草木之屬, 金銀世稱爲寶, 而兩吒旣爲通和, 有無相資, 豈可以銀換藥乎? 適秋採已盡, 天朝船路阻隔, 醫局儲竭, 不得稱情, 艱難覓得三十餘種來。如得新採, 則當隨得送救, 豈可屑屑爲買賣者乎? 元銀子, 今姑[123]完璧[124]而來."云。能時等點頭, 不答是非, 藥材物目, 並爲傳書[125], 已去爲白齊。

---

114) 率(솔) : 《만회당실기》에는 '牽'.
115) 會坡(회파) : 《만회당실기》에는 '無坡'.
116) 虛叱介(허질개) : 叱은 된소리로 발음하라는 표시여서 '헛개'로 표기해야 함.
117) 開時(개시) : '開市'의 오기인 듯.
118) 答曰(답왈) : 문맥상 '問曰'의 오기인 듯.
119) 㺚(달) : '㺚'로도 표기됨. 몽고인을 일컫는다.
120) 間(간) : 《만회당실기》에는 '聞'.
121) 上月(상월) : 《만회당실기》에는 '上目'.
122) 㺚(달) : 《만회당실기》에는 '達'.
123) 姑(고) : 《만회당실기》에는 '始'.
124) 完璧(완벽) : 趙나라 惠文王 때의 和氏之璧 고사를 일컬음. 藺相如가 화씨지벽을 가지고 갔으나, 秦나라 昭襄王이 화씨지벽을 가지고는 바꾸기로 약속했던 15개의 성에 대해서 말이 없자, 흠 있는 구슬이라며 기지를 발휘하여 되찾아서 온전한 구슬로 되돌려 보냈다는 고사이다.
125) 傳書(전서) : 《만회당실기》에는 '備書'.

29일

대포소리가 진동하여 그 까닭을 물으니, 대포 쏘기를 익히는 것이라고 하였습니다. 매일 양 1마리, 거위 1마리, 닭 1마리, 말의 마초(馬草)와 원역(員役)의 요미(料米 : 급료) 등의 수효에 이르기까지 전례(前例)대로 마련하여 주는 것이라고 하였습니다.

　　二十九日。炮聲震動, 問之, 則習放[126]是如云爲白齊。每日羊一口, 鵝一首, 鷄[127]一首, 至馬[128]員役, 料米[129]馬草[130]等計數, 依前例, 備給是如爲白齊。

4월 1일

문지기 호인(胡人)으로 녹세(祿世)라고 불리는 자는 우리나라 말을 잘 아는 자이었는데, 김희삼(金希參)과 서로 알고 지낸 친분이 있어서 일찍이 정탐하기로 후한 뇌물을 주고 약속 받았습니다. 그러나 다른 호인들과 같이 있어서 말을 붙일 만한 틈이 없었지만, 오늘 오시(午時 : 오전 11시~오후 1시)쯤 우연히 약간의 틈이 생겨 언급하자, 〈그가〉 말하였습니다.

"도중(島中)에서 변란이 생겨 투항해 온 진달(眞㺚) 14명이 지난달 28일에 들어와서 말하기를, '도중(島中)의 한인(漢人)들은 더러 조선의 지방을 드나들며 흥정을 원만히 하여 사고팔아서 생계를 유지하였지만, 진달 600

---

126) 習放(습방) : 활이나 포 등을 쏘는 훈련을 말함.
127) 鷄(계) : 《만회당실기》에는 '雞'.
128) 至馬(지마) : 馬草 앞에 있어야 어구로서 착종되어 있음. 번역은 어순을 바로잡아 하였다. 《만회당실기》에는 '酒一尊'.
129) 料米(요미) : 예전에, 관원에게 급료로 주는 쌀을 이르던 말.
130) 馬草(마초) : 《만회당실기》에는 '藁草'.

17세기 여진과 몽골

여 명은 먹을거리를 얻을 길이 없고 기근이 너무나 심하여 막 투항해 오기로 약속을 맺으려는 찰나, 한인 만여 명이 그 기미를 알고 진달과 서로 전투를 벌였다. 한인이 패하게 되자 유흥치(劉興治)가 모반을 일으켜 진달(眞㺚)에게 투항하기 위하여 막 배를 타고서 떠나오려는 찰나, 다른 섬에 있던 한인들이 작당하여 와서는 진달들을 마구 죽이자, 도망쳐서 살아난 자가 15명이다.'고 운운하였으나, 그들의 말을 믿을 수가 없어 잡아가두려고 했다."

김희삼이 또 물었습니다.

"군병(軍兵)은 어느 곳으로 가고 있는가?"

"여러 곳의 몽골들은 죄다 우리나라에 투항하여 복속(服屬)되었으나, 남조(南朝 : 명나라)의 서북 사이에 사는 차하르(借下羅, Chakhar) 몽골은 아직도 귀부(歸附)하지 않았는데, 지금 남조에 조공(朝貢)하고 남조는 개시(開市)하도록 허락했다고 했기 때문에 군병들이 그곳으로 가고 있다. 그리고 엄습한 뒤에 차하르 몽골들의 복색(服色)으로 갈아입고 시장을 열겠다며 핑계하고 그대로 남조를 치려는 계획이다."

이와 같이 운운하였습니다.

오늘 술시(戌時 : 오후 7시~9시)경에 능시(能時)와 아벌아(阿伐阿) 두 호인(胡人)이 칸(汗)이 있는 곳에서 곧장 신(臣)의 처소로 찾아와 칸의 뜻을 전하였습니다.

"용골대의 치보(馳報)에 의하면, '가도(椵島)에서 변란이 발생하여 한인(漢人 : 명나라 사람)이 진달(眞㺚)과 서로 싸웠는데, 진달 200여 명이 바다를 건너 귀국의 안주(安州) 지방으로 올랐다.'고 하는바, 때문에 그들을 데리러 가는 일로 박중남(朴仲男) 등 4명을 내보내고, 사신이 데리고 온 군관(軍官) 중 2명을 역시 데려갈 수 있도록 하라고 분부하셨다."

이와 같이 말하면서 출발하기를 독촉하는 것이 몹시 급하였는데, 신(臣)이 대답하였습니다.

"근래에 양국이 화친을 맺고 사개(使价)의 왕래가 끊이지 않는데, 어찌하여 꼭 나의 군관을 데려가려고 한단 말인가? 기필코 데려가려 하는 것이 무슨 의도인지 알지 못하겠다."

능시가 대답하였습니다.

"사신의 일행이 이곳에 당도할 즈음, 마침 귀국에 일이 생겨서 우리를 위임하여 보내는 것이나, 일이 마땅히 함께 보내야만 하는 것이기 때문에 칸(汗)이 이와 같이 분부하셨으니, 신속히 보내도록 하라."

이에 신(臣)이 두세 번 이치를 들어 강력히 거절하였더니, 능시 등이 불쾌한 기색을 띠고 마치 몰아낼 것 같은 태도여서 마지못해 신(臣)의 군관

송득(宋得)을 보내도록 허락한 사연의 장계(狀啓)를 초안하려는 즈음, 그
자리서 선 채로 몹시 심하게 독촉하는지라 어지럽고 어수선한 상황이 이
루 다 말할 수가 없는 데서 간신히 써서 봉하여 요구대로 송득에게 주어서
내보냈습니다.

그런데도 박중남과 여러 호인들이 신(臣)이 묵고 있는 숙소의 문밖에
찾아와서는 큰 소리로 재촉하며 공갈하기를, "조선(朝鮮)이 유독 천조(天朝
: 명나라)에게만 치우쳐서 만일 해(害)가 우리나라로 투항해오는 진달에게
미치기라도 한다면, 바로 하늘이 맹약(盟約)을 깨트리도록 할 것이다."고
운운하는 말이 더더욱 가증스러웠습니다.

　　四月初一日。守門胡人, 祿世稱名者也, 能解我吐語者也, 與金希參, 有
　　相知之分, 曾以偵探事, 厚賂爲約。而與衆胡同處, 不得接語之隙爲白
　　如乎[131], 當日午時量, 偶得少隙言及, 曰："自島中生變, 投來眞獐十四
　　名, 去月二十八日, 入來言：'島中漢人, 則或出入朝鮮地方, 和賣[132]資
　　生[133], 眞獐六百餘名, 無路得食, 飢饉茲[134]甚, 方欲結約投來之際, 漢
　　人萬餘名人[135], 知機相戰。漢人見敗, 劉興治[136]返, 爲投入眞獐之中,

---

131) 爲白如乎(위백여호) : '하였사옵거니와'의 이두표기.
132) 和賣(화매) : 쌍방의 합의하에 물건을 사고파는 것.
133) 資生(자생) : 생계를 유지하며 살아감.
134) 茲(자) : 《만회당실기》에는 '滋'.
135) 人(인) : 《만회당실기》에는 글자가 없음.
136) 劉興治(유흥치, LiúXīngzhi, ?~1631) : 명나라 장수 毛文龍이 1622년에 鎭을 椵島에
　　 설치하고 온갖 횡포를 일삼으며 외교상 막대한 지장을 초래하다가 1629년에 袁崇煥에
　　 게 伏誅되자, 1630년 가도에서 모반을 하여 副摠 陳繼盛을 죽이고 병권을 잡은 인물.
　　 유흥치는 본래 후금에 투항했다가 다시 모문룡에게 투항하여 그의 부하였는데, 우리
　　 백성을 죽이고 노략질하자 조정에서 水陸 두 길로 진군하여 치려고 했지만 실행하지
　　 못하였다. 유흥치와 심복 부하들이 섬의 백성들을 위협하여 오랑캐에 투항하려고 하
　　 면서 포악한 짓을 저지르자, 1631년 3월 유격 張燾와 長官 沈世魁 등이 그들을 모두
　　 죽였다. 그의 둘째형이 劉海이다.

方欲乘船出來之際, 他島中漢人, 作倘[137]來到, 厮殺眞㺚之際, 逃生者
十五名.'云云, 而不信其言, 方欲囚禁."云云是如爲白齊. 希參又問曰：
"軍兵指向何處乎?" 答曰："諸處蒙古, 盡爲投屬我國, 而南朝西北間[138]
居, 借下羅[139]蒙古, 尙未來附[140], 時方[141]朝貢[142]南朝, 南朝[143]許以開
市云, 故軍兵指向厥處. 掩襲後, 變着借下羅蒙古服色, 稱以開市, 仍
犯南朝之計." 是如云云爲白齊. 當日戌時量, 能時・阿伐阿, 兩胡自汗
所, 眞(直力[144])到臣處, 以汗意, 言曰："龍骨大馳報內, '椵島中生變, 漢
人與眞㺚相戰, 眞㺚二百餘名, 下陸於貴國安朝(州力[145])地方.'云, 故率
來事, 朴仲男等, 四名出送, 使臣帶來軍官中二員, 亦爲許令率去事分
付." 是如, 督發甚急爲白去乙[146], 臣答曰："近來, 兩國通和, 使价絡繹,
何必帶我人而去乎? 必欲率行者, 未知何意也?" 能時答曰："使臣之行,
當到此際, 適有事於貴國, 而委送我人, 則事當偕送, 故汗之分付如此,
急速整送." 云. 臣再三擧理牢拒, 則能時等作色, 似有駈迫擧造[147], 不
得已臣軍官宋得, 許送辭緣, 狀啓搆草[148]之際, 立督太急[149], 錯亂煩

---

137) 倘(당) :《만회당실기》에는 '黨'.
138) 間(간) :《만회당실기》에는 '開'.
139) 借下羅(차하라) : Chakhar(몽골어 : Ц̵аxар)의 음차표기. 중국 河北省 居庸關 밖, 만리
　　 장성 북방지역이다. 곧, 몽골의 동부 좌현으로 이곳에 차하르 몽골족이 살았는데,
　　 1635년 청나라 태종에게 멸망당하였다.
140) 來附(내부) : 歸附. 스스로 와서 복종함.
141) 時方(시방) : 지금.
142) 朝貢(조공) : 종속국이 종주국에 때를 맞추어 예물을 바치던 일.
143) 南朝(남조) :《만회당실기》에는 글자가 없음.
144) 直力(직력) : 謄寫했던 일본인이 '眞'을 '直가(직인가?)'로 추측하며 삽입한 글자.《만
　　 회당실기》에는 이러한 협주 없이 곧바로 '直'으로 되어 있다.
145) 州力(주력) : 謄寫했던 일본인이 '安朝'를 '安州가(안주인가?)'로 추측하며 삽입한 글
　　 자.《만회당실기》에는 '安朝'.
146) 爲白去乙(위백거을) : '하옵거늘'의 이두표기.
147) 擧造(거조) : '擧措'의 오기. 말이나 행동 따위를 하는 태도.《만회당실기》에는 '擧措'.
148) 搆草(구초) :《만회당실기》에는 '構草'.
149) 太急(태급) :《만회당실기》에는 '火急'.

到150)之狀, 有不可勝言, 艱難書封, 準授宋得出送。而仲男與衆胡等, 來到館門外, 揚聲催督, 嚇言曰 :"朝鮮偏向天朝, 若害及於投來眞撻, 則是天與之破盟矣."云云之說, 尤極痛惡爲白齊。

2일

별다른 소식이 없더니, 오시(午時)경에 잔칫상을 차려 보내면서 3일 간격으로 차려 보내는 것이 전부터 규칙과 관례였다고 하였습니다.

初二日。無別樣消息., 午時量, 宴床151)備送, 而間152)三日日次153), 自前規例是如爲白齊。

4일

문지기 호인(胡人) 3명이 들어와서 남초(南草 : 담배)를 요구하였는데, 각각 2속(束)을 주고는 곧이어 물었습니다.

"칸(汗)은 어느 날에 들어오는가? 군병은 이미 떠나보냈는가? 누가 장수되어 거느리고 갔는가?"

"칸(汗)이 동생 평고(平古)를 대장으로 정하여 이끌고 나간 지가 이미 4일이나 지났다. 그리고 칸이 돌아올 날짜는 정확하게 알 수가 없다."

이와 같이 운운하였습니다.

初四日。守門胡人, 三名154)入來, 求請南草, 各二束給之, 仍問:"汗

---

150) 煩到(번도) :《만회당실기》에는 '煩倒'.
151) 宴床(연상) : 잔치를 벌이기 위하여 음식을 차려 놓은 상.
152) 間(간) :《만회당실기》에는 '開'.
153) 日次(일차) : 정해진 일정.《만회당실기》에는 '一次'.

何日入來也? 軍兵已爲發送乎? 某爲[155]將, 領去也?"答曰："汗弟古[156],
定大將, 領去已經四日。而汗之還[157], 未能的知."是如云云爲白齊。

5일

문지기 호인(胡人)으로 녹세(祿世)라고 하는 자가 김희삼(金希參)에게 은
밀하게 말하였습니다.

"용골대(龍骨大)의 종호(從胡 : 수행원)가 만상(灣上 : 의주)에서 어제 도착
했는데, 그가 하는 말 속에, '도중(島中)의 유흥치(劉興治)가 어지럽게 싸우
던 병사들 틈에 죽었고, 투항하여 온 진달(眞㺚) 200여 명, 달녀(㺚女 : 달단
여자) 50여 명, 당녀(唐女 : 명나라 여자) 20여 명은 오늘 들어올 것이며, 안
주(安州) 땅으로 들어가려고 뭍에 내린 진달 300여 명은 벌써 용호(龍胡
: 용골대)가 있는 곳에 도착하여 조선의 군량미를 빌려다 6석(石)을 방료(放
料)하였으니 끝내는 들어올 것이다.'고 운운하였다."

이와 같이 말하였지만, 앞뒤의 말들이 서로 맞지 않았습니다.

初五日。守門胡人, 祿世稱名者, 與金希參, 密言曰："龍骨大從胡, 自
灣上, 昨日來到, 言內'島中劉興治, 死於亂兵之中, 投來眞㺚二百餘名,
撻女[158]五十餘名, 唐女二十餘名, 今日當爲入來, 而入安州地下陸, 眞

---

154) 三名(삼명) : 《만회당실기》에는 '三名人'.
155) 爲(위) : 《만회당실기》에는 글자가 없음.
156) 古(고) : 바로 이어지는 7월 12일자의 기록을 보면 '平古'의 오류. 《만회당실기》에는
　　'平古'. 德格類(Degelei, 1592~1635). 누르하치의 정실 자식으로는 4남이고 정실과 측
　　실의 구분 없는 10남이다. 이 일기의 맨 뒷부분에는 누르하치의 족계를 밝히고 있는
　　데, 셋째아들로 홍타이지를 넷째아들로 평고를 적고 있다.
157) 還(환) : 《만회당실기》에는 '還來'.
158) 撻女(달녀) : '㺚女'의 오기. 달단 여자. 㺚靼은 만주 북방 및 중앙아시아에 살던 유목
　　민족인 몽고족과 투르크계 민족을 통틀어 이르는 말이다. 《만회당실기》에는 '㺚女'.

獢[159]三百餘名, 已到龍胡所在處, 借得朝鮮軍粮, 六石放料[160], 終當入
來.' 云云."是如爲白在果[161], 前後之言, 不同爲白齊。

6일

이른 아침에 능시(能時), 아벌아(阿伐阿) 등이 신(臣)을 찾아와서 말하였
습니다.

"사신이 오랫동안 객관(客館)에 있어서 무료하고 고생이 많을 텐데, 어
찌 날을 보내는지 위문하기 위해 찾아왔다."

신(臣)이 대답하였습니다.

"찾아와서 위문해 주니 매우 감사하다. 객지에서의 무료함은 늘상 있는
일이라 말할 것이 못 된다. 그러나 다만 이곳에 도착하여 날이 오래 지나도
록 아직도 국서를 전달하지 못하고 있으니, 이 때문에 마음이 답답하다."

저들이 말하였습니다.

"칸(汗)이 마침 다른 곳에 나가 계시기 때문이다. 그렇지만 일이 거의
끝나가고 있어서 며칠 되지 않아 돌아오실 것이다."

그리고 또 말하였습니다.

"일행의 원역(員役), 건초와 양식, 반찬 등 부족한 것이 있지는 않은가?"

신(臣)이 대답하였습니다.

"맞아서 접대해주는 물품이 넉넉하니, 무슨 부족한 바가 있겠는가?"

---

159) 眞獢(진달) : 《만회당실기》에는 '眞獺'.
160) 放料(방료) : 예전에, 나라에서 雜職이나 軍門, 衙門의 구실아치들에게 주는 곡식이
　　나 베, 돈 따위의 급료를 매달 나누어주는 일을 이르던 말.
161) 是如爲白在果(시여위백재과) : '이다 하였거니와'의 이두표기.

저들이 또 말하였습니다.

"일찍이 들으니, 도중(島中)에는 귀국의 관원(官員) 2명이 항상 머물러 있다고 하던데, 이번에 도중에서 변란이 생겼으니, 그 관원들을 어떻게 할 것인가?"

신(臣)이 대답하였습니다.

"관원 2명이 머물러 있다고 한 이야기는 잘못되었다. 유홍치가 스스로 차인(差人)을 거느리고 있음을 일컬은 것이다. 그러므로 근거가 있든 없든 간에 우선 배신(陪臣 : 접반사) 한 명을 차출하여서 늘 육지에 머물러 있게 하고, 만일 부득이 의논하여 결정해야 할 일이 있으면 간혹 드나들기는 했었지만, 내가 올 때 들으니, '한인(漢人 : 명나라 사람)들이 소란을 일으킨 일 때문에 들어갔다가 아직 돌아오지 않았다.'고 하였다. 도중의 변란은 내가 압록강을 건너는 날에 발생하였는데, 이곳에 도착한 이후로는 소식을 들을 길이 없었는지라 어떠한지 알지 못한다. 그대들은 필시 먼저 알고 있을 것이니, 그 자세한 내용을 듣고 싶다."

저들이 대답하였습니다.

"가도에서 진달(眞㺚)과 한인(漢人)들이 3일 밤낮을 서로 싸우다가 유홍치는 어지럽게 싸우던 병사들 틈에 죽었고, 진달은 승리를 거두어 갑옷을 벗고 휴식하려는 즈음에, 또 이웃 섬에 사는 한인들의 엄습을 받아 축출되기에 이르러서 바다를 건너 귀국의 지방에 올랐다고 한다. 그리하여 용호(龍胡 : 용골대)가 사람을 보내어 이미 데려오게 하였는데, 그 숫자가 늙고 약한 사람까지 모두 300여 명으로 가까운 시일에 들어올 것이다."

이렇게만 운운하고 반신(伴臣 : 접반사)의 일에 대해서는 대답하지 않아 그들의 말과 얼굴빛을 보아하니 알고 있으면서도 말하지 않는 표정이었으므로 신(臣)이 또 물었습니다.

"우리나라 배신(陪臣)의 소식을 그대들은 알려고도 하지 않을 뿐만 아니라 말하고 싶어 하지도 않으니, 어찌 그럴 만한 까닭이 있어서 그러는 것이 아니겠는가?"

저들은 서로의 얼굴을 보다가 천천히 말하였습니다.

"실은 알지 못한다. 만약 알고자 한들 하필 사신에게 물었겠는가?"

신(臣)이 또 물었습니다.

"도중의 진달이 비록 그대들 나라에 도망해온 자들이라 할지라도 응당 양국이 화친을 맺은 일은 알고 있을진대, 반드시 우리나라의 배신(陪臣)에게 해가 미치지 않아야 한다."

저들이 대답하였습니다.

"그 사이의 사실은 알지 못하나, 투항한 진달이 들어오면 알 수 있을 것이다."

신(臣)이 또 말하였습니다.

"일찍이 들으니, 유흥치(劉興治)가 그대의 나라에 쏠리는 마음이 많이 있어서 진달과 마음으로 믿고 따랐다고 하던데, 이번에 진달이 승리한 것은 그렇다손 치더라도, 어떻게 죽는 지경에 이르렀단 말인가?"

저들이 대답하였습니다.

"복색(服色)이 한인(漢人)과 똑같은데다, 필시 어지럽게 싸우던 병사들 틈에 서로 뒤섞여 있었기 때문일 것이다."

이렇게 운운하고는 즉시 일어나 가버렸습니다.

初六日。早朝, 能時・阿伐阿等, 來見臣曰:"使臣, 久處客館, 無聊多苦, 何以度日, 以慰問事, 來到."云, 臣答曰:"來見慰問, 多謝。客中無聊, 常事, 不足道。而但到此日久, 尙未傳國書, 以此爲悶[162]." 彼等答

---

162) 悶(민) :《만회당실기》에는 '憫'.

曰："汗適出他故也。然事幾垂畢, 不數日內當還."云, 又言："一行員
役, 蒭粮163)饌物等, 無乃有不足事乎?" 臣答曰："接應之需, 有裕, 有何
所欠?" 彼等又曰："曾聞島中, 貴國官員, 二員恒留云矣, 今者, 島中生
變, 其官員, 何以爲之乎?" 臣答曰："二員之說, 錯矣。劉也, 自稱領差
云。故虛實間164), 姑差一165)陪臣166), 而常在陸地, 如有不得已議定事,
則或有出入, 俺來時聞, '以漢人作筆事, 出(入167)去未還.'云矣。島中
之變, 出於俺之渡江之日, 到此之後, 無路得聞, 未知如何也。你168)等
必先知之, 願聞其詳." 彼等答曰："椵島中, 眞㺚與漢人, 三晝夜相戰,
劉興治則169)死於亂兵中, 眞㺚170)得勝, 解甲休息之際, 又被隣島漢人
之掩襲, 以致見逐, 下陸貴國地方云。龍胡送人, 已爲率來, 而其數老
迷弱, 幷三百餘名, 近當入來."云云。不答伴臣之事, 觀其辭色, 有知而
不言之狀爲白去乙, 臣又問："我國陪臣171)之消息, 你172)等非不欲知
之, 而不肯乃言, 無乃有所以然而然耶?" 彼等相顧, 徐言曰："實不知
之。若知之, 則何必問於使臣乎?" 臣又問曰："島中之㺚173), 雖曰你174)
國之亡奴, 應知兩國通好之事, 不必害及於我國陪臣矣." 彼等答曰：
"其間175)之事實, 不知之, 投㺚176)入來, 則可知."云。臣又曰："曾聞劉

---

163) 蒭粮(추량)：《만회당실기》에는 '芻糧'.
164) 間(간)：《만회당실기》에는 '閒'.
165) 一(일)：《만회당실기》에는 '二'.
166) 陪臣(배신)：家臣. 높은 벼슬아치의 집에 딸려 있으면서 그 벼슬아치를 받드는 사람.
     여기서는 조선의 접반사를 가리킨다.
167) 入(입)：謄寫했던 일본인이 '出'을 교정한 글자임.《만회당실기》에는 '入'.
168) 你(이)：《만회당실기》에는 '爾'.
169) 則(칙)：《만회당실기》에는 글자가 없음.
170) 眞㺚(진달)：《만회당실기》에는 '眞獺'.
171) 陪臣(배신)：제후의 신하가 천자를 상대하여 자기를 낮추어 이르던 1인칭 대명사.
172) 你(이)：《만회당실기》에는 '爾'.
173) 㺚(달)：《만회당실기》에는 '獺'.
174) 你(이)：《만회당실기》에는 '爾'.
175) 間(간)：《만회당실기》에는 '閒'.

興治, 多有向意於你177)國, 與眞㺚服心云矣, 今者, 眞㺚178)得勝則然179), 何以至於致死云耶?" 彼等答曰 : "服色, 與漢一体180), 必相雜於亂兵中故也."云云, 卽爲起去爲白齊。

12일

이형장(李馨長)과 박중남(朴仲男) 등이 칸(汗)의 거처에서 먼저 되돌아와 했던 말 가운데, '칸은 신(臣)이 예물을 가지고 들어온 것을 들었고 또 국서의 내용을 보고는 자못 기뻐하는 얼굴빛이었다.'고 하였습니다.

그리고 칸이 16일이나 17일경에는 꼭 돌아올 것이라고 하였지만, 칸이 가 있는 곳은 요호(蓼湖)의 강변이 아니고 요호를 지나 카르친(加乙眞, Kharchin) 몽골 지방으로 더 깊이 들어가면 심양(瀋陽)에서부터 거리가 500여 리라 하였으며, 칸의 동생 평고(平古)를 대장으로 정하여 여러 고산(固山)들의 군병 가운데 3만여 기병(騎兵)을 뽑아 거느리고 지난달 그믐날에 곧바로 차하르(借下羅, Chakhar) 몽골의 소굴을 쳐들어갈 계획이었다고 하였습니다.

칸(汗)의 4촌 매부로 코르친(骨眞, Khorchin) 몽골의 추장 투시예트(投舍土, Tüsheet)라고 하는 자가 4월 3일에 칸이 있는 처소로 와서 말하기를, "차하르 몽골 군사의 세력이 매우 강성하니 경솔히 대적해서는 아니 되며, 이와 같은 장마철을 맞아 본진에서 떨어져 고립될 수도 있는 군대로 깊이

176) 㺚(달) : 《만회당실기》에는 '獺'.
177) 你(이) : 《만회당실기》에는 '爾'.
178) 眞㺚(진달) : 《만회당실기》에는 '眞獺'.
179) 然(연) : 《만회당실기》에는 '緣'.
180) 体(체) : 《만회당실기》에는 '體'.

쳐들어갔다가 만약 소굴을 보면 불행하게도 이긴다 한들 무공(武功)이랄 것도 없이 단지 사람과 말만 상할 뿐이니, 우선 멈추고 형세를 보아가며 도모하는 것이 가장 좋다.”고 운운하자, 칸이 그의 말을 신뢰하고서 즉시 군대를 철수하도록 하여 돌아오고 있다 하였습니다.

카르친(加乙眞, Kharchin), 칼카(乻可, Khalkha), 코르친(骨眞, Khorchin), 오이라트(阿奴, Oirāt) 등으로 일컬어지는 4곳의 몽골 추장(酋長) 등이 거느린 바, 모두 2,000여 명이 와서 모였는데, 그 가운데 오이라트 몽골의 추장 손두랑거(孫豆郞巨)는 이번에 새로운 얼굴로서 함께 만나 글[祝告文]을 써 하늘에 고하며 동맹을 맺은 뒤로 무릎을 맞대고 한 곳에 모여 앉아 잔치를 베풀었다고 하였습니다.

이형장(李馨長) 등이 칸(汗)을 따라 들어가다 때마침 도중에 들으니, 호인(胡人) 등이 저희끼리 서로 말하기를, “지난 3월 26일에 명나라 3,000여 기병(騎兵)이 성(城) 쌓는 상황을 자세히 살펴보기 위하여 나왔다가 그대로 카르친(加乙眞) 몽골 부락을 공격하여 30여 명을 사로잡고 100여 명의 머리를 베었다.”고 하였거니와, 이형장 등이 그곳에 이르러 보니 과연 그 말과 같았으니 시체가 싸움터에 가득하고, 흐르는 피가 아직 마르지도 않았거늘, 칸(汗)이 그 시체들을 보고 탄식하기를, “나의 백성들이 이러한 참혹함을 만났단 말인가? 내가 하늘로부터 죄를 얻은 탓으로 그런 것이다.” 운운하고 즉시 정탐병(偵探兵) 20여 명을 떠나보냈다고 하였습니다.

다음날 저물녘에 명나라 기마병 3명이 사로잡혀서 왔는데, 칸(汗)이 대해(大海)로 하여금 그들을 달래어 명나라의 방비(防備) 상황을 묻게 하였더니, 그 명나라 기마병들이 대답하기를, “영원위(寧遠衛)에는 한인(漢人 : 명나라)·진달(眞㺚)·몽골(蒙古) 등 모두 날랜 기병 12만 명이, 금주위(錦州衛)에는 한인·진달 등 날랜 기병 6만 명이 항상 머물며 변란을 대비한다.”

하였고, 병기(兵器)와 각종 방비와 관련한 것은 전보다 엄중히 설치했다고 하였으며, 각종 군수물자를 실은 배 180여 척이 남경(南京)에서 3월 17일 이미 영원(寧遠)에 도착했다고 하였습니다.

이형장 등이 칸(汗)을 수행하여 나갔을 때에 의주(義州)에서 포로가 된 백원길(白元吉)에게 물으니, "벽동(碧潼) 사람 1명, 성천(成川) 사람 1명, 또 성명을 알 수 없는 사람 1명 등 모두 3명은 지난해 12월 박중남(朴仲男)이 우리나라에서 되돌아갈 적에 데려왔는데, 1명은 망개토(亡介土, 莽古爾泰, Manggoyltai)의 집에 주고, 형제라고 칭하는 2명은 칸(汗)의 집에 주었다."고 하였는데, 이 자들이 이곳에 이르러 우리나라를 향하여 망측한 말을 많이 하였다고 하거늘, 이형장 등이 또 다른 포로 정국경남(鄭國敬男) 등에게 각각 그 말을 들어 물으니 한결같이 백원길의 말과 같았다고 하는 바, 벽동 통인(通引)과 성천 사람의 말은 신(臣)이 들어갔을 때에 차인범(車仁範)이 했던 말과 똑같았으되 또 1명이 더해지고 거기에다 형제라는 말이 있게 된 그 실상은 알지 못하겠거니와, 홍적(洪賊 : 홍대웅)은 스스로 양반이라 일컬으며 이미 판관(判官) 자리를 거쳤다고 한 까닭에 많은 호인(胡人)들이 판관으로 호칭하며 짝도 지어주고 집도 주면서 한적(韓賊 : 한윤)과 같은 격식으로 대접한다고 하였습니다.

이형장 등은 칸(汗)에게 신임 받던 중군(中軍) 능거리(能巨里)의 처남과 함께 의주에서 포로가 된 인달(仁達 : 백인달)이라고 하는 자에게 저들의 사정을 물었더니, 인달이 대답하기를, "천조(天朝 : 명나라)의 항장(降將 : 투항 장수) 마등운(麻登雲 또는 麻登云), 흑운룡(黑雲龍 또는 黑云龍), 토 총병(土摠兵 : 王世選의 오기인 듯), 마 총병(馬摠兵 : 馬光遠) 등이 계책을 마련하고 이르기를, '지난해 북경(北京)을 공격했을 때 홍산구(紅山口)를 통해 들어왔으니 지금은 필시 방비하고 있을 터라 그 길을 다시 침범할 수가 없겠지만, 홍산구를 지나서 4일 정도 걸리는 곳에 있는 길은 무방비한 곳으로 만약 그 길을 통한다면 마치 무인지경에 들어가는 것과 같을 것이니, 가을 걷이를 기다렸다가 몽골과 합세하여 거사하면 될 것이다.' 하였고, 그리하여 신부(新府)의 몽골 가운데서 장정 1만여 명을 뽑아 편성하고 칸(汗)의 매부 두랑개(豆郞介)를 장수로 정하여 고산(固山) 하나를 증설하였으며, 또 고산에 편입된 소속 가운데 각기 18세 이상자 100여 명씩을 뽑아서 또한 그 편성한 데에 더 들여보냈고, 투항한 한인(漢人) 등 5,000여 명을 별도로 편성하여 모두 화기(火器)를 쥐게 하고 동양성(董揚聲 : 董揚詳이라기도 함)으로 하여금 장수로 정하여 바야흐로 훈련시켜서 천조(天朝 : 명나라)를 치려는 계획에만 전념하고 있을 뿐이다." 하고, 우리나라에 대해서는 매번 자신하기 어렵다고 운운하면서 특별히 다른 뜻은 없다고 하였습니다.

十二日。李馨長・朴[181]等, 自汗所在處, 先[182]爲回來, 言內'汗聞臣持禮物入來, 且見國書辭意, 頗有喜色.'云。而汗則十六七日間[183], 當還是如爲白在果, 汗之所居(去[184])處, 非蓼湖江邊, 過蓼湖深入加乙眞[185]蒙古地方, 自瀋陽相距, 五百餘里是如爲白乎旀, 汗弟平古, 定大將, 抄領諸固山[186]軍兵三萬餘騎, 去月晦日, 直犯借下羅蒙古巢穴之計是白如乎。汗四寸妹夫, 骨眞[187]蒙古酋長, 投舍土[188]稱名者, 初三日, 來到

---

181) 朴(박) : 朴仲男을 가리킴. 《만회당실기》에는 '朴雯'.
182) 先(선) : 《만회당실기》에는 '共'.
183) 間(간) : 《만회당실기》에는 '聞'.
184) 去(거) : 謄寫했던 일본인이 '居'를 교정한 글자임. 《만회당실기》에는 '去'.
185) 加乙眞(가을진) : 'Kharchin(카르친, 喀剌心)'의 음차. 河北省 북쪽 熱河 남부 곧, 지금의 내몽고 지역에 있던 부족의 이름이다. 《만회당실기》에는 '叚眞'.
186) 固山(고산) : 몽고어의 旗라는 뜻인 gūsa. 만주인으로 편제된 滿人八旗가 있었는데, 八旗는 淸太宗이 제정한 兵制의 큰 조직으로서 總軍을 기의 빛깔에 따라 편제한 여덟 부대이다. 처음에 창설된 만인 팔기 외에 청나라가 점차 커지게 되자 漢人으로 편성된 부대인 漢人八旗, 몽골인으로 편성된 蒙古八旗가 차례로 편성되었다.
187) 骨眞(골진) : 'Khorchin(코르친, 科爾沁)'의 음차. 중국 동북부 興安嶺 동쪽의 松花江,

汗處, 言曰：“借下羅蒙古, 兵勢甚爲强盛, 不可輕敵, 當此夏雨之節, 孤軍深入, 若見窟[189], 則不幸, 雖勝之不武, 徒傷人馬而已, 莫如姑停觀勢圖之.”云云, 汗信其言, 卽令回兵, 還來是如爲白乎。稱[190]加乙眞·玐可[191]·骨眞·阿奴[192]等, 四處蒙古酋長等所率, 幷二千餘名來會, 而其中, 阿奴蒙古酋長, 孫豆郞巨, 則今番新面, 相會寫書, 告天結盟後, 連膝會坐, 設宴是如爲白齊。李馨長等, 從汗入去, 時到中途, 聞胡人等, 自中相語曰：“去三月二十六日, 漢兵三千餘騎, 以築城形止[193]看審[194]事, 出來爲白有如可[195], 仍討加乙眞蒙古部落, 生擒三十餘名, 斬首百餘級.”是如爲白如乎, 李馨長等, 到其所, 見之, 果如其言, 屍遍戰場, 流血未乾爲白是去乙, 汗見其屍而歎曰：“惟我生靈, 遭此毒乎? 緣我得罪於天而然也.”云云[196]爲白遣, 卽爲發送偵探二十餘騎爲白是如乎。翌日向暮, 騎馬漢人三名, 生擒而來, 汗使大海[197], 誘問天朝防備形

遼河江 유역에 사는 몽골의 한 부족이다.

188) 投舍土(투사토) : ‘Tüsheet(투시예트, 投謝土)’의 음차. ‘投謝土’로서의 음차는 《인조실록》 1638년 6월 9일조 1번째 기사에 등장한다.

189) 窟(굴) :《만회당실기》에는 ‘屈’.

190) 稱(칭) :《만회당실기》에는 ‘旀’.

191) 玐可(갈가) : ‘Khalkha(칼카, 喀爾喀)’의 음차. ‘할하’라고도 발음한다. 몽골 전체 인구의 대다수인 77.5 %를 차지하고 있다. 방패(Shield)를 뜻하는 ‘칼카’는 16세기 중반부터 고지대 스텝지역과 산악을 따라 이동하던 몽골 유목민을 지칭하던 말이다.

192) 阿奴(아노) : ‘Oirāt, 阿魯德’의 음차. 《속잡록》 1631년조(상)에는 ‘阿魯’로 표기되었다. 몽골 서부에 있던 몽골계 부족으로, 할하 몽골인 또는 서몽골이라 한다. 오이라트는 ‘숲의 사람들’이라는 의미이다.

193) 形止(형지) : 어떤 일이 벌어진 처음부터 끝까지의 경위. 일이 되어 가는 형편.《만회당실기》에는 ‘刑山’.

194) 看審(간심) : 자세히 보아 살핌.

195) 爲白有如可(위백유여가) : ‘하였다가’의 이두표기.

196) 云云(운운) :《만회당실기》에는 ‘云’.

197) 大海(대해) :《인조실록》 1627년조의 2월 10일 5번째 기사, 5월 28일 2번째 기사, 8월 6일 5번째 기사, 12월 22일 4번째 기사, 1628년 조의 2월 28일 3번째 기사 등에 등장한다.

止[198], 則厥漢答曰 : "寧遠衛[199], 則漢人・眞㺚・蒙古, 幷精騎十二萬兵, 錦州衛[200], 則漢人・眞㺚[201], 精騎六萬餘兵, 恒留待變."云, 而火器與各樣防備之事, 比前嚴設是如爲向[202]乎旀, 各樣軍需物貨, 所載船一百八十餘隻, 自南京[203], 三月十七日, 已到寧遠[204]是如云云爲白齊。

李馨長等, 隨汗出去時, 因義州被擄人白元吉問, "碧潼[205]人一名, 成人[206]一名, 又姓名不知者一名, 幷三者, 上年十二月, 朴仲男自我國, 回還時率來, 而一者則付在亡介土[207]家, 稱以兄弟二者則付在汗家."云, 此者等到此, 向我國, 多發罔測之說是如爲白去乙, 李馨長等, 又與他被擄人鄭國敬男等, 各各引而問之, 則一如白元吉之言是如爲白臥[208]乎所[209], 碧潼通引[210]・成川人物之言, 則臣入去時, 與車仁範所言, 一樣是白乎矣[211], 又加一名, 且有兄弟之說, 未知其實狀是白在果[212], 洪賊[213]則自稱兩班, 已經判官之職云, 故衆胡等, 呼稱判官, 給妻給家, 與

---

198) 形止(형지) : 《만회당실기》에는 '刑山'.

199) 寧遠衛(영원위) : 중국 遼東에 있던 군사기지.

200) 錦州衛(금주위) : 중국 遼寧省 盛京에 있던 군사기지.

201) 眞㺚(진달) : 《만회당실기》에는 '眞㺚'.

202) 爲向(위향) : 《만회당실기》에는 '爲白'.

203) 南京(남경) : 중국 江蘇省의 省都. 揚子江 하류 연안에 있는 수륙 교통의 요충지이며, 역대 왕조의 도읍지로 명승고적이 많다.

204) 寧遠(영원) : 《만회당실기》에는 '寧遠衛'.

205) 碧潼(벽동) : 평안북도 碧潼郡의 북부 중앙에 위치하는 군청 소재지. 압록강에 다다르는 국경의 취락으로, 義州 방면과의 상업이 성하였다.

206) 成人(성인) : 成川 사람. 《만회당실기》에는 '成川人'.

207) 亡介土(망개토) : '망고이태(Manggoyltai, 莽古爾泰, 1587~1633)'의 음차. 누르하치의 정실 자식으로는 차남이고 정실과 측실의 구분 없이는 5남이다. '忘介土' 또는 '亡可土'로도 표기되어 있다.

208) 臥(와) : 《만회당실기》에는 글자가 없음.

209) 是如爲白臥乎所(시여위백와호소) : '이다 하는 바'의 이두표기.

210) 通引(통인) : 조선시대에 관아의 관장 앞에 딸리어 잔심부름하던 吏屬.

211) 是白乎矣(시백호의) : '이되'의 이두표기.

212) 是白在果(이백재과) : '이거니와'의 이두표기.

213) 洪賊(홍적) : 洪大雄을 가리킴. 3월 25일자 일기에서 언급된 바 있다.

韓賊[214]一体, 對接云[215]是如爲白齊。李馨長等, 與汗信任中軍能巨
里[216]妻娚[217], 義州被擄人, 仁達[218]稱名者, 引問彼中事情, 則仁達答
曰："天朝降將, 馬登雲[219]·黑雲龍[220]·土摠兵[221]·馬摠兵[222]等, 設
策曰：'上年犯北京時, 由紅山口而入, 今則必防備, 不可更犯此路, 而
過紅山口, 四日之程, 有一路, 無備之地, 若由此路, 如入無人之境, 待
秋成, 與蒙古, 令[223]勢擧事.'云, 而新府蒙古中, 抄其丁壯[224]萬餘名團

---

214) 韓賊(한적)：韓潤(1597~?)을 가리킴. 임진왜란 때 의병장 郭再祐·金德齡·鄭起龍
   등과 함께 큰 공을 세운 韓明璉의 아들이다. 1624년 아버지 한명련이 무고로 부득이
   李适의 반란군에 가담하였다가 살해되자 평안도 龜城으로 도피하였다. 관군이 추격하
   자 이듬해 사촌동생 韓澤과 함께 국경을 넘어 後金의 建州로 들어갔다. 그곳에서 광해
   군 때 명나라의 요청으로 후금을 토벌하러 갔다가 작전상 후금에 투항한 姜弘立을 만
   나 그의 휘하로 들어갔다. 1627년 정묘호란 때 阿敏이 이끄는 후금군의 길잡이가 되어
   조선침략에 앞장섰다. 함께 들어온 강홍립의 주선으로 조선과 후금의 화의가 성립되
   었으나 그는 계속 후금에 남아 조선이 약속을 어겼으므로 정벌해야 한다고 부추기는
   등 반역행위를 하였다.
215) 對接云(대접운)：《만회당실기》에는 '待接云'.
216) 能巨里(능거리)：칸(汗)의 신임 받은 대장. 《練藜室記述》 권25 〈仁祖朝故事本末·丙
   子虜亂丁丑南漢出城〉에서는 정묘년에 의주에 와 있던 자로서 크게 군사를 일으키는
   경우가 아니면 나오지 않는 자로 기록되어 있고, 《승정원일기》 1631년 6월 12일조에
   도 언급되어 있다.
217) 妻娚(처남)：《만회당실기》에는 '妻男'.
218) 仁達(인달)：《인조실록》 1627년조 8월 13일 4번째 기사에 의하면, 白仁達로 泰川
   사람이라고 함.
219) 馬登雲(마등운)：'麻登雲', '麻登云' 등으로 표기되기도 함.
220) 黑雲龍(흑운룡)：'黑云龍'으로 표기되기도 함.
221) 土摠兵(토총병)：王世選의 오기인 듯. 1630년 3월 27일 楡林副將으로 있다가 후금에
   투항했고, 그 뒤 총병이 되었다. 《만회당실기》에는 '王摠兵'.
222) 馬摠兵(마총병)：馬光遠(?~1663)인 듯. 명말청초 때 順天 大興人. 처음에 명나라에
   서 建昌參將을 지내다가 天聰 연간에 청나라에 항복하고 漢軍 鑲黃旗에 속했다. 崇德
   연간에 한군 右翼都統이 되었다. 명나라 松山을 공격할 때 일에 연루되어 奪職되었다.
   나중에 복직하여 한군 正黃과 鑲黃 두 旗의 도통이 되었다.
223) 슈(영)：'合'의 오기.
224) 丁壯(정장)：壯丁. 나이가 젊고 기운이 좋은 남자.

束, 汗妹夫豆郎介[225]定將, 加作一固山[226], 且入固山所屬中, 各抄十八
歲以上者百餘名, 亦爲加入於團束中, 投降漢人等五千餘名別團束, 皆
持火器, 使董揚聲[227]定將, 方爲鍊習, 專意於天朝[228]之計而已." 向我
國, 則每稱難信云云, 別無他意是如云云[229]爲白齊。

13일

이형장이 문지기 호인(胡人) 녹세(祿世)에게 말하였습니다.

"네가 전일에 우리나라 사람으로부터 은혜를 받았으면서 보고도 못 본
체하니, 어쩌면 그리도 신의가 없는가?"

녹세가 대답하였습니다.

"다만 금하는 법이 엄하게 있기 때문이다. 내가 어찌 신의가 없어서 그
러했겠는가?"

이형장이 또 말하였습니다.

"지난해 12월 우리나라 사람 3명이 너희 나라에 투항한 일을 나는 이미
알고 있거늘, 그런데도 너는 어찌 말하지 않는단 말인가?"

녹세가 대답하였습니다.

---

225) 豆郎介(두랑개) : 누르하치의 5녀(1597~1613)가 1612년에 시집간 만주인 紐祜祿 達啓
　　인듯.
226) 固山(고산) : 쿠사. 旗라고도 하는데, 1기의 정원은 7,500명이다. 성년 남자 300명을
　　1니루로, 5개의 니루를 1자란[甲喇]으로, 다시 5개의 자란을 1쿠사[固山]로 편제했다.
　　1쿠사는 결국 7500명인 셈인데 그것을 한자로는 旗라고 했다.
227) 董揚聲(동양성) : 이 일기의 뒷부분에 만주 홍타이지의 족계를 기록해두었는데, 거기
　　에는 '董揚詳'으로 되어 있음.
228) 天朝(천조) : 《만회당실기》에는 '犯天朝'.
229) 云云(운운) : 《만회당실기》에는 '云'.

"어떻게 소문을 들었는가? 아닌 게 아니라 그러한 일이 있었지만, 감히 함부로 말할 수가 없었다."

이형장이 또 말하였습니다.

"그 역적들이 이곳에 도착하여 성명을 바꾸었다고 하던데, 너는 필시 알고 있을 것이니 감추지 말라."

녹세가 대답하였습니다.

"그 이름은 나 역시 알 수가 없으나, 망개토(亡介土 : ‘忘介土’ 또는 ‘亡可土’로도 표기됨)의 집에 있는 한 사람은 김씨 성이라 하고 나이는 30여 세가량으로 안주(安州)의 사인(士人)이라고도 하고 거경인(居京人)이라고도 하였으며, 칸(汗)의 집에 있는 두 사람은 형제라고 하는데 형은 나이가 20여 세가량이고 동생은 나이가 14세로 벽동 통인(碧潼通引)이라고 운운하였다. 그리고 홍태웅(洪太雄 : ‘洪大雄’으로도 표기됨)은 바야흐로 불측한 말로써 헐뜯고 비방하였다. 귀국 사람들이 쟁송할 때에도 이 사람들이 서로 뒤이어서 악랄하였으니 마치 한 입에서 나온 것 같았다. 그러므로 우리나라 사람들이 믿을 수가 없어 수상하게 여기는 데에 이들의 소행이 아닌 것이 없었다."

이와 같이 말하거늘, 이형장이 대답하였습니다.

"그 역적들은 모두 우리나라에서 죄를 짓고 투항해온 자들이다."

이같이 운운하면서 덧붙였습니다.

"그들의 거주지와 성명을 알고 싶은데, 너는 정탐할 수 있을 것인 바, 비밀히 전해주면 다행이겠다."

녹세가 대답하였습니다.

"다시 정탐해보겠다."

이형장이 또 말하였습니다.

"일찍이 이번 군병(軍兵)은 차하르(借下羅)의 소굴을 향한다고 들었었다. 어찌하여 곧바로 돌아왔는가?"

녹세가 대답하였습니다.

"차하르 몽골이 강성하여 함부로 대적할 수가 없는데다 8월에는 남조(南朝 : 명나라)를 향하여 대사(大事)를 거행하려는 뜻이 있기 때문에 돌아온 것이다."

이형장이 또 물었습니다.

"만약에 천조(天朝 : 명나라)를 향한다면 어느 곳으로 진격하여 침범하려는 것인가?"

녹세가 대답하였습니다.

"천조의 항장(降將) 마등운(麻登雲 또는 麻登云) 등이 계책을 마련하여 이르기를, '홍산구(紅山口)를 지나서 4일 정도의 거리를 더 들어가면 어떤 길이 있을 것이고 무방비한 곳이니 마치 무인지경에 들어오는 것과 같을 것이다.' 하였고, 이곳에 있는 여러 고산(固山)들이 말하기를, '성(城)을 공격하기 위한 화기(火器)가 지금 이미 많이 만들어져 있으니 곧장 영원위(寧遠衛)를 공격하자.'고 운운하였다. 이러한 두 의견이 있어서 어느 곳을 먼저 공격할지 알지 못하나, 8월에는 반드시 대사를 거행할 계획이다."

이른바 화기 1병(柄)은 천자가 타는 거가(車駕) 하나에 실어야 하고 나귀 24필이어야 한다는 것을 비록 죄다 믿지 못하겠지만, 그 화기가 대단함은 알 수 있었습니다.

十三日。李馨長, 與守門胡人祿世, 曰："汝前日, 受恩於我國之人, 而視若不見, 一何無信耶?" 祿世答曰："只緣禁法有叫(嚴[230])故也。我豈無信而然也?" 馨長又言："上年十二月, 我國人三名, 投入你國[231]之事,

---

230) 嚴(엄) : 등사했던 일본인이 '叫' 글자의 의미가 嚴임을 협주한 것임.

吾已知之, 而汝何不言?" 祿世答曰 : "如何得聞? 果有此事, 而不敢浪言."
云, 馨長又言 : "此賊等, 到此改姓名云, 汝必知之, 無諱."云232), 祿世答
曰 : "其名則吾亦不知, 而在亡可土233)家者一人, 稱爲金姓, 年可三十餘,
或云安州使(士)人234), 或云居京人, 在汗家者二名, 稱爲兄弟, 而兄則年
可二十餘, 弟則年十四235), 碧潼通引云云236)。而洪太雄237), 方以不測
之言毀謗。貴國人爭訟之際, 此人等, 繼之助虐238), 如出一口239), 故我
國之疑惑, 無非此輩等所爲."是如爲白去乙, 馨長答曰 : "此賊等, 皆作罪
於我國, 而投來者."云云240), "欲知其居住姓名, 你241)可探聽, 密傳幸
甚."云, 祿世答 : "稱更探."云云242), 馨長又言 : "曾聞今番軍兵, 指向借下
羅巢穴云矣243)。如何卽還耶?" 祿世答曰 : "借下羅蒙古强盛, 不可輕敵,
且八月間244), 向南朝, 有擧大事之意, 故還來."云, 馨長又問 : "若向天朝,
則進犯何處乎?" 祿世答曰 : "天朝降將馬騰雲245)等, 則設策曰 :'過紅山
口, 加入四日程, 有一路, 而不備之地, 如入無人之境.'云, 此處諸固山等,

---

231) 你國(이국) : 《만회당실기》에는 '爾國'.

232) 云(운) : 《만회당실기》에는 글자가 없음.

233) 亡可土(망가토) : 4월 12일자 일기에는 '忘介土'로 표기되었음. 또한 '亡介土'로도 표
　　기되어 있다. 《만회당실기》에는 '亡介土'.

234) 士(사) : 謄寫했던 일본인이 '使'를 교정한 글자임. 《만회당실기》에는 '士人'.

235) 十四(십사) : 《만회당실기》에는 '可十四'.

236) 云云(운운) : 《만회당실기》에는 '云'.

237) 洪太雄(홍태웅) : 3월 25일자 일기에서는 '洪大雄'으로 기록되어 있음. 《만회당실기》
　　에는 '洪大雄'.

238) 助虐(조학) : 《만회당실기》에는 '助惡'.

239) 如出一口(여출일구) : 한 입에서 나오는 것 같다는 뜻으로, 여러 사람의 말이 모두
　　동일하게 표현되거나 일시에 같은 주장을 할 때를 이르는 말.

240) 云云(운운) : 《만회당실기》에는 '云'.

241) 你(이) : 《만회당실기》에는 '爾'.

242) 云云(운운) : 《만회당실기》에는 '云'.

243) 矣(의) : 《만회당실기》에는 글자가 없음.

244) 間(간) : 《만회당실기》에는 '聞'.

245) 馬騰雲(마등운) : '麻登雲 또는 麻登云'의 또 다른 음차표기. 《만회당실기》에는 '馬登雲'.

則曰：'攻城火器, 今已多造, 直犯寧遠衛.'云云。有此二論, 而未知某處
先犯, 八月間[246], 則必擧大事之計."云云。所謂火器一柄, 載一車駕, 驢
二十匹云, 雖不盡信, 其火器之重大, 可知是白齊。

16일

신(臣)이 김희삼(金希參)과 이형장(李馨長) 등에게 말하였습니다.

"홍대웅이라는 역적이 망측하게 운운했다는 이야기는 차인범(車仁範),
백원길(白元吉), 정국경남(鄭國敬男), 녹세(祿世) 등의 말과 서로 부합하나,
단지 망측하다고만 할 뿐이고 그 말의 곡절을 듣지 못하였으니, 사실과
다른 것이 있는 듯하다. 너희들이 계책을 마련하거나 꾀를 부려서라도 상
세히 묻고 탐문하라는 것은 전에 이미 분부하였다."

이와 같이 말하였더니, 오늘 이형장이 녹세에게 털옷을 주며 유인하여
묻자, 녹세가 은밀히 대답하였습니다.

"홍대웅이라는 역적이 스스로 '홍 부원군(洪府院君)의 손자로 폐조(廢朝
: 광해군) 때에는 전주 판관(全州判官)을 지냈었고, 인조반정(仁祖反正) 이
후에는 죄를 얻어 정배되었다가 숙천(肅川)에서 도망쳐 왔는데, 귀국(貴國
: 후금)이 관대하고 후덕하며 대도(大道)가 있다는 것을 듣고 투항해 왔다.'
고 하였다. 그런데 그가 먼저 강도(江都 : 강화도)의 일을 말하고 나더니
또 말하기를 '양국이 비록 사이가 좋다고 할지라도 믿지 말라. 조선(朝鮮)
은 바야흐로 성을 수축(修築)하고 무기를 갖추어 8도의 군병을 지금 한창
훈련시키는데 양서(兩西 : 황해도와 평안도)까지도 추가하여 편입했다.'고

---

246) 間(간) : 《만회당실기》에는 '開'.

하였다. 또 '왜국(倭國)에게 군대의 지원을 청하고는 귀국이 군사를 모조리 이끌고 서쪽으로 향할 때만 기다렸다가 진격하여 천조(天朝 : 명나라)에게 보답하려고 하니, 잘 살피라.' 운운하면서 '성을 수축하고 무기를 갖춘 것은 귀국의 사신들이 왕래하면서 눈으로 직접 보았을 것이니, 내 말이 사실인지 아닌지는 그것만으로도 알 수 있을 것이다.' 하였다."

이와 같이 운운하였습니다.

　十六日。臣謂金希參·李馨長等曰："洪賊罔測云云[247]說, 與車仁範·曰元吉[248]·鄭國敬男·祿世等, 所言相附[249], 而但稱罔測而已, 未聞其言之曲折, 則似有不實。汝等, 設策行計, 詳問探聽事, 前已分付。"爲白是如乎。當日, 李馨長, 與祿世, 給毛衣, 誘而問之, 則祿世密言曰："洪賊自稱：'洪府院君之孫, 廢朝[250]時, 已經全州判官, 反正以後, 被罪定配爲白有如可, 逃來于肅州(川[251])矣[252], 及聞貴國有寬厚大道, 投來。'云。而渠先言江都事, 又言：'兩國, 雖曰和好云, 莫信之。朝鮮, 方修築城機, 八道軍兵, 時方操鍊, 添入兩西[253]。'云。又'請兵倭國, 待貴國悉兵西向之時, 進擊爲天朝報, 詧[254]。'云云, '城機之修築, 貴國差价之往來目見, 我言[255]虛實, 以此可知。'云。"是如云云爲白齊。

---

247) 云云(운운)：《만회당실기》에는 '之'.

248) 曰元吉(왈원길)：'白元吉'의 오기.《만회당실기》에는 '白元吉'.

249) 相附(상부)：《만회당실기》에는 '相符'.

250) 廢朝(폐조)：광해군 시대를 일컬음.

251) 川(천)：등사했던 일본인이 '州'를 교정한 글자임. 肅川은 평안남도 평원 지역의 옛 지명이다.《만회당실기》에는 '肅川'.

252)《인조실록》1630년 6월 1일조 4번째 기사, 1632년 9월 27일조 1번째 기사에 나옴.

253) 兩西(양서)：평안도와 황해도를 아울러 이르는 말.

254) 詧(찰)：《만회당실기》에는 '䚓'.

255) 我言(아언)：《만회당실기》에는 '我言之'.

18일

저물어갈 무렵에 문지기 호인(胡人)이 말하기를, "칸(汗)께서 들어오셨다."라고 운운하였습니다.

　十八日。向暮, 守門胡人言 : "汗入來." 是如云云爲白如乎。

19일

장호(長胡) 투투□(投鬪□)라고 하는 자가 칸(汗)의 분부를 받고 찾아와서 말하였습니다.

"사신 일행의 원역(員役)과 마초(馬草), 식량 등에 삼가지 못한 일이 있지는 않았는가?"

신(臣)이 대답하였습니다.

"맞이하여 접대한 것이 넉넉하였으니, 어찌 성실하지 못한 일이 있었겠는가?"

그는 대답하였습니다.

"칸(汗)께서 갖가지의 일들을 말씀하시고, 말들이 살쪘는지 말랐는지 여부까지 살피라 하시며 일부러 보냈다."

이와 같이 말하고는, 즉시 일어나 가면서 일행과 말들을 함께 점검하였습니다.

　十九日。長胡投鬪□[256]稱名者, 以汗之分付, 來言 : "使臣一行, 員役
芻粮[257]等, 無乃有不謹[258]之事乎?" 臣答曰 : "接應事有裕, 有何不勤之

---

256) 投鬪□(투투□) : □는 글자가 선명하나 무슨 글자인지 알 수 없음.《만회당실기》에는 '鬪丁'.
257) 芻粮(추량) :《만회당실기》에는 '芻糧'.

事乎?"259) 彼答曰 : "汗言各項等事, 及馬匹肥瘦與否, 摘奸260)之, 故委
送."是如爲白遣, 卽爲起去, 一行馬匹, 幷爲點遣(見261))爲白齊。

20일

이른 아침에 골자(骨者), 능시(能時), 대해(大海), 아벌아(阿伐阿), 무칭개
(無稱介), 이름을 알 수 없는 호인(胡人) 등 6인이 칸(汗)의 뜻으로 왔다면서
신에게 말하였습니다.

"국왕께서는 평안하신가?"

"아주 평안하시다."

"조정의 여러 대신들은 평안하신가?"

"평안하다."

"사신은 오랫동안 객관(客館)에 머물러서 무료하고 많이 고단했을 터인
데, 무엇으로 소일하며 지냈는가?"

신(臣)이 대답하였습니다.

"무료히 지낸 객고(客苦)는 말할 것이 못 되고, 이곳에 도착하여 날이
오래도록 아직도 국서를 전달하지 못하였으니, 이 때문에 마음이 답답하다."

저들이 대답하였습니다.

"칸(汗)이 마침 다른 곳에 나가 계시기 때문이다. 그렇지 않으면 무엇
때문에 오래 지체하여 이렇게 되도록 하겠는가? 내일은 응당 맞아들여 만
나보는 예를 행할 것이다."

---

258) 不謹(불근) :《만회당실기》에는 '不勤'.
259) 臣答曰 :"接應事有裕, 有何不勤之事乎?"는《만회당실기》에서 누락됨.
260) 摘奸(적간) : 죄상이 있는지 없는지를 밝히기 위하여 캐어 살핌.
261) 見(견) : 謄寫했던 일본인이 '遣'을 교정한 글자임.《만회당실기》에는 '見'.

신(臣)이 또 말하였습니다.

"내일 접견을 하려면, 언제 길을 떠나야 하는가?"

저들이 대답하였습니다.

"그것은 아직까지 결정되지 않았지만, 따로 오래 지체할 일도 없다."

신(臣)이 또 말하였습니다.

"도중(島中)에 변란이 생겼는데 무슨 일 때문에 일어났는가? 변란을 겪은 진달(眞㺚)들이 이곳에 왔을 것으로 생각되니, 자세히 듣기를 원한다."

저들이 대답하였습니다.

"남조(南朝 : 명나라)가 유흥치(劉興治)와 진달이 우리나라에 투항해 오려는 뜻이 있음을 듣고, 남조에서 차인(差人)을 보내어 유흥치에게 전한 격서(檄書)에 이르기를, '그대의 형 유흥조(劉興祚)는 절의를 지키다가 따라 죽어서 끝내 충신이 되었으니, 그대 또한 어찌 보답을 다하려는 마음이 없겠는가? 도중(島中)에는 투항한 진달의 숫자가 많아 후환이 걱정되니 모두 사로잡아 향리(鄕里)로 돌려보내면, 그대에게 관작을 올려줄 것이고 흠차장군(欽差將軍)은 그대로 도중을 다스리게 할 것이다.'고 운운하였다. 유흥치는 그 말만 믿고 여러 장수들과 은밀히 진달들을 처치할 일을 의논하여 계책을 꾸미기로 약속하였다. 필경 또 그의 처에게 이를 말하였는데, 그의 처는 바로 일찍이 심양(瀋陽)에 잡혀 있다가 지난해 유흥치가 우리나라에 마음을 두고 있다는 소식을 전한 뒤로 돌려보내지도록 허용된 사람이었다. 그 처가 말하기를, '우리들이 금나라의 은혜는 죽어서도 잊지 못할 것인데, 그대는 어찌 이런 차마 못할 계획을 세울 수가 있단 말입니까?' 하면서 반복하여 나무랄 때에, 유흥치 가까이서 심부름하던 진달아이가 몰래 엿듣고 진달에게 미리 알려주었다. 또 다른 장관(將官)이 심부름을 시키던 진달아이도 낌새를 알아차리고 미리 알려주었는데, 두 아이의 말이 서로 어김없이 들어맞았으므로 진달들은 놀라서 허둥지둥하다가 굳게 결심하고 먼저 감히 한인(漢人)들을 공격하여 우두머리 장관[頭頭將官] 20여 명 및 이하 군병들을 거의 죄다 섬멸하였다. 유흥치 형제 등도 결박하여 막 죽이려 할 때, 유흥치가 애걸하기를, '나와 그대들이 당초 맺은 약속대로 함께 심양에 들어가자.'고 하였다. 그러나 진달 중에는 가하다고 하는 자도 있고 불가하다고 하는 자도 있어 논의가 어수선하여 결정하지 못하자, 유흥치는 또 소를 잡아놓고 결연히 맹세하여 여러 사람들의 의견을 진정시킨 뒤에 한밤중을 틈타 몰래 인근 섬의 명나라 군대에게 청하여 세력을 크게 확장시켜 다시 교전하게 되었을 때, 진달이 돌진하여 들어와 단지 유흥치 형제만 베어 죽이려드니 곧 쫓겨 도망쳤는데, 어렵사리 배를 타고 살아 돌아온 자가 400여 명이었다. 바다를 건너 귀국의 지방에 있는 뭍에 내려서 바위 머리에 올라 휴식하려는 찰나, 또 귀국의 관원 2명이 군사를 이끌고 둘러서서 포를 마구 쏘아대어 마치 접전이 있는 듯한 상황과 같아서 진달들이 말하기를, '우리들은 금방 금(金)나라로 투항하여 들어 갈 것인데, 금나라와 귀국은 화친을 맺은 사이인지라 어찌 이곳에 이르러 전투할 일이 있을 줄을 생각이나 했겠는가?' 하자, 그 관원들이 이 말을 듣고는 곧바로 대포 쏘기를 중지하여 싸우지 않게 되었다고 한다. 성인 남자 301명, 달녀(㺚女) 60명, 어린 진달 7명은 직로(直路)로 이미 이곳에 들어왔으며, 또 100여 명은 귀국이 군사를 출동시켜 둘러선 것을 보고 갈팡질팡 흩어져 달아나면서 해상으로 향해 갔다. 때문에 이곳에서는 그들을 마중 나가 호위할 군사로 200여 기병을 또한 내보냈으나, 귀국은 우리나라로 투항해오는 진달들을 해하려 하였으니, 아무리 남조(南朝 : 명나라)를 향한 마음이 더욱 중한들 그럴 수가 있단 말인가?"

　신(臣)이 대답하였습니다.

"이는 그렇지가 아니하다. 투항하는 진달들이 바다를 건너 우리나라의 뭍에 내린 초기에 방비한 일을 그대들은 의아하게 생각지 말라. 저들은 곧 그대의 나라로 도망치는 노비이었다. 당초에 그 상세한 내막을 알지 못하고서 방비한 것은 변방을 지키는 관원의 직분이요, 저들의 말을 듣고서는 이내 대포 쏘기를 중지하고 토벌하지 않은 것도 화친(和親) 맺은 뜻을 준수한 것이니, 그 관원이 일 처리함은 또한 옳지 아니한가?"

저들이 대답하였습니다.

"이 말은 옳다."

신(臣)이 또 물었습니다.

"우리나라 배신(陪臣)들의 소식은 어떠하다고 하던가?"

저들이 대답하였습니다.

"진달은 모두 한인(漢人)들과 서로 교전하였는데, 어찌 해가 미칠 리 있겠는가? 배신들은 무사히 나왔다."

이와 같이 운운하였습니다.

二十日。早朝, 骨者・能時・大海・阿伐阿・無稱介・名不知一胡, 六人以汗意, 來言於臣曰："國王平安乎?" 答："萬安[262]." 又問："朝廷諸大臣平安乎?" 答："平安." 又言："使臣, 久留客館, 無聊多苦, 何以消遣[263]耶?" 臣答曰："無聊之苦, 不足道, 而到此日久, 尙未傳國書, 以此悶鬱焉." 彼等答曰："汗適出他之[264]故也. 不然, 有何留滯, 至於斯耶[265]? 明日, 當行接見禮." 臣又言："明日接見, 則何日發程乎?" 彼等答曰："此則未及定奪[266], 別無留滯之事."云, 臣又言："島中之變, 因

---

262) 萬安(만안) : 신상이 아주 평안함.
263) 消遣(소견) : 消日. 어떠한 것에 재미를 붙여 심심하지 아니하게 세월을 보냄.
264) 之(지) : 《만회당실기》에는 글자가 없음.
265) 耶(야) : 《만회당실기》에는 '也'.
266) 定奪(정탈) : 신하들이 올린 논의나 계책 가운데 임금이 가부를 결정하여 그 가운데

何事而出耶? 經變之獺, 想以[267]到此, 願聞其詳?" 彼等答曰 : "南朝聞
有劉興治與眞獺, 投入我國之意, 自南朝送差, 檄書於興治, 曰 : '汝兄
興祚[268], 從死於節, 卒爲忠臣, 汝亦豈無效報之心耶? 島中投獺[269]數
多, 後患可慮, 并爲生擒, 鄕[270]送則陞汝爵祿, 欽差[271]仍領島中.'云
云[272]。興治信其言, 與諸將等, 密議眞獺[273]等處治事, 設策約束。畢
又言及於厥妻, 而厥妻乃曾在瀋陽, 自上年興治, 有向意[274]於我國, 通
信然後, 許以出送者也。其妻曰 : '我等, 金國之恩, 雖死難忘, 而汝何
出此不忍之計耶?' 反覆相詰[275]之際, 興治親近使喚兒獺[276], 竊聽漏
通[277]於眞獺[278]之中。又他將官使喚兒獺[279], 亦知機漏通, 兩言相

한 가지만 택하던 일. 옳고 그름을 가리어 결정한다는 의미로 쓰인다.

267) 以(이) : 《만회당실기》에는 '已'.

268) 興祚(흥조) : 劉興祚. 遼東 사람으로 본명은 劉海이다. 일찍이 오랑캐 추장에게 투항
하여 호감을 얻고 권세를 부리다가 인조 6년(1628)에 이름을 興祚로 고친 뒤 그의 아우
劉興基‧劉興治‧劉興良 등과 함께 毛文龍에게 투항하였다. 그 뒤 袁崇煥이 毛文龍의
목을 베고 나서 유흥조 등을 거느리고 永平府로 나아갔는데, 원숭환이 1629년 12월
모반 혐의로 감옥에 가두어진 뒤 오랑캐에 의해 1630년 2월 薊州와 영평부가 함락
당했을 때 전사하였다. 원숭환도 1630년 9월 崇禎帝에 의하여 베임을 당하였다.

269) 獺(달) : 《만회당실기》에는 '獺'.

270) 鄕(향) : 《만회당실기》에는 '御'.

271) 欽差(흠차) : 황제의 칙명으로 파견하거나 임명한 인물. 欽差摠兵 陳繼盛을 가리키는
듯하다. 《淸陰集》 권37 〈判中樞府事徐公行狀〉에 의하면, 진계성을 흠차총병이라 일
컫고 있다. 袁崇煥이 1629년 毛文龍을 제거한 후에 부총병 진계성에게 임시로 假島의
군병들을 지휘토록 하고 劉海(劉興祚로 개명 : 유흥치의 형)를 시켜 진계성을 보좌하도
록 했는데, 유흥치도 이때 활약했다. 그러나 1630년 2월 자신의 형 유흥조가 죽자,
같은 해 4월 유흥치가 가도에서 반란을 일으켜 진계성을 죽였다. 그도 1631년 3월 후
금에 투항하기를 반대하는 參將 沈世魁와 張燾 등에게 피살되었다.

272) 云云(운운) : 《만회당실기》에는 '云'.

273) 眞獺(진달) : 《만회당실기》에는 '眞獺'.

274) 向意(향의) : 마음을 기울이거나 생각을 둠.

275) 相詰(상힐) : 서로 트집을 잡아 나무라고 다툼.

276) 獺(달) : 《만회당실기》에는 '獺'.

277) 漏通(누통) : 어떤 일을 미리 알려줌. 비밀을 누설하여 알려줌.

278) 眞獺(진달) : 《만회당실기》에는 '眞獺'.

附280), 故眞㺚281)等, 驚慌發憤, 乃敢先犯漢人等, 頭頭將官282)二十-283)
餘名及以下軍兵, 幾盡厮殺。興治等兄弟, 亦爲綁縛, 將殺之際, 興治
哀乞曰 : ‘我與你284)等, 依當初結約, 同入瀋陽.’云云285)。而諸㺚, 或
有以爲可者, 或有以不可者, 論議286)紛紜未決, 興治又與殺牛決盟, 以
定衆議287), 然後乘夜, 潛肛(請288))隣島漢兵, 大將(張289))形勢, 更爲接
戰之時, 眞㺚突入290), 只斫殺劉興治兄弟, 卽291)爲見逐退遁, 艱難乘
船生還者四百餘名。下陸於貴國地方, 登巖292)休息之際, 又貴國官員
二員, 率其軍兵, 圍立放砲, 似有接戰之狀, 眞㺚293)等曰 : ‘我等今方,
投入金國, 而金國與貴國通和, 豈料到此294)有戰鬪之事乎?’ 其官員等,
及聞此言, 乃止不戰云云295)。男丁三百一名, 㺚女296)六十名, 兒㺚297)
七名, 則298)自直路已爲入來, 又百餘名, 則見貴國發兵圍立, 惶㥘299)

---

279) 㺚(달) :《만회당실기》에는 ‘獺’.
280) 相附(상부) :《만회당실기》에는 ‘相符’.
281) 眞㺚(진달) :《만회당실기》에는 ‘眞獺’.
282) 頭頭將官(두두장관) : 각 씨족이나 부족의 우두머리 되는 이름난 여진 장관.
283) 二十(이십) :《만회당실기》에는 ‘三十’.
284) 你(이) :《만회당실기》에는 ‘爾’.
285) 云云(운운) :《만회당실기》에는 ‘云’.
286) 論議(논의) :《만회당실기》에는 ‘論議不一’.
287) 議(의) :《만회당실기》에는 ‘疑’.
288) 請(청) : 謄寫했던 일본인이 ‘肛’ 대신에 교정한 글자임.《만회당실기》에는 ‘請’.
289) 張(장) : 謄寫했던 일본인이 ‘將’ 대신에 교정한 글자임.《만회당실기》에는 ‘張’.
290) 眞㺚突入(진달돌입) :《만회당실기》에는 ‘眞㺚等冒死突入’.
291) 卽(즉) :《만회당실기》에는 ‘及’.
292) 登巖(등암) :《만회당실기》에는 ‘登岸’.
293) 眞㺚(진달) :《만회당실기》에는 ‘眞獺’.
294) 到此(도차) :《만회당실기》에는 ‘至此’.
295) 云云(운운) :《만회당실기》에는 ‘云’.
296) 㺚女(달녀) :《만회당실기》에는 ‘獺女’.
297) 兒㺚(아달) :《만회당실기》에는 ‘兒獺’.
298) 則(즉) :《만회당실기》에는 ‘卽’.
299) 惶㥘(황겁) :《만회당실기》에는 ‘惶怯’.

散走, 指向水上之。故自此迎護軍, 二百餘騎, 亦爲出送, 而貴國欲害投來眞獐300)者, 何向南朝之意, 尤重而然也?" 臣答曰 : "是則不然。投獐301)等, 下陸之初, 防備之事, 你302)等勿以爲訝。彼等乃你303)國之亡奴也。當初未知曲折, 而防備者, 守邊官之職分, 及聞其言, 乃止不討者, 亦遵守和好之意也, 其爲處事, 不亦可乎?" 彼等答曰 : "此言則是也。"云云爲白齊。臣又問 : "我國陪臣消息如何云耶?" 彼等答曰 : "眞獐304), 俱與漢人相戰, 豈有害及之理乎? 其陪臣, 則無事出來。"云云是如爲白齊。

21일

어제 듣건대, 오늘 신(臣)을 맞아들이는 접견례(接見禮)를 행한다고 하였지만, 비바람이 함께 몰아쳐서 근심하며 답답한 심정으로 앉아있었더니, 오후에 비가 마침 점점 잦아들자 능시(能時), 무칭개(無稱介), 박중남(朴仲男) 등이 신을 맞이하는 일로 와서 말하기를, "빗줄기가 비록 이 같으나 잠깐 동안 접견례를 행하자."고 하거늘, 신(臣)은 곧 능시 등과 동행하여 예단(禮單)을 가지고 나아갔습니다. 신(臣)의 군관(軍官) 신극효(申克孝)와 이형장(李馨長) 등이 먼저 예단과 약재 등의 물품을 가지고 궁정에 들어가서 다리가 높은 상(高足床) 위에 가지런히 벌여놓자, 능시, 대해, 박중남 등이 신(臣)을 인도하여 들어갔고, 배례(拜禮)하는 자리로 나아가서 국서를

---

300) 眞獐(진달) : 《만회당실기》에는 '眞獺'.
301) 獐(달) : 《만회당실기》에는 '獺'.
302) 你(이) : 《만회당실기》에는 '爾'.
303) 你(이) : 《만회당실기》에는 '爾'.
304) 眞獐(진달) : 《만회당실기》에는 '眞獺'.

받들어 전하였습니다.

배례를 행하는 것이 끝나자, 대해가 또 신(臣)을 인도하여 서정(西庭)에 이르러서는 맨 처음 장막으로 들어가 앉게 하였고, 군관과 역관(譯官)들은 신(臣)의 뒤로 조금 물러나서 벌여 앉도록 하였습니다. 칸(汗)은 당상(堂上)의 가운데에 앉았고, 칸의 서쪽으로 귀영개(貴永介)와 두랑개(豆郎介)가, 칸의 동쪽으로 망개토(亡介土)가 칸과 한자리에 다함께 벌여 앉았습니다. 아지아귀(阿之阿貴), 압다(壓多), 호립(好立), 요토(要土) 등은 당상 아래의 동쪽에 벌여 앉았고, 지을개(之乙介), 사아라(沙阿羅), 발음아(勃音阿), 두두(豆頭) 등은 당상 아래의 서쪽에 벌여 앉았으며, 도지호(道之好), 도두(刀斗) 등은 이름을 알 수 없는 6인과 함께 칸의 뒤쪽으로 당상 아래에 벌여 앉았고, 팔고산(八固山)의 여러 장호(將胡)들은 동정(東庭)과 서정(西庭)에 각각 장막을 설치하여 모여 앉았으며, 칸의 군관(軍官) 50여 명이 검을 차고서 건물 밖의 처마 밑에 열을 지어 서있고, 한적(韓賊 : 한윤)도 그 속에 있었습니다. 코르친(骨眞, Khorchin) 몽골의 제장(諸將) 욱사만조아(郁舍滿朝阿) 등이 거느리고 온 30여 명 모두가 말 25필과 낙타 2마리를 가지고 궁정의 뜰 가운데에 열을 지어 서서 세 번 머리를 조아린 후에 또한 동정(東庭)의 맨 처음 장막으로 인도되어 들어갔으며, 그런 뒤에 칸이 손을 흔들고 고개를 저으며 한참 동안 여러 말을 하였지만, 설관(舌官 : 譯官) 등이 멀리 떨어져 있어서 자세히 알아들을 수 없었으나 우리나라에게 한 말은 아니었습니다.

다례(茶禮)를 행하고 이를 마치려 하자, 능시가 칸의 말을 전하며 말하기를, "오늘 이곳에서 연례(宴禮)를 행하는 것이 마땅하지만, 비바람이 이같이 세차니 그대가 머물고 있는 곳에서 행하는 것이 좋겠다."고 하니, 곧 자리를 파하고 나와 신(臣)은 숙소에 도착하였습니다. 조금 뒤에 우선아(于

仙阿), 박길아(朴吉阿), 만월개(滿月介), 능시(能時), 대해(大海), 아벌아(阿伐阿), 아지호(阿之好), 박중남(朴仲男) 등이 연례를 베푸는 일로 신(臣)이 있는 곳으로 와서 날씨에 대한 인사를 나눈 뒤, 신(臣)이 저들에게 말하였습니다.

"예단과 약재는 지금 이미 전했고, 가은(價銀 : 대금) 한 가지 일에 대해서는 앞서 벌써 죄다 말했는데도 아직까지 결정되지 않은 것인가? 이 일은 반드시 아뢰고 칸의 뜻을 안 뒤에야 전하는 것이 옳기 때문에 일부러 남겨두고 기다리는 것이다. 대개 두 나라가 화친을 맺어서 그 있고 없는 것을 서로 교환하며 도왔거늘, 심지어 꼭 긴요하게 필요하지 않은 약초를 은으로써 바꾸어 보내면 어찌 신의가 있는 도리이겠는가? 인정과 도리로 보아 미안한 일이기 때문에 그 은자(銀子)를 하나도 손상하지 않고 온전히 돌려보내려는 뜻을 그대들은 모름지기 칸에게 고하여 잘 처리하라."

곧 능시 등이 대답하였습니다.

"이 일은 앞서 잠깐 아뢰었으나 현재 아직 결정하지 못했으니, 장차 이 뜻을 다시 아뢰겠다."

그리고 능시 등이 연회상 차려놓기를 재촉하여 신(臣) 이외에 저들 3명이 같은 상에, 군관과 역관 등 2명이 같은 상에, 하인 등 4명이 같은 상에 있었고, 각각 술 1병에다 소와 양을 잡아놓아서 이전에 비하여 풍성하게 갖추어 놓았으며, 술이 세 순배 돌고 고사(固辭)하였지만 강권하여 다섯 순배에 이르러서야 파하였습니다.

二十一日。昨聞'今日接見禮.'云, 而風雨兼作, 憂悶而坐爲白有如乎, 午後雨適漸歇, 能時·無稱介·朴仲男等, 以邀臣事, 來言 : "雨勢, 雖如此, 暫行接見禮."是如爲白去乙, 臣卽與能時等同行, 持禮單進去. 臣軍官申克孝及李馨長等, 先將禮單藥材305)等物入庭, 高306)足床上排

置, 後能時・大海・仲男等, 引臣以入, 就拜席[307], 奉傳國書。行禮畢,
大海又引臣, 至西庭, 第一帳幕入坐, 軍官驛(譯力[308])官段, 從臣後差退
列坐[309]。汗則堂上居中坐[310], 汗之西貴永介[311]・豆郞介, 汗之東亡
介土, 皆與汗連床列坐。汗則[312]阿之阿貴[313]・壓多[314]・好口[315]・要
土[316]等, 床下東邊列坐, 之乙介[317]・沙河羅[318]・勃音阿[319]・頭頭[320]
等, 床下西邊列坐, 刀乙好[321]・刀斗[322]等, 與名不知六人, 汗後床下列

---

305) 藥材(약재) :《만회당실기》에는 '藥財'.
306) 高(고) :《만회당실기》에는 '齊'.
307) 拜席(배석) : 儀式 때에 절하는 곳에 까는 자리.
308) 譯力(역력) : 謄寫했던 일본인이 '驛'을 '譯カ(역인가?)'로 추측하며 삽입한 글자.《만
　　 회당실기》에는 '驛'.
309) 列坐(열좌) : 자리에 죽 벌여서 앉음.
310) 坐(좌) :《만회당실기》에는 '座'.
311) 貴永介(귀영개) : 代善(Daišan, 1583~1648). 禮烈親王. 누르하치의 차남. 廣略貝勒
　　 諸瑛(Cuyen, 1580~1615)의 친동생이다.
312) 汗則(한칙) : 문맥상 불필요한 글자로 보임.《만회당실기》에는 '餘則'.
313) 阿之阿貴(아지아귀) : 罷英親王 阿濟格(Ajige, 1605~1651). 누르하치의 정실 자식으
　　 로는 8남이고 정실과 측실의 구분 없이는 12남이다.
314) 壓多(압다) : 鎭國勤敏公 阿拜(Abai, 1585~1648). 누르하치의 측실 자식으로는 첫째
　　 아들이고 정실과 측실의 구분 없이는 3남이다.《만회당실기》에는 '厭多'.
315) 好口(호구) : 肅武親王 豪格(Hooge, 1609~1648). 청태종의 장남. '好之' 또는 '好立'으
　　 로도 표기된다.
316) 要土(요토) : 貝勒 岳託(Yoto, 1599~1639). 禮烈親王 代善의 장남.
317) 之乙介(지을개) : 청태종의 4촌동생이라 함. '之乙可'로도 표기된다.
318) 沙河羅(사하라) : 穎毅親王 薩哈璘(Sahaliyan, 1604~1636). 禮烈親王 代善의 삼남.
　　 '沙阿羅' 또는 '沙下羅'로도 표기된다.《만회당실기》에는 '沙何羅'.
319) 勃音阿(발음아) : 巴喇瑪(생몰년 미상). 禮烈親王 代善의 5남.
320) 頭頭(두두) : 杜度(Dudu, ?~1642). 누르하치의 장남 廣略貝勒 褚英의 장남. '豆頭'로
　　 도 표기된다.
321) 刀乙好(도을호) : 睿忠親王 多爾袞(Dorgon, 1612~1650). 누르하치의 정실 자식으로
　　 는 9남이고 정실과 측실의 구분 없이는 14남이다. '道之好' 또는 '道道好'로도 표기
　　 된다.
322) 刀斗(도두) : 豫通親王 多鐸(Dodo, 1614~1649). 누르하치의 정실 자식으로는 10남이
　　 고 정실과 측실의 구분 없이는 15남이다. '道斗'로도 표기된다.

坐, 八固山諸將胡等, 取[323]東西庭, 各設帳幕會坐爲白遣, 汗軍官五十餘名佩釰[324], 堂外詹[325]下列立, 而韓賊亦在其中爲白齊。骨眞蒙古諸將郁舍滿朝阿等所率, 幷三十餘名, 持馬二十五匹・駝二頭, 列立庭中, 三叩頭後, 亦引入於東庭第一帳幕, 後汗搖手掉頭, 移時[326]諸話爲白乎矣, 舌官等遠, 不及詳聞, 而非向我國之言是如爲白齊。行茶禮訖, 能時傳言於臣, 曰："今日此處, 當行宴禮[327], 而風雨如此, 自所館處, 權行[328]可也."云, 卽爲罷出, 臣到館所。俄頃, 于仙阿・朴吉阿・滿月乙介[329]・能時・大海・阿伐阿・阿之好・朴仲男等, 以設宴事, 來到臣處, 寒暄後, 臣謂彼等, 曰："禮單藥材, 今已傳之, 而價銀[330]一事, 前者已盡言之, 而尙未定奪耶? 此事必禀, 知汗意然後, 傳之可也, 故姑留待之[331]矣。大槩, 兩國通和, 有無相資, 而至於不緊草藥, 以銀換送, 則有何信義之道哉[332]? 情理未安, 故厥銀子, 完璧以還之意, 你等[333]須告汗, 善處."云[334], 則能時等曰："此事, 前者暫禀, 而時未定奪, 將此意更禀."云云爲白遣。能時等, 催促宴床陳設, 臣位(外[335])渠等則三人幷一床, 軍官・譯官[336]等則二人幷一床, 下人等則四人幷一床, 各酒一壺, 而屠牛羊, 比前豊備是如爲白乎旀, 行三酌而固辭[337], 强勸至五酌而罷

---

323) 取(취) :《만회당실기》에는 '段'.
324) 釰(인) :《만회당실기》에는 '劒'.
325) 詹(첨) :《만회당실기》에는 '簷'.
326) 移時(이시) : 잠깐 동안.
327) 宴禮(연례) : 나라의 경사 때에 베푸는 잔치.
328) 權行(권행) : 형편에 따라 임시방편으로 행하거나 대행함.《만회당실기》에는 '推行'.
329) 滿月乙介(만월을개) :《만회당실기》에는 '滿月介'.
330) 價銀(가은) : 대금.
331) 待之(대지) :《만회당실기》에는 '傳之'.
332) 哉(재) :《만회당실기》에는 '乎'.
333) 你等(이등) :《만회당실기》에는 '爾等'.
334) 善處云(선처운) :《만회당실기》에는 '善處之'.
335) 外(외) : 謄寫했던 일본인이 '立'을 교정한 글자임.《만회당실기》에는 '外'.
336) 譯官(역관) :《만회당실기》에는 '驛館'.

爲白齊。

22일

만월개(滿月介), 아지호(阿之好), 자뢰(者賴), 박중남 등이 칸의 뜻을 신(臣)에게 전하였습니다.

"몽골의 추장(酋長)들과 만나는 일로 나갔다가 미처 돌아오지 못하였기 때문에 사신이 오래 머무르게 되었고, 어제는 마침 비바람 때문에 친히 접대하는 연례(宴禮)를 베풀지 못하였으니 미안하다."

신(臣)이 대답하였습니다.

"이와 같은 위문을 받으니 감사하고 감사하다. 그리고 어제 약재의 가은(價銀 : 대금)을 하나도 손상하지 않고 온전히 돌려보내려는 일을 말했었는데, 어찌 결정되었는가?"

저들이 대답하였습니다.

"능시 등이 어제 이곳에서 칸을 모시고 사신이 앞서 한 말과 나중에 한 말의 곡절에 대해 여쭙고 결정하시도록 하니, 칸께서 말씀하시길, '병 있는 사람은 반드시 값을 치루고 약을 복용하는 것이 마땅히 효과가 있을 것이다.'고 하셨기 때문에 가은(價銀)을 보낸 것이다. 귀국이 화친을 한 사이에 받는 것이 미안하고 또 딸려보내려는 뜻이 있다고 하니, 감히 다시 받지 않고 오늘 만약 돌려보낸다면 또한 미안한 것이고 또 화친의 도리에도 벗어난 것이기 때문에 그 은자(銀子)를 받아두겠다."

이와 같이 말하는지라, 신(臣)이 즉시 차지 역관(次知譯官) 최태교(崔泰

---

337) 固辭(고사) : 제의나 권유 따위를 굳이 사양함.

交)로 하여금 그 은자를 넣은 주머니와 봉투를 가져오게 하여 봉투를 직접 주지 못하게 하옵고, 은자를 기록한 문서[置簿文書]를 상세히 검토해 보니 215냥 5전이었으며 그 문서의 맨 끄트머리에 오랑캐 글자[胡書]로 기록하였는지라, 신이 그 글자를 보이며 말하였습니다.

"이 글자는 그대들의 자필이라서 나는 제대로 알아볼 수 없는데, 그 수량이 얼마쯤인가? 앞문서의 숫자로 보건대 원래의 숫자는 215냥 4전이다."

저들이 그 오랑캐 글자를 보고서 대답하였습니다.

"5냥 반이 더 나왔다고 할 수 있는데, 이는 필시 우리들이 서울에 있을 때 약값으로 받아온 것이니, 한꺼번에 보내주겠는가?"

신(臣)이 대답하였습니다.

"원래의 은자도 바로 돌려보내야 하거늘, 하물며 사소한 약재 값이야 어찌 맡아 둘 리가 있겠는가. 그 수를 합하여 도로 가져오겠다."

저들이 머리를 끄덕이며 말하였습니다.

"이미 지불한 값까지 모두 도로 가져오겠다니 미안하다."

자뢰(者賴)라고 불리는 자는 곧 북도(北道)에 있던 오랑캐들을 찾아 되돌려오는[刷還] 책임을 졌던 호인[次知胡人]이었습니다. 자뢰가 김희삼(金希參)에게 말하였습니다.

"그대는 지난해 7월 이곳에 도착한 날, 그대의 계집종 및 다른 사람들은 쇄환하는 일로 북도에 숨어살도록 허락한 자들의 이름을 열거하여 베껴 갔었다. 나는 지난해 9월 북도에 들어갔었는데 이에 대한 생각을 북병사(北兵使)에게 말했더니, 북병사가 말하기를, '현재까지 조정의 분부가 없지만, 대개 김희삼은 서울에 있다가 그대의 나라를 출입하였다. 그대들은 김희삼과 시비를 따져 바로잡고 하나로 귀결시키면, 그런 뒤에 조정의 분부를 기다려 처리하겠다.'고 하였다. 그때 너는 사신과 함께 되돌아갔는데, 그 뜻을 여쭈어 아뢸 수가 없었단 말인가? 그 후로 어찌하여 이렇다 저렇다 말이 없었던 것인가?"

김희삼이 대답하였습니다.

"그때 나와 그대는 서로 곡절을 두고 다투다가 인적 사항을 적기에 이르렀지만, 사신(使臣)의 일기 속에 모두 기록되어 있어서 굳이 글로 아뢰어 이렇다 저렇다 할 일이 없었으니, 내가 마땅히 알아야만 할 바가 아니었다. 또 내가 서울에 있을 때 듣건대 북병사가 장계한 내용 가운데에 '그대가 북병사에게 한 말이 있었다.'고 하는데, 내가 이곳에 도착했던 날, 나와 그대가 칸의 앞에서 곡절을 따지고 결정할 때에 나는 할 말이 없게 되어 9월 중에 마땅히 붙잡아다 주겠다고 말한 것이거늘, 그대는 어찌 하늘을 머리에 이고 이렇게까지 터무니없는 말을 한단 말인가?"

그때 이처럼 말하며 서로 다투고 있을 즈음에 아지호(阿之好)와 박중남 등이 "당시 참여하여 들었던 사람이 지금 이곳에도 있으니 시비를 따져 바로잡을 수 있을 것이다." 운운하자, 자뢰는 어색해하다가 말하였습니다.

"그대가 잡아다주겠다고 한 말을 나는 말하지 않았으나, 북병사가 필시 소문을 듣고 장계한 것이리라. 그렇지만 잡아다줄 것인지 아닌지에 대해 조정의 뜻은 어떠한가?"

김희삼이 대답하였습니다.

"조정에서는 이 사실을 듣고 그 당시의 쇄환 문권을 서로 견주어 고찰하였는데, 가은(價銀)을 지급하고 쇄환한 것이 적실하였으므로 다시 지급하는 것은 이치에 맞지 아니하다."

자뢰가 말하였습니다.

"그렇다면 환급하지 아니하려는 마음이 있는 것이다."

대개 이러한 말들과 얽힌 복잡한 사정이 신(臣)에게는 전해지지 않았고,

김희삼과 자뢰 등은 자기네들끼리 말하고 대답하면서 분분하게 서로 따지
거늘, 신이 김희삼에게 말하였습니다.

"이것이 어찌 된 말인가? 그대들끼리는 서로 말하고 대답했으면서도 전
하지 않았단 말인가?"

김희삼이 말하였습니다.

"이번 일은 여차여차한 곡절로서 책임지고 따져야 했습니다. 그리고 바
야흐로 그 까닭을 말하려 했으나 자뢰의 물음에 다급하게 답하느라 제때
에 말을 전하지 못하였습니다."

이같이 말하는지라, 신이 저들에게 말하였습니다.

"이렇게 말하는 것은 칸의 분부인가? 자뢰가 이번 일을 맡아서 사사로
이 말하는 것인가?"

저들이 대답하였습니다.

"그대는 칸의 분부가 아니라면, 어찌 감히 사신 앞에서 말을 꺼낼 수
있겠는가?"

신이 대답하였습니다.

"이와 같은 일들은 오로지 조정에서의 처치와 일의 곡절이 어떠한가에
달려있을 뿐이다. 비록 김희삼의 계집종에 관한 일일지라도 그가 스스로
결단할 수가 없으며, 사신도 역시 제멋대로 처리할 수가 없으니, 시비하거
나 헐뜯는 말로 서로 다투어봐야 모두 이로울 것이 없다."

저들이 대답하였습니다.

"비단 이 일만이 아니다. 북도(北道)에는 응당 쇄환되어야 할 자들이 많
이 있는데, 그들의 주소와 성명을 이전에 귀국의 사신 일행이 이미 베껴
갔으나 아직까지 이렇다 저렇다 말이 없었다. 이번에 사신의 일행이 다시
떠나가면서 귀국에 전달하라."

"그곳에 도착하기만 하면 해당 관원이 모든 사유를 갖추어 장계(狀啓)를 올려서 조정의 처치를 기다릴 뿐이지, 상황이나 소식을 전하는 사신의 임무가 아니다. 하물며 그대들도 또한 왕래한 것이 끊이지 않았는데도 반드시 내가 계달해야 한다는 것은 그 의도를 알지 못하니, 결단코 따르기가 어렵다."

저들이 불쾌한 얼굴빛을 띠며 말하였습니다.

"상황이나 소식을 전하는 사신도 국사(國事)를 수행한다. 국사를 수행하기 위하여 왕래하게 되면 양국의 사정을 전달하더라도 안 될 것은 없다. 또 이번 사행에 반드시 전달하려는 것이지 특별히 다른 뜻이 있는 것이 아니다. 자뢰는 그런 류의 쇄환하는 일로 이번에 북도로 출발하려는 것인데, 그곳에 도착했을 때 잡아다줄 수 있는지 없는지 여부를 기한 안에 조정의 공문(行會)이 미치도록 계획하라."

신이 대답하였습니다.

"내가 계달(啓達)하겠으나 이에 이렇다 저렇다 말이 없었던 것은, 생각건대 그런 종류의 쇄환이 온당하지 못하기 때문에 그러했을 것이다. 내가 계달하더라도 일이 불가한 것에 관계되면 아무런 보람이 없을 것이다."

저들이 공갈하며 말하였습니다.

"이번에 다시 떠나가고는 또 이렇다 저렇다 말이 없으면, 우리들이 직접 무슨 일이라도 할 것이다."

이와 같이 운운하고 가더니, 오늘 오후에 자뢰 등 호인(胡人) 4명이 칸의 뜻이라며 와서 말하였습니다.

"북도(北道)에는 우리나라 사람들을 살도록 허락한 자들의 숫자가 많으니 마땅히 쇄환해야 하는데도, 지난해 가을 귀국의 사신이 돌아가면서 이름과 거주지를 베껴 갔으나 붙잡아다줄 것인지 아닌지 여부를 지금까지 이렇다 저렇다 말이 없으니 모름지기 화친을 맺은 의리가 없는 것이다. 이번에 책임자 호인(次知胡人) 자뢰를 또 쇄환하는 일로 다음날 출발할 것이다. 그러나 전날에도 북도의 관원은 단지 조정의 분부만을 기다려 처치하겠다고 운운하였다. 그렇지만 조정은 대수롭지 않게 여기고 또한 분명히 조사하라는 분부를 하지 않아 분부가 시일만 보냈다. 우리들은 오래 머물기가 어려워 일을 이루지 못하고 돌아온 것이 한두 번이 아니었으니, 양국이 서로 화친을 맺은 도리로서 진실로 이와 같이 할 수 있는가? 응당 쇄환해야 할 무리들을 숨어살도록 허락한 자들의 성명과 거주지를 사신도 베껴 가서 귀국에 전달했으니, 이번에는 종전의 버릇을 답습하지 말라. 우리들이 그곳에 가 있을 때 잡아다줄 것인지 아닌지 여부를 기한 안에 조정의 공문이 보내어져 붙잡아다 보내주면 좋을 것이다. 또 만약 헛걸음으로 돌아오게 되면 우리가 직접 처치할 일이 있을 것이다."

신이 대답하였습니다.

"응당 쇄환하여야 한다고 운운하는 무리들을 숨어살도록 허락한 자의 이름을 어떻게 알아내고서 이와 같이 할 수 있단 말인가?"

저들이 대답하였습니다.

"우리나라 사람으로 복동(福同)이라 불리는 자가 북도의 아오지보(阿吾之堡)에서 10여 년 거주하며 살다가 떠나온 지가 오래되지 않았다. 그리고 무이보(撫夷堡)에 사는 아을기(阿乙其) 및 조산보(造山堡)에 사는 사을기(沙乙其) 등이 지난해 5월에 나뉘어 들어갔다가 명백히 알고 돌아와서 말했을 뿐만 아니라, 지난해 회령 부사(會寧府使)가 우리들에게 '너희들은 오랑캐의 종자이냐?' 하자, 각각의 그 집 주인 등이 '본시 우리나라 사람이다.'고 말하였다. 그러자 '점유하여 살았던 곳을 자세히 조사해 만약 오랑캐의 종자가 적실하다면 너희들에게 필시 그들의 족속이 없지 않을 것이니, 이른바 각기의 족속들을 이끌고 왔다면 증거를 조사해서 쇄환할 수 있을 것이다.'고 말했다 하므로, 이번에 그 족속들도 거느리고 갈 것이니 명백한 일이 아니면 감히 이와 같이 할 수 있겠는가?"

이와 같이 말하는지라, 신이 그 이름이 적힌 문건을 취하여 살펴보건대, 단지 어느 고을의 아무개 집에 여인네 몇 명, 남녀 몇 명이라고 적었을 뿐이지, 당사자의 이름을 적지 않았으니 사실이 아님을 알게 되었으므로 신이 말하였습니다.

"이러한 종류의 곡절은 내가 실로 알지 못하거니와, 대체로 쇄환하는 한 가지 일만은 매우 어렵게 여기는 뜻을 나는 이미 알고 있다. 지난 정묘년(1627) 그대들이 우리나라의 국경을 쳐들어왔을 때에 평안도와 황해도의 사람들 가운데 죽임을 당하거나 사로잡힌 자들이야 그만두더라도, 요행히 살아남은 자들이 죄다 고향이 아닌 먼 나라에서 떠돌아다니자, 조정에서는 엄중하게 법조문을 세워 지금 한창 쇄환하고 있지만, 풍문을 듣고 도피하는 경우도 있고, 숨어살도록 허락한 것으로 잘못들은 경우도 있고, 사사로운 감정으로 인하여 거짓 고하는 경우도 있어서 지금 5년이 되었어도 아직껏 쇄환하지 못했다. 청천강(淸川江)의 서쪽 일대에 각 관아가 텅 비어 있었던 광경은 그대들이 왕래하면서 직접 보았을 것이니, 우리나라 안에서 떠돌아다니는 자들조차 아직까지도 쉽지 않은 일인데, 다른 나라에서 떠돌아다니는 사람들 중에는 부모를 찾아갔는지 이로 보나 저로 보나 밝히기 어려운 자임에야. 또 이름이 죽 적힌 문건을 보건대, 남녀 몇 명이라고 기록하였을 뿐이지 그 이름을 적지 않았는데, 없는 사실을 거짓으로 꾸민 듯하니 저와 같은 졸개가 고한 것을 어떻게 죄다 믿을 수 있겠는가?"

저들이 신(臣)의 말을 듣고서 성을 내며 말하였습니다.

"그러면 우리나라 사람들을 잡아다주지 않으려고 이와 같이 막는 것이냐? 칸(汗)이 말씀하신 바를 귀국에 전달하지 않으려고 이렇듯 떠벌리는 것이냐? 이름이 적힌 문건을 베껴 가지 않으려고 그러는 것이냐? 전날에 오씨(吳氏)와 박씨(朴氏)의 사신 일행에게도 이러한 일이 있었지만 오직 양(楊) 사신만이 간절히 틀어막았거늘, 사신의 생각이 이와 같다면 애초에 누가 오라 했느냐? 그렇다면 우리나라에서 곧장 군병을 보내어 그 거주자들을 모두 잡아올 것이다."

그 말씨가 거칠며 거만하여 차마 듣지도 보지도 못할 지경이었는데, 그 중에서도 박중남이 더욱 심하였습니다. 신(臣)은 잠깐 동안 분한 마음을 참고 천천히 말하였습니다.

"신하된 자가 어명을 받드는 날이면 제 몸을 잊어야하거늘, 내 어찌 잊는 것을 싫어하랴? 그대들은 등 뒤에서 미워하면서도 입을 다물고 말하지 않았더란 말이냐? 쇄환할 것인가 여부는 사리의 옳고 그름이 어떠한가에만 달려 있는 것이지, 나의 이 말은 칸(汗)의 뜻을 전달하지 않으려는 것이 아니라서 그런 것이 아니다. 양국은 화친을 맺은 사이이니, 모든 일에 반드시 품고 있는 생각을 죄다 알고 사리에 어긋남이 없어야만 영구히 사이 좋게 지내는 도리가 될 것이다. 그러므로 단지 그 득실만을 진달하려고 그대들이 으레 두렵게 겁을 주는 것은 해야 할 일이 아니니 삼가 버리고 하지 않아야 한다. 내가 말한 바를 그대들이 만약 칸(汗)에게 고하면, 칸은 반드시 나를 비난하지 아니할 것이다."

저들이 또 말하였습니다.

"사신의 말이 비록 이와 같을지라도, 칸(汗)께서 이미 명령하신 일이니 다시 아뢸 수는 없다."

신(臣)이 김희삼 등에게 조용히 물었습니다.

"전날에 오씨(吳氏)와 박씨(朴氏)의 사신 일행과 쇄환인 등이 이름을 적어 간 사실이 있었다고 하는데, 그러하냐?"

김희삼 등이 말하였습니다.

"아닌 게 아니라 있었습니다."

이와 같이 말하는지라, 일을 그르칠까 우려하여 우선 베껴 적도록 하였는데, 그 가운데 김희삼의 계집종은 김희삼이 책임자 호인[次知胡人] 자뢰(者賴)와 대면하여 서로 따져 물었기 때문에, 자뢰가 말하였습니다.

"이 계집종은 산 것이다."

참고할 만한 증거와 문서가 있었다면 직접 변명하거나 조사할 길이 있었겠으나, 이미 우리나라에서 생업을 꾸리었을지라도 되돌려주는 것이 마땅하였으며, 그 이름의 원래 숫자 26명을 별도로 기록하여 왔습니다.

　　二十二日。滿月芥338)·阿之好·者賴·仲男等, 以汗意, 傳言於臣, 曰："以蒙古酋長等相會事, 趂未回還, 使臣以致久留, 昨日適以風雨, 不得親接宴礼339), 未安."云云, 臣答曰："承此慰問, 感則感矣。而昨言藥價銀子完璧一事, 何以定奪耶?"彼等答曰："能時等昨日, 自此直汗前, 將使臣前後所言曲折, 稟定340), 則汗言：'凡有病之人, 必給價服藥, 當有效.'云341), 故送價矣。貴國, 和好之間, 受之未安, 且有隨送之意云, 敢不還領, 今若還送, 則亦未安, 亦出342)於和好之道, 故厥343)銀子捧置."云344)是如爲白去乙, 臣使卽345)次知驛(譯力346))官崔泰交347), 取

---

338) 滿月芥(만월개) : 4월 21일자에는 '滿月乙介' 또는 '滿月介'로도 표기됨.《만회당실기》에는 '滿月乙介'.
339) 宴礼(연례) :《만회당실기》에는 '讌禮'.
340) 稟定(품정) : 여쭈어 의논하여 결정함.
341) 云(운) :《만회당실기》에는 '之'.
342) 亦出(역출) :《만회당실기》에는 글자가 없음.
343) 故厥(고궐) :《만회당실기》에는 '其'.
344) 云(운) :《만회당실기》에는 '之'.
345) 使卽(사즉) : 謄寫했던 일본인이 불필요한 글자인 것으로 표기해 놓았음.《만회당실

來厥348)銀子囊封, 不封349)面授爲白遣, 銀子置簿350)文書詳考, 則二百
十五兩五錢是白乎旀, 其文書末段, 以胡書記錄爲白有去乙, 臣以其書
示曰 : "此則你等351)之自書, 而俺不得解見, 其數幾許耶? 以右書之數
觀之, 則元數二百十五兩四錢."云, 彼等見其胡書而答曰 : "五兩半加來
云, 此必我等在京時, 受來藥價, 幷送之耶?" 臣答曰 : "元銀子, 旣352)爲
還送, 則況其些少353)藥材之價, 豈可留置之理乎? 幷其數, 還來."云, 彼
等點頭354)曰 : "旣受之價, 幷還來, 未安."云云. 者賴稱名者, 乃北道人
物刷還355), 次知胡人也. 者賴言於希參曰 : "汝上年七月, 到此之日,
汝婢子及他人等, 刷還之事, 居住許接356), 列名謄書以去矣. 吾上年九
月, 入去北道, 此意言於北兵使, 則兵使曰 : '時無朝廷分付, 而大譯金
希參, 方在京中, 出入你國357). 你等358), 與金希參, 卜正歸一, 後待朝
廷分付, 處置.'云云. 其時, 汝與使臣回還, 不得上達其意乎? 厥後, 何
無黑白耶?"希參答曰 : "其時, 我與汝, 相詰曲折, 及小名記359), 則使臣
日記中具錄, 啓達而無黑白之事, 非我所當知也. 且吾在京時, 聞北兵

기》에는 '卽使'.

346) 譯力(역력) : 謄寫했던 일본인이 '驛'을 '譯가(역인가?)'로 추측하며 삽입한 글자.《만
회당실기》에는 '驛'.

347) 崔泰交(최태교) :《만회당실기》에는 '崔泰慶'.

348) 厥(궐) :《만회당실기》에는 글자가 없음.

349) 不封(불봉) :《만회당실기》에는 '不動'.

350) 置簿(치부) : 금전이나 물건 따위가 들어오고 나감을 기록함.

351) 你等(이등) :《만회당실기》에는 '爾等'.

352) 旣(기) : '卽'의 오기인 듯.

353) 些少(사소) :《만회당실기》에는 '些小'.

354) 點頭(점두) : 머리를 끄덕임.

355) 刷還(쇄환) : 외국에 끌려간 사람들을 되돌려오는 일.

356) 許接(허접) : 도망친 죄수나 노비 등을 숨기어 묵게 하던 일.

357) 你國(이국) :《만회당실기》에는 '爾國'.

358) 你等(이등) :《만회당실기》에는 '爾等'.

359) 小名記(소명기) : 어떤 사안에 따른 인적 사항 등을 분류하여 정리한 기록.

使, 狀啓中有云'汝言於北兵使', 曰: '我到此之日, 我與汝, 汗前詰定之
時, 我無辭, 九月間360), 當捉給爲言.'云云, 汝何戴天慌說至此耶?"其
時, 此言相詰之際, 阿之胡361)·朴仲男等362), "參聽之人, 今亦在此, 可
以辨正."云云363), 則者賴語塞364)曰: "汝之捉給之說, 吾不言之, 兵使
必信聞365)而狀啓矣. 然捉給與否, 朝廷之意, 如何耶?"希參答曰: "朝
廷, 則聞此事366), 其時刷還文記367)相考, 則給價刷還的實, 故還給不
當."云云368), 則者賴曰: "然則, 有不給之意也."云云爲白齊. 大槪, 此
言之曲折, 不傳於臣, 而希參與者賴等, 自中話答, 紛紛相詰369)爲白去
乙, 臣謂希參曰: "是何言耶也370)? 自相371)話答, 而不傳耶?"希參曰:
"此事, 以如此如此曲折而372)當矣. 方言之故, 急於酬答373), 趂未傳
語."是如爲白去乙, 臣謂彼等曰: "此言, 汗之分付耶? 者賴任此事, 而私
自言之耶?"彼等答曰: "汝374)非汗之分付, 則豈敢發言於使臣前乎?"臣
答曰: "如此等事, 惟在朝廷處置與事之曲折如何耳. 雖是希參之婢子,
渠不可自斷375), 使臣亦不可擅便376), 口舌377)相爭, 俱是無益."云, 則彼

---

360) 間(간): 《만회당실기》에는 '開'.
361) 阿之胡(아지호): 《만회당실기》에는 '阿之好'.
362) 等(등): 《만회당실기》에는 '等乃'.
363) 云云(운운): 《만회당실기》에는 '云'.
364) 語塞(어색): 대답하는 말 따위가 경위에 몰리어 궁색함.
365) 信聞(신문): 다른 사람에게서 들은 것을 또 다른 사람에게 전하는 것.
366) 事(사): 《만회당실기》에는 '奇'.
367) 文記(문기): 文券.
368) 云云(운운): 《만회당실기》에는 '云'.
369) 相詰(상힐): 서로 트집을 잡아 비난함.
370) 耶也(야야): 《만회당실기》에는 '也'.
371) 自相(자상): 자기들 사이에 서로. 자기들끼리.
372) 而(이): 《만회당실기》에는 글자가 없음.
373) 酬答(수답): 묻는 말에 대답함.
374) 汝(여): 《만회당실기》에는 '余'.
375) 自斷(자단): 《만회당실기》에는 '自致'.
376) 擅便(천편): 제 마음대로 결정하여 함부로 처분하거나 처리함.

等答曰 : "非特此事也。北道應刷者多在, 居住姓名, 前日貴國使臣之
行, 已378)爲謄書以去, 而尙無黑白。今者, 使臣之行, 更爲出379)去, 傳
達貴國."云云380), "到彼則當駁(該力381))官員, 具由狀啓, 以待朝廷處置
而已, 非通信使价之任也。況你等382), 亦往來絡繹, 而必以俺啓達者,
未383)知其意也, 決難從之矣." 彼等作色, 曰 : "通信使价, 亦爲國事
也。爲國事而往來, 則兩國之情, 傳達未爲不可。且今行, 必欲傳達, 別
非他意者384)。者賴以厥類刷還事, 今當發行北道, 而到彼之時, 捉給與
否, 欲及期行會385)之計也."臣答曰 : "俺雖啓達, 而迨無黑白者, 想厥類
之刷還, 不當故而然也。俺雖啓達, 事係不可, 則無益也." 彼等嚇言曰
: "今者, 更爲出386)去, 而又無黑白, 則自有所爲之事."是如云云以去爲
白有如乎, 當日午後, 者賴等四胡, 以汗意, 來言 : "北道, 我國人許接者
數多, 當爲刷還, 而上年秋, 貴國使臣之還, 小名居住, 謄書以去, 而以
捉給與否, 迨無黑白, 須無和好之義。今者, 次知胡人者賴, 又以刷還
事, 明日發送。前日段置387), 北道官員, 則只待朝廷分付處置云云。朝
廷則視爲尋常, 亦不明査分付, 遷延時日。我人久留爲難, 不得成事而
還者賴388), 非到一再, 兩國相好之道, 固如是乎? 應刷之類, 許接小名

---

377) 口舌(구설) : 시비하거나 헐뜯는 말.
378) 已(이) : 《만회당실기》에는 '必'.
379) 出(출) : 《만회당실기》에는 '書'.
380) 云云(운운) : 《만회당실기》에는 '云'.
381) 該力(해력) : 謄寫했던 일본인이 '駁'를 '該か(해인가?)'로 추측하며 삽입한 글자.
382) 你等(이등) : 《만회당실기》에는 '爾等'.
383) 未(미) : 《만회당실기》에는 '末'.
384) 者(자) : 《만회당실기》에는 글자가 없음.
385) 行會(행회) : 조정에서 어떤 안건을 의결하여 그 시행을 하급기관에 지시하는 명령서.
    공문을 보내서 알림.
386) 出(출) : 《만회당실기》에는 '書'.
387) 段置(단치) : '도'의 힘줌말에 대한 이두표기.
388) 者賴(자뢰) : 《만회당실기》에는 '者'. 번역은 만회당실기를 따랐다.

居住, 使臣亦爲謄書而389)去, 傳達於貴國, 今番則毋從前習。我人在彼
之時, 捉給與否, 及期行會, 捉送則好矣。又若空還, 則自有處置之事.”
云云爲白去乙, 臣答曰:“所謂應還云云之類, 許接小名, 何能得知而如
是乎?”彼等答曰:“我國人, 福同稱名者, 北道阿吾之堡390), 十餘年居
生, 出來者未久矣。撫夷391)居阿乙其, 乃392)造山393)居沙乙其等, 去
年394)五月分入去, 明知而395)來, 言詓不喩396), 上年會寧府使397)言於我
人, 曰:‘你等398), 爲胡種?’云, 冬399)其戶主400)等, 則謂‘本是我國之人.’
云。‘查覈401)撫攄402), 若胡種的實, 則你403)必不無渠等之族屬, 所謂各
其族屬率來, 則可以憑閱刷還.’云404), 故今者, 其族屬等, 亦爲率去, 非
明白之事, 其敢如是乎?”云云爲白去乙, 臣取考其小名件記405), 則只書
某邑某人家, 女人幾名, 男女幾名而已, 不書當身406)名字, 所見不實爲
白去乙, 臣言:“此類之曲折, 則俺實不知, 而大槩刷還一事, 極難之意,

389) 而(이) :《만회당실기》에는 ‘以’.
390) 阿吾之堡(아오지보) : 함경북도 경흥군 북부에 있는 阿吾地인 듯.
391) 撫夷(무이) : 撫夷堡. 함경북도의 두만강 근접지역인 慶源에 있는 요해지.
392) 乃(내) : ‘及’의 오기인 듯.
393) 造山(조산) : 造山堡. 함경북도의 두만강 근접지역인 慶源에 있는 요해지.
394) 去年(거년) :《만회당실기》에는 ‘去去年’.
395) 而(이) :《만회당실기》에는 ‘向’.
396) 分叱不喩(분질불유) : ‘~뿐 아니라’의 이두표기.
397) 會寧府使(회령부사) : 許完(1569~1637)을 가리키는 듯. 본관은 陽川, 자는 子固, 시호
는 忠莊. 1629년 회령부사가 되어 국경수비를 담당하다가 3년 뒤에 남도병마절도사
로 승진하였던 인물이다.
398) 你等(이등) :《만회당실기》에는 ‘爾等’.
399) 冬(동) :《만회당실기》에는 ‘各’. 번역은 만회당실기를 따랐다.
400) 戶主(호주) :《만회당실기》에는 ‘主戶’.
401) 查覈(사핵) : 실정을 자세히 조사함.
402) 撫攄(무거) : 차지하여 살고 있는 곳.《만회당실기》에는 ‘無據’.
403) 你(이) :《만회당실기》에는 ‘爾’.
404) 云(운) :《만회당실기》에는 없는 글자임.
405) 件記(건기) : ‘사람이나 물건 이름을 죽 적은 글발’의 이두식 표기.
406) 當身(당신) : 당사자의 뜻을 가진 중국의 한자음.

俺已知之。去丁卯年, 你等[407]入寇我境之日, 兩西[408]人民, 被戮被擄[409]者, 已矣[410], 而幸而生存者, 盡皆流散於他道他鄉[411], 自朝廷Ⅲ[412]立法條, 今方刷還, 而或有聞風逃避者, 或有居住許接誤聞者, 或有因嫌誣告者, 今至五年, 迨未刷還。清州(川[413])以西一路, 各官空虛之事, 你等[414]往來目見, 一國之內流離者, 尚且不易, 況他國人物, 或從父母[415], 以此以彼, 難明者乎? 且見列名件記, 則錄[416]男女幾名而已, 不書其名, 近於虛僞, 如彼小卒之進告, 如何盡信乎?"彼等, 及聞臣言, 發怒曰 : "然則, 我國人物, 不欲捉給, 而如是防之乎? 汗之所言, 不欲傳達於貴國, 而有此之言耶? 小名件記, 不欲謄書以去而然耶? 前日吳‧朴[417], 使臣之行, 亦有此事, 而惟楊使臣, 苦苦[418]防塞, 使臣之意如此, 則初何人來乎? 然則, 自我國直送軍兵, 其爲住戶[419]等, 并爲捉來。"云云, 言辭悖慢, 不忍見不忍聞, 而其中仲男, 尤甚爲白齊。臣忍憤半餉[420], 徐言曰 : "人臣受命之日, 忘其身, 吾何厭忘[421]? 你等[422], 脊[423]

---

407) 你等(이등) :《만회당실기》에는 '爾等'.
408) 兩西(양서) : 황해도와 평안도를 아울러 이르는 말.
409) 擄(노) :《만회당실기》에는 '虜'.
410) 矣(의) :《만회당실기》에는 '多'.
411) 他道他鄉(타도타향) : 他鄉他道. 고향이 아닌 먼 나라.
412) Ⅲ(훼) :《만회당실기》에는 글자가 없음.
413) 川(천) : 謄寫했던 일본인이 '州'를 교정한 글자임.《만회당실기》에는 '川'.
414) 你等(이등) :《만회당실기》에는 '爾等'.
415) 從父母(종부모) :《만회당실기》에는 '從父從母'.
416) 錄(녹) :《만회당실기》에는 '只錄'.
417) 吳朴(오박) : 누구인지 알 수 없음. 하지만《인조실록》1629년 2월 22일 2번째 기사와 1630년 6월 26일조 1번째 기사에 의하면, 秋信使 吳信男(1575~1632)이 언급되어 있어 참고할 수 있지 않을까 한다.
418) 苦苦(고고) : 간절히.
419) 住戶(주호) : 거주자. 주민.
420) 半餉(반향) : 짧은 시간. 餉은 식사를 하는 시간이다.
421) 忘(망) :《만회당실기》에는 '忌'.
422) 你等(이등) :《만회당실기》에는 '爾等'.

辱而含糊[424], 不言乎? 刷還與否, 惟在事之曲直如何? 而俺之此言, 非
不欲不汗意而然[425]也。兩國, 通好之間[426], 凡事必盡悉其所懷事, 無
乖當[427], 乃爲永好之道。故只陳其理害[428], 而你等[429]例爲恐惻[430], 不
能事, 窃[431]爲不取也。俺之所言, 你等[432]若告之於汗前, 則汗必不非
我." 彼等又曰: "使臣之言, 雖如此, 汗之已令之事, 不可更稟."云, 臣暗
問金希參等曰: "前日吳·朴之行, 刷還人等, 小名書去之事, 有之云,
然耶?" 希參等曰: "果有之."是如爲白去乙, 慮有償事, 姑令謄書, 而其
中希參婢子, 則希參, 與次知胡人者賴, 對面相詰故, 者賴曰: "此則買
得."云。證參[433]者與文書有之, 則自有卞查之路, 而[434]然旣生産於我
國, 還給宜當是如爲白乎㫖, 其爲小名元數[435]二十六名, 別錄以來爲白
有齊。

23일

골자(骨者), 만월개(滿月介), 능시(能時), 대해(大海), 아벌아(阿伐阿), 박

---

423) 脊(척) :《만회당실기》에는 '脅'.
424) 含糊(함호) : 모호하고 분명하지 않음. 우물우물 입을 다물다는 뜻이다.
425) 汗意而然(한의이연) : 謄寫했던 일본인이 이 부분 옆에다 '약간의 탈자가 있는 듯하
　　다.'고 표기해 두었음. 아마도 바로 앞에 '傳'이 빠진 듯하다.
426) 間(간) :《만회당실기》에는 '開'.
427) 乖當(괴당) : 정당한 도리에 어그러짐.
428) 理害(이해) :《만회당실기》에는 '利害'.
429) 你等(이등) :《만회당실기》에는 '爾等'.
430) 恐惻(공겁) :《만회당실기》에는 '恐怯'.
431) 窃(절) :《만회당실기》에는 '竊'.
432) 你等(이등) :《만회당실기》에는 '爾等'.
433) 證參(증참) : 참고가 될 만한 증거.
434) 而(이) :《만회당실기》에는 글자가 없음.
435) 數(수) :《만회당실기》에는 '段'.

중남(朴仲男), 손이(孫伱) 등이 칸(汗)의 뜻이라며 선사하는 예물을 가지고 찾아왔기에, 신(臣)이 저들에게 말하였습니다.

"이번 나의 행차는 비록 군이 오지 않아도 될 행차이었지만, 오로지 거절된 예단(禮單)을 다시 준비해서 왔으니 또한 춘신사(春信使)의 일개 심부름꾼일 뿐이다. 그러면 이전에 왔던 사신이 이미 으레 준 선물을 받았을 것인데, 내가 어찌 감히 이중으로 받겠는가? 게다가 병란 이후로 국가의 재정이 해마다 고갈되어 예물(禮物)들이 마음에 들지 않는다 하여 거절되기에 이르렀으니, 부끄럽고 창피스런 마음을 어찌 이루다 말할 수 있었으랴. 그런데도 또다시 주는 선물을 받으면 더욱더 몹시 부끄러워질 것이니 감히 받을 수가 없다."

저들이 말하였습니다.

"사신에게 주는 예물에 어찌 정한 한계가 있겠는가? 이웃 나라의 사신을 접대하는 예로는 단지 이러한 예물뿐이다. 우리나라 사람이 만약 귀국에 갔는데 절사(節使 : 규칙적으로 보내던 사신)가 아니라면 예물을 주지 않겠는가?"

신이 대답하였습니다.

"내 말은 절사(節使)나 별사(別使 : 특별한 사명을 띤 사신)를 일러 말한 것이 아니다. 이번에 춘신사의 부끄러운 두 번째 행차를 내가 담당하고서 부끄러움이 없을 수가 없는 까닭이다."

그들이 말하였습니다.

"그렇더라도 칸(汗)이 보낸 바를 사양하는 것은 옳지 않다."

신이 대답하였습니다.

"나도 공손하지 못한 줄 모르겠는가만, 부끄러움을 머금고 보낸 바를 받으면 마음은 실로 편치 못하니 결단코 받기가 곤란하다."

그들이 말하였습니다.

"그러면 칸(汗)에게 아뢰어야 하겠다."

이렇게 운운하고 일어나 갔다가, 조금 뒤에 다시 돌아와서 말하였습니다.

"사신의 말은 비록 예에서 나왔을 것이나, 우리가 사신을 접대하는 도리로도 예물을 보내지 않을 수 없다고 하셨다. 하물며 새 얼굴의 사신이 이곳에 당도하였는데, 어찌 노고에 보답하는 조치가 없겠는가? 모름지기 받아가라."

이와 같이 운운하거늘, 신이 말하였습니다.

"칸(汗)의 뜻이 거듭 이와 같으니, 감히 끝내 사양하지 못하나 마음은 참으로 편치 못하다."

그러자 즉시 도리에 합당하게 가져와서 예물을 나누어 주었는데, 신의 처소에는 안구마(鞍具馬 : 안장을 갖춘 말) 1필, 담비 가죽 10령, 은자 50냥, 군관(軍官)과 역관(譯官) 등에게는 담비 가죽을 각기 4령씩, 은자를 각기 6냥씩, 하인 등에게는 은자 각기 4냥씩이었습니다.

능시(能時) 등이 또 칸(汗)의 뜻이라며 말을 전하였습니다.

"이전에 예물을 되돌려 보낸 것은 예물을 귀하게 여기지 않아서라기보다 단지 귀국이 점점 등한시하는 것에 대해 유감이라는 뜻이었다. 이번에 비록 갈아내고 다시 마련하여 보내왔다 하나, 예컨대 값비싼 예물을 줄여서 값싼 예물로 메꾸었으니 크게 마음에 들지 않아서 또 받지 않으려고 했지만, 화친을 맺은 도리가 손상될까 염려했기 때문에 받았을 뿐이다. 우리나라와 귀국은 본디 원수가 된 적이 없었으나, 무오년(1618)에 남조(南朝 : 명나라)가 우리의 경계를 침범하는데 지원군을 보낸 데다, 우리가 요동(遼東)을 토벌해 차지하여 요동의 백성들이 모두 우리나라 사람들인데도 귀국이 남조 사람들에게 청하여 도중(島中 : 椵島)에 머물러 있게 하고 우리나라 사람들을 유인하게 한 것이 많았으니, 또한 한스럽지 아니하겠는가? 이것을 하늘에 고하였더니, 정묘년(1627)에 군대를 귀국으로 출동시켰을 때 하늘의 도움에 힘입어 승리를 거두었다. 그때에 경성(京城)으로 곧장 쳐들어가고 팔도(八道)를 소탕하자는 논의가 있기도 하였지만, 귀국이 사죄하고 화친을 청하였으므로 하늘에 고하고 맹약을 맺은 뒤로 철군하였다. 원창군(原昌君)이 예단을 가지고 들어오자, 우리들끼리 서로 축하하며 말하기를, '이는 좋은 일이 아니냐? 만일 곧장 경성으로 쳐들어갔다면 필시 후회가 없지 않았을 것이다.' 하였었다. 그 후로 신씨(申氏) 성을 가진 사람과 문관사신(文官使臣)이 되돌아간 뒤에는 보내오는 예물이 점점 줄어드니, 이것이 어찌 정리(情理)란 말인가? 이제부터는 한결같이 신씨 성을 가진 사람과 그때의 사신처럼 예단을 보내되, 만일 그렇지가 않다면 사신을 보낼 필요가 없고 나도 역시 사신을 보내지 않을 것이니, 이러한 뜻을 사신은 낱낱이 전달하여 귀국이 소홀하지 않게 하라, 소홀하지 않게 하라. 이후의 예단이 만일 나의 뜻과 같지 않다면 사신이 필시 전달하지 않았기 때문이니, 우리나라는 사람을 보내어 사신을 데려다가 귀국에 증거를 대며 사실 여부를 물으면, 사신이 제대로 전달하지 않은 죄는 끝내 벗어나기가 어려울 것이다."

그런데 이른바 신씨 성을 가진 사람은 신경호(申景琥)를 가리켜 말한 것입니다. 신이 웃으며 대답하였습니다.

"이 말은 기어코 뜻에 맞는 예물을 보내도록 하려고 그러는 것이다. 대체로 우리나라의 예(禮)로는 예물을 중하게 여기지 않고 예절과 의리를 중하게 여기는 데다, 정묘년 이후로 평안도와 황해도가 텅 비어 있음은 그대들이 아는 바이고, 더욱이 해마다 농사가 흉년이어서 백성들은 곤궁하고 재정은 고갈되어 예물이 마음에 들지 못한 까닭이다. 어찌 인정이

야박해서 그러했겠는가?”

　저들이 또 말하였습니다.

　“맹약을 맺었을 때에 의주(義州)를 빌려서 주둔하였던 우리 군사들은 도중(島中)과 귀국이 서로 드나들며 양식을 마련할 계책 세우는 것을 금하였다. 귀국이 말하기를, ‘그렇다면 우리 땅을 빼앗은 것이 그러한 터에 도중(島中)의 한인(漢人)들에게 양식을 도와줄 리가 만무하다.’고 운운하여, 그 말을 믿고서 그저 조약만을 맺고 철군하였다. 그 후로 ‘도중의 사람들은 귀국이 양식을 도와주는 것에 힘입어 보전되었다.’고 운운하는 것을 듣게 되었으므로 우리의 사신이 왕래하며 물으니, 매번 도와주지 않았다고 말하여 반신반의하였는데, 지난해 유흥치(劉興治)가 우리나라에 사람을 보내어 말하기를, ‘남조(南朝 : 명나라)가 군량을 보내지 않아 목숨을 보전하기 어려운 상황이니, 만약 군량이 바닥나면 마땅히 투항해 들어가겠다.’고 운운하여 손꼽아 기다렸다. 그런데 뜻밖에도 도중(島中)에 변란이 생겨 투항한 진달(眞㺚) 200여 명이 이곳에 도착하여 말하는 가운데, ‘조선이 만약 양식으로 구제하지 않았다면, 유흥치는 일찌감치 투항해 왔을 것이다. 조선이 양식으로 구제했기 때문에 이때까지 지연되었고 변란이 생기기에 이르렀다.’고 하였으니, 불만스럽게도 우리에게 패한 일 및 귀국의 일에 대해서 어찌 이와 같이 실제와 각기 다르게 말한단 말인가? 그러나 지나간 일일뿐이니 버려두고 논하지 않겠지만, 이제부터는 하나같이 당초의 약조(約條)에 의거하여 시행하겠는데, 은자와 인삼으로써 물품을 사고팔거나, 남조에 사신을 보내는 일에 대해서 우리는 금지하지 않을 것이다. 만일 한 됫박의 쌀이라도 서로 도와주었다는 말이 있어 우리가 마땅히 군사를 출동시켜 의주를 차지하고서 막는 데에 이르게 되면 귀국이 우리를 남조인(南朝人)과 똑같이 대우하여 관례에 따라 배신(陪臣)을 정해야 할 것이

다. 그리고 양식을 운반하여 구제하려는 찰나에 우리들이 명나라 사람(漢
人)들과 싸우면 누구를 살리고 누구를 버릴 것인가? 반드시 해(害)가 귀국
에 미칠 일이 없지 않을 것이다. 이러한 뜻을 낱낱이 귀국에 전달하라.”

신이 대답하였습니다.

“도망한 노비들의 말을 어찌 죄다 믿을 수 있단 말인가? 우리나라는 해
마다 흉년이 들어 우리 백성들을 제힘으로 살아가도록 하느라 겨를이 없
는데 다른 나라 사람들을 돌볼 겨를이 있었겠는가?”

저들이 대답하였습니다.

“말을 꾸며대지 말라. 귀국은 매사에 으레 말을 꾸며대는 것이 많아 믿
기가 어렵다고 말할 뿐이다.”

신이 대답하였습니다.

“어찌 이런 이치가 있을 수 있겠는가? 한인(漢人)들이 자기 배를 타고
간혹 연변(沿邊)에 이르러 마을 사람들을 약탈하여 자기들끼리 억지로 팔
았던 사실이 없지 않은 듯하나, 그렇더라도 어찌 조정에서 응당 양식을
주어야 할 일이 있었겠는가?”

저들이 대답하였습니다.

“억지로 꾸며서 회피하는 말을 하지 말라. 이미 지나간 일은 옳고 그름
을 따지지 않겠지만, 지금부터는 영영 끊고 주지 않는 것이 좋을 것이다.
만일 한 됫박의 쌀이라도 주면 반드시 후회가 없지 않을 것이다.”

이와 같이 운운하는지라, 신이 대답하였습니다.

“또 사신을 보내는 것은 무슨 일인지 알지 못하겠다.”

저들이 대답하였습니다.

“도중에 양식을 도와준 일과, 강정(講定)할 일이 많아서였으니 답서를
겸하여 가지고 우리들에게 보내야 할 것이다.”

신이 말하였습니다.

"그렇다면 칸(汗)이 쓴 초고를 보여달라."

저들이 대답하였습니다.

"이것은 사사로이 직접 꺼내 보여줄 수가 없으니, 마땅히 칸(汗)에게 아뢰고 보여주겠다."

이렇게 운운하고 즉시 일어나 갔습니다.

二十三日。骨者·滿月介⁴³⁶⁾·能時·大海·阿伐阿·朴仲男·孫伱⁴³⁷⁾等, 以汗意, 持贈物⁴³⁸⁾來到爲白是去乙, 臣謂彼等曰："今之俺行, 雖是剩行, 而專爲見郤⁴³⁹⁾禮單, 更備而來, 亦一春信使价也。然則, 前來使臣, 旣受例贈, 吾何敢疊受⁴⁴⁰⁾乎? 且兵亂以後, 國儲⁴⁴¹⁾逐年⁴⁴²⁾罄竭⁴⁴³⁾, 物不稱情, 以致見郤, 忸怩⁴⁴⁴⁾之心, 可勝言哉? 又爲受贈, 尤極慚赧, 不敢領之."彼等曰："使臣贈物, 豈有定限? 隣國使臣, 接待之禮, 只此物而已。我國之人, 若往貴國, 而非節使⁴⁴⁵⁾, 則不給禮物乎?"臣答曰："此非爲(謂⁴⁴⁶⁾)節別使⁴⁴⁷⁾而言也。今者, 春信再行之羞, 惟我當之, 而不能無恥之故也."渠等曰："然汗之所贈, 辭之不可."云, 臣答："俺亦不知⁴⁴⁸⁾不恭, 而含羞受贈, 心實不安, 決難受之."云, 渠等曰："然則, 當

---

436) 滿月介(만월개) : 4월 21일자에는 '滿月乙介'로, 22일에는 '滿月芥'로 표기됨.
437) 伱(이) : 《만회당실기》에는 '爾'.
438) 贈物(증물) : 선물. 남에게 증정하는 물건.
439) 見郤(견극) : '見却'과 통용. 남에게 거절을 당함.
440) 疊受(첩수) : 이중으로 받아들임.
441) 國儲(국저) : 국가의 저축, 즉 재정을 뜻함.
442) 逐年(축년) : 해마다.
443) 罄竭(경갈) : 재정이 바닥이 다 없어짐.
444) 忸怩(육니) : 부끄럽고 창피스러움.
445) 節使(절사) : 동지·正朝·聖節 등과 같이 해마다 제철이나 명절에 규칙적으로 보내던 사신.
446) 謂(위) : 謄寫했던 일본인이 '爲'를 교정한 글자임. 《만회당실기》에는 '謂'.
447) 節別使(절별사) : 節使와 別使. 별사는 특별한 사명을 띤 사신.

禀於汗前."云云起去爲白如乎, 俄傾回來, 言曰449): "使臣之辭, 雖出於
禮也, 然以我待使臣之道, 亦不可無贈禮云. 況使臣新面到此, 豈無酬
勞之擧也? 須領去."是如云云爲白去乙, 臣曰: "汗意再如此, 雖不敢强
辭, 心實未安."云, 則450)卽合451)取來, 贈物分授, 臣處, 鞍俱452)馬一匹,
貂皮十令, 銀子五十兩, 軍官驛(譯力453))官等, 則貂皮各四領, 銀子各六
兩, 下人等, 則銀子各四兩是白齊. 能時等, 又以汗意, 傳言曰: "前者,
禮物之還送, 不以物爲貴, 只恨貴國漸漸怠忽454)之意也. 今者, 雖曰
'改備455)送來', 而比如則456)削高塡低, 六457)不稱情, 又欲不受, 而恐傷
和道, 故領之耳. 我國與貴國, 本無讐怨, 而戊午年458), 助兵於南朝犯
我境界, 且我討討459)得遼東, 則遼東之民, 皆是我人, 而貴國請南朝之
人, 接置於島中, 使之誘引我人者多, 不亦恨乎? 以此告天, 丁卯年出兵
貴國之日, 我蒙天祐得勝. 其時, 或有直到京城, 掃蕩八方之論, 而貴
國謝罪請和, 故告天決盟460), 後退兵矣. 原昌君461)持禮單入來462), 則

---

448) 不知(부지) :《만회당실기》에는 '非不知'.
449) 曰(왈) :《만회당실기》에는 '內'.
450) 則(즉) :《만회당실기》에는 글자가 없음.
451) 合(합) :《만회당실기》에는 '令'.
452) 鞍俱(안구) :《만회당실기》에는 '鞍具'.
453) 譯力(역력) : 謄寫했던 일본인이 '驛'을 '譯か(역인가?)'로 추측하며 삽입한 글자.《만
　　회당실기》에는 '驛'.
454) 怠忽(태홀) : 등한시함.
455) 改備(개비) : 있던 것을 갈아내고 다시 장만함.
456) 則(칙) : 謄寫했던 일본인이 잘못 베낀 글자여서 스스로 지운다는 표시를 했음.《만회
　　당실기》에는 글자가 없음.
457) 六(육) : '大'의 오기.《만회당실기》에는 '大'.
458) 戊午年(무오년) : 光海君 10년인 1618년.
459) 討(토) : 謄寫했던 일본인이 잘못 베낀 글자여서 스스로 지운다는 표시를 했음.《만회
　　당실기》에는 글자가 없음.
460) 決盟(결맹) : '結盟'의 오기. 이때 명나라의 연호 '天啓'를 쓰지 말 것, 왕자를 인질로
　　할 것 등의 조건으로 화의를 교섭하여 丁卯條約을 맺었다. 이에 ①화약 후 후금군은
　　즉시 철병할 것, ②후금군은 철병 후 다시 압록강을 넘지 말 것, ③양국은 형제국으로

我等自中, 相賀曰 : '此非好事耶? 若直犯京城, 則必不無後悔也.' 厥後, 申姓與文官使臣, 回還之後, 則所送禮物, 漸漸減削, 此豈情耶? 今後, 則一如申姓使臣, 禮單送之, 而若不然, 則不須送使, 我亦不送使价, 此意使臣, 一一傳達, 貴國無忽無忽! 此後禮單, 若不如意, 則使臣必[463]傳達之故也, 我國[464]送人, 將使臣, 憑問[465]貴國, 則使臣不傳之罪, 終難免焉[466]."云。而所謂申姓, 指申景琥[467]而言是白齊。臣笑而答曰 : "此言, 則必欲使之, 稱意送之而然也。大槩我國之禮, 不以物爲重, 以禮義爲重, 且丁卯以後, 兩西空虛[468], 你等[469]所知, 加以年年失稔[470], 民

정할 것, ④ 조선은 후금과 화약을 맺되 명나라와도 적대하지 않을 것 등을 조건으로 맹약을 맺고 3월 3일 그 의식을 행하였다. 이에 따라 조선측은 왕자 대신 종실인 原昌君을 인질로 보내고 후금군도 철수하였다.

461) 原昌君(원창군) : 李玖(생몰년 미상). 본관은 全州. 成宗의 제14남인 雲川君의 증손자이다. 1627년 정묘호란이 일어나자 인조는 신하들을 이끌고 강화도로 피하고, 昭顯世子는 전주로 피란하였다. 黃州에 이른 후금군은 조선을 억압하여 정묘조약을 맺었는데, 그중에는 조선의 왕자를 후금의 인질로 한다는 내용도 있었다. 이에 이구는 원창군에 봉해져 왕자를 가장하여 많은 선물을 가지고 후금 진영으로 가서 화의를 요청하고 철군을 요구하였다. 뒤에 李弘望과 더불어 후금에 가서 두 나라의 우호를 증진시켰으므로, 돌아올 때는 후금 장수 劉興祚·龍骨大 등의 호위를 받았다고 한다.

462) 來(내) : 《만회당실기》에는 '城'.

463) 必(필) : 《만회당실기》에는 '必不'.

464) 國(국) : 《만회당실기》에는 '當'.

465) 憑問(빙문) : 증거를 대며 물음.

466) 焉(언) : 《만회당실기》에는 글자가 없음.

467) 申景琥(신경호, 생몰년 미상) : 본관은 平山. 이조판서 申鏛의 증손이다. 무과에 급제한 뒤 1627년에 回答護行官이 되었으며, 이후 濟州牧使, 黃海兵使 등을 역임하였다. 1640년 청의 요청으로 명나라를 공격하는 군대에 林慶業의 군관으로 징발되어 갔으나 명군과 접전할 때 화살촉을 제거하고 활을 쏘게 하여 전쟁 의사가 없음을 알리자 명군측에서도 탄환을 제거하고 방포함으로써 쌍방 간에 사망자가 없었다. 결국 이 사실이 淸人에게 발각되어 죄를 입게 되었으나 의리로 답변하여 무사하였다. 1644년 沈器遠의 모반 사건을 토벌한 공로로 資憲大夫로 加資되었다. 그 뒤에 京畿水使, 漢城判尹 등을 역임하였다.

468) 兩西空虛(양서공허) : 《만회당실기》에는 '兩西之空虛'.

469) 你等(이등) : 《만회당실기》에는 '爾等'.

窮財竭, 物不稱情之故也。豈情薄而然耶?" 彼等又曰 : "決盟之初, 借
得義州一邑, 留駐我兵[471], 禁島中與貴國, 相爲出入資粮之計者矣。貴
國曰 : '然則, 奪我地方者然, 島中漢人, 則萬無助粮之理.'云云[472], 信
其言, 只成約條而退兵矣。厥後, 因聞'島中之人, 賴貴國之助粮, 保全.'
云云, 使价之往來問之[473], 則每以不給[474]爲言, 將信將疑, 而上年劉興
治, 送人於我國, 曰 : '南朝不送粮[475]餉, 勢難保全[476], 若粮盡, 則當投
入.'云云, 指日待之矣。不意島中生變, 投獍[477]二百餘名, 到此言內'朝
鮮, 若不救粮, 則劉興治, 曾以投入矣。以朝鮮救粮之故, 遷延至此, 以
致生變.'云[478], 而不滿[479], 敗于[480]我事 · 貴國之事, 何如是言實各異
耶? 然往事已矣, 棄而不論, 今後則一依當初約條施行, 而以銀蔘, 貨
(和[481])賣物貨, 與南朝送使之事, 吾不禁止。若有一斗米, 相資之說, 我
當出兵, 雄據義州, 則貴國待我人, 一如南朝人, 例定配(陪[482])臣[483]。
運粮接濟[484]之際, 我人與漢人相戰, 則何取何捨耶[485]? 必不無害及於

---

470) 失稔(실임) : 농사가 흉년이 됨.
471) 丁卯條約을 맺은 뒤로 후금은 江北撤兵의 약속을 어기고 의주에서 金兵 1,000명,
　　몽골병 2,000명을, 鎭江에서 금병 300명, 몽골병 1,000명을 주둔시켜 毛文龍을 막게
　　하였던 사실을 일컬음.
472) 云云(운운) : 《만회당실기》에는 '云'.
473) 問之(문지) : 《만회당실기》에는 '聞之'.
474) 給(급) : 《만회당실기》에는 '儉'.
475) 粮(양) : 《만회당실기》에는 '糧'.
476) 保全(보전) : 《만회당실기》에는 '保存'.
477) 獍(달) : 《만회당실기》에는 '獺'.
478) 云(운) : 《만회당실기》에는 '之'.
479) 而不滿(이불만) : 謄寫했던 일본인이 문맥상 맞지 않는 것 같다는 표시를 했음.
480) 而不滿敗于(이불만패우) : 《만회당실기》에는 '不敗耳'.
481) 和(화) : 謄寫했던 일본인이 '貨'를 교정한 글자임. 《만회당실기》에는 '和'.
482) 陪(배) : 謄寫했던 일본인이 '配'를 교정한 글자임. 《만회당실기》에는 '陪'.
483) 陪臣(배신) : 諸侯의 大夫가 天子에 대하여 자기를 이르는 말.
484) 接濟(접제) : 살림살이에 필요한 물건을 차려서 살아나갈 방도를 세움. 구제함.
485) 耶(야) : 《만회당실기》에는 '也'.

貴國之事矣。此意一一傳達貴國."云云爲白去乙, 臣答曰 : "亡奴之言,
何可盡信? 我國, 年年凶荒, 自活吾民之不暇, 遑恤他人乎?"彼等曰 :
"莫爲飾辭也。貴國每事, 例多巧飾, 難信云耳." 臣答曰 : "豈有此
理486)? 漢人等乘其舟, 或至沿邊, 劫掠村民, 自相抑賣487)之事, 如或不
無, 而豈有自朝廷應給粮餉之事乎?"彼等答曰:"莫出遁辭488)也。已往
之事, 不論是非, 自今以後, 永絶不給, 則好矣。如給一斗米, 則必不無
後悔也."云云是如爲白去乙, 臣答曰:"又送使价, 未知何事耶?"彼等答
曰:"島中助餉489)事與多有講定490)之事, 兼持答書, 爲送我人."云, 臣
曰:"然則, 汗書草, 欲見之."則彼等答曰:"此則不可私自出視, 當禀於
汗前, 視之."云云爲白遣, 卽爲起去爲白齊。

24일

이형장(李馨長)이 태천(泰川)에서 포로가 된 장록(張祿)이라 불리는 자를
통해 들으니, "당초 도중(島中)에서 변란이 생겨 바다를 건너 뭍에 내렸을
때에 무리를 나누었고, 투항한 진달(眞㺚) 9명이 먼저 들어왔다 하며, 정탐
을 나갔던 호인(胡人) 등이 한인(漢人) 3명을 사로잡아 오자, 칸(汗)이 대해
(大海)로 하여금 달래어 남조(南朝 : 명나라)의 사정을 묻게 했는데, 그 한인
들이 대답하기를, '남조에서 광녕위(廣寧衛)의 동쪽을 지나서 멀지 않은 곳

---

486) 理(이) :《만회당실기》에는 '理乎'.
487) 抑賣(억매) : 물건을 남에게 강제로 떠맡겨 팖.
488) 遁辭(둔사) : 관계나 책임을 회피하려고 억지로 꾸며서 하는 말.《맹자》〈公孫丑章句
上〉의 "편파적인 말은 공정함을 가림을 알고, 방탕한 말은 정도가 지나침을 알며, 간
사한 말은 도리에서 벗어남을 알고, 둘러대는 말은 논리가 궁함을 안다.(詖辭, 知其所
蔽, 淫辭, 知其所陷, 邪辭, 知其所離, 遁辭, 知其所窮.)"에서 나온다.
489) 餉(향) :《만회당실기》에는 '粮'.
490) 講定(강정) : 어떠한 사안에 대해 설명하고 토론하여 결정하는 일.

에 옛 성 하나가 있었지만 이름은 기억하지 못한다. 지금 수축하여 방비하려는 계획이라서 수축하는 군대와 방비하는 군대가 마땅히 일시에 나올 것이다.' 운운하면서도 '군수물자와 군량이 운반선(運搬船)에 실려 있는데 미처 돌아오지 않았기 때문에 아직까지 나오지 않았다.'고 하였으며, 칸(汗)과 여러 고산(固山)들은 모두 처자식을 데리고서 고기를 잡고 말을 기르는 일로 26일에 요호(蓼湖) 강변으로 나갈 것이다."고 이와 같이 운운하였습니다.

오늘 오후에 능시(能時), 대해(大海) 등 호인(胡人) 6명이 찾아와서 칸(汗)의 뜻을 신에게 말하였습니다.

"우리나라 사신을 처음에 귀국의 사신과 함께 떠나보낼 계획이었다. 이번에 어쩔 수 없이 용골대(龍骨大)가 개시(開市)하고 돌아오기를 기다려야 하는 일이 생겼는데 용골대가 돌아오는 것은 불과 며칠 사이일 것이니, 사신은 우선 먼저 출발하라. 군관(軍官) 2명, 하인(下人) 2명과 이들이 타고 갈 말 4필을 남겨두면, 용골대가 들어오기를 기다렸다가 즉시 우리나라 사람들과 답서를 가지고 가도록 떠나보내더라도 사신이 압록강을 건너기 전에 뒤따라갈 수 있을 것이다."

신이 대답하였습니다.

"무릇 사명(使命)을 받든 사람은 답서 받아가는 것을 중히 여기거늘, 어찌 군관을 머물게 하여서 답서를 받아오도록 하고 먼저 출발할 수 있단 말인가? 게다가 귀국의 사신을 비록 뒤따라 내보낼 일이 있더라도, 전부터 왕래할 때에는 우리나라 사람이 아니면 나올 수가 없었지 않은가? 그대들이 또 군관을 남겨 놓고자 하는 뜻은 무슨 일로 그러한지 알지 못하겠다. 어찌 박중남(朴仲男) 등을 동행시키려고 그런 것이겠는가? 필시 다른 뜻이 있는 탓이니, 숨기지 말고 바른대로 말하라."

저들이 대답하였습니다.

"별다른 뜻이 아니다. 우리들은 본시 헛된 말을 하지 않는데, 말 4필을 머물도록 한 것은 신사(信使)를 보내는 때에 보행으로는 형편상 도달할 수가 어렵기 때문이다. 며칠 정도 조금 늦추는 것에 불과하니 염려하지 마라."

신이 또 말하였습니다.

"그대들의 말을 믿을 수가 없다. 전날 이형장과 박중남이 머물러 있게 되었을 때에 단지 10여 일만 머물라고 운운했었다. 오늘날에 이르렀으니, 어찌 믿겠는가?"

저들이 성내는 기색을 띠며 말하였습니다.

"그것은 몽골군과의 회의가 지체되어 쉽지 않았기 때문이지, 어찌 우리가 신의가 없어 그런 것이랴?"

신이 또 대답하였습니다.

"그대들의 말이 비록 그와 같을지라도 결단코 따르기가 어렵다. 나의 군관(軍官) 네 사람 가운데 한 사람은 전날 박중남이 용만(龍灣)으로 가면서 데려가더니 아직까지 되돌아오지 않아서 단지 세 사람만 남아 있는데, 두 사람을 머물게 하면 다만 한 사람만 남게 되고, 내가 압록강을 건넌 후에는 또 선래(先來 : 사신이 돌아올 때 그보다 앞서서 돌아오는 역관)로 보내면 결국에는 군관이 한 명도 없게 되니, 이것이 무슨 도리인가? 양국이 화친을 맺었으니 반드시 공경하고 삼가는 것을 마음으로 삼는 것이 바로 영원한 도리가 된다. 피차간의 사신이 왕래하면서 예물을 나누어 주는 데에 이르러 후하게 대접하여 보내는 것이 어찌 사신의 체면을 위해서만 그런 것이랴? 또한 양국이 서로 공경하는 도리 때문이다. 전날에 귀국이 우리나라 사람들을 잡아가두고 예물을 물리쳐 도로 보내었으니 유감이 없을 수 없었으나, 만약 옳고 그름을 따진다면 화친을 맺은 좋은 사이가 손상될까 걱정했기 때문에 우리나라는 오직 신의만을 마음에 두고서 즉시 예물을 갈아내고 다시 장만하여 특별히 별사(別使)를 파견하였으니 그 도리를 극진하게 한 것이다. 그런데 이후로 제대로 갖추지 못한 일이 생기기라도 하면 또 우리나라 사람들을 잡아가두려는가? 이 뜻을 모름지기 칸(汗)에게 고하고 융통성 있게 잘 처리하여 피차간에 서로 의심하는 싹이 트지 않도록 하면 매우 다행이겠다."

저들이 서로 마주 보고 은밀히 의견을 주고받더니 갑자기 성을 내고 안색이 바뀌며 말하였습니다.

"비록 사신이 머물러 있은들 실로 의당 자유로울 수가 없어서 우선 군관을 며칠 머물러 있게 하거늘, 무슨 어려운 일이 있다고 이처럼 말이 많단 말인가? 국서에 대한 회답을 반드시 용골대에게 보여야 하고 그 뒤에 할 일이 있다. 그러므로 군관을 머물게 한 다음에 보내더라도 조금도 해로운 일이 없을 것이다. 천 마디 만 마디 말을 해도 칸(汗)의 뜻은 이미 정해져 있는 이상 따져도 아무런 이익이 없을 것이니, 남겨둘 군관을 쏜살같이 뽑아 정하면 우리들이 마땅히 그 얼굴을 보고 떠나갈 것이다."

운운하면서 자못 위협하는 태도였는지라, 신(臣)이 거듭거듭 생각하고 재삼 사리를 들어 강변하였지만 끝내 의혹을 되돌리지 못하였고, 일을 그르칠까 염려되어 우선 임시방편으로 어쩔 수 없이 남겨 두는 것을 허락하였는지라, 군관(軍官)과 역관(譯官) 등이 이 말을 듣고는 간담이 서늘하고 얼굴이 새파랗게 질려 있는데다 사람들이 모두 남아있기를 싫어하여 누구를 선택할 수가 없어서 제비를 뽑도록 하였는데, 군관 이종립(李種立)과 역관 최태경(崔泰慶)이 유(留) 글자를 집었기 때문에 머물러 있게 하였고, 역마(驛馬) 3필, 평양의 관마(官馬) 2필, 역졸(驛卒) 2명 등도 아울러 머물게 하였거니와, 그들의 말과 얼굴빛을 보니 한 명은 용호(龍胡 : 용골대)가 연

개시(開市)의 득실을 기다리던 자이고, 다른 한 명은 이형장, 박중남과 교체된 자였는지라, 그들이 만든 흉악한 계획을 헤아릴 길이 없었습니다.

신이 또 말하였습니다.

"군관은 비록 남겨둘지라도, 답서(答書)는 내가 떠날 때에 가지고 가야 마땅하다. 타국에 사명(使命)을 받들고 갔던 신하가 복명(復命 : 처리 결과의 보고)하는 데에 답서가 없을 수 없으니, 이 뜻을 칸(汗)에게 다시 고하여 재가를 얻어 달라."

저들이 말하였습니다.

"이전부터 우리나라 사람을 내보낼 때는 우리나라의 답서를 우리나라 사람이 가지고 갔으며, 며칠을 약간 늦추어 떠나는 것에 불과하다. 칸(汗)의 뜻은 이미 정해졌으니, 다른 말을 하지 말라."

운운하고는 이내 일어나 움직이려고 하였는지라, 신이 또 말하였습니다.

"그리고 한 마디 할 말이 있으니 잠시만 머물러주기 바란다. 우리나라 사람으로서 투항해 들어온 자들의 일은 이미 들어서 알 것이니 말하지 않아서는 안 될 듯하다."

신(臣)이 저들에게 일러 말하였습니다.

"양국이 화친을 맺어 형제의 나라가 되었으니, 어떤 일이 있더라도 반드시 숨기지 말고 꺼리지 않아야 영구히 사이좋게 지내는 도리가 될 것이다. 홍적(洪賊 : 홍대웅)은 본디 미천한 사람인데다 요사스런 귀신이 붙어서 주문(呪文)과 부적(符籍)을 만드는 요괴스런 일을 생업으로 삼아 사람들의 마음을 속여 미혹시키고 죄를 얻게 될 지경에 이르자 편안하게 살 수 없어 투항해 온 자이다. 들자니, '그자가 스스로 양반이라 칭하면서 또 망측한 말로 우리나라를 헐뜯어 비방하였다.'고 하던데, 귀국은 반드시 신뢰하지 않아야 한다. 대개 이와 같은 무리들은 이미 자기의 나라에서 제 몸을 보전할 수가 없어 다른 나라로 투항해 들어오기에 이른 자이니, 그들의 마음 가짐과 소행에 대해서 말하지 않아도 가히 알 것이다. 그 후로 또 우리나라 3명이 홍적(洪賊 : 홍대웅)의 일이 있자 지난해 12월에 또 투항해 들어와서 홍적과 함께 악한 짓을 하니, 또한 통탄스럽지 않으랴? 양국이 화친을 맺은 사이임에도 이와 같은 일들을 만약 엄하게 더 틀어막지 않는다면 함께 꾀어 들이는 것이니, 화친을 맺은 의리가 마지막까지 좋지 못할까 두렵다. 이러한 뜻을 조정에서는 마땅히 국서 속에 더 보태어 넣으려고 했지만, 화친을 맺은 좋은 사이이라서 비록 국서에 넣지 않았지만 건네어주며 사신의 입으로 전달하라고 분부하신 까닭에 감히 이렇게 말하는 것이다. 이러한 뜻을 모름지기 칸(汗)에게 아뢰고 재가를 받아주면 다행이겠다.”

저들이 대답하였습니다.

“그와 같은 사람들이 왔다는 기별은 아직 듣지 못했을 뿐만 아니라 비록 혹여 들어왔을지라도 어찌 그들이 어느 곳에 머물러 있는지 알겠는가? 만약 이곳에 도착했다면 우리가 어찌 숨기겠는가? 지난 정묘년(1627)에 귀국에서 포로가 된 사람들이 모두 우리나라 사람들이었으나 도망쳐 귀국으로 돌아간 자들의 수를 헤아릴 수가 없는데, 이 무리들을 쇄환하는 일로 누이이 말하였다. 그러나 귀국이 답하기를, ‘비록 도망쳐 우리나라에 돌아왔다고 하나 물에 빠져 죽기도 하고 호랑이에게 죽임을 당하기도 하고 굶주림에 죽기도 하였으며, 간혹 득달한 자가 요행이 있었을지라도 어느 곳에 피해 숨어 있는지를 알지 못하는데다 미루어 알기가 어렵다.’고 운운하였다. 하물며 몇 명에 불과한 사람들이 우리나라로 향했다고 말하나, 또한 어찌 익사하거나 짐승에게 죽임을 당하는 환난이 없었겠는가? 만약 이곳에 도착했다면, 아무리 말해도 내주지 않으니 또한 빼앗아갈 수도 없을 것이다. 하물며 우리나라 사람들이 도망쳐 귀국에 간 자가 이미 많으니,

만일 한 명이 들어오면 우리나라 사람 한 명을 바꿀 것이고, 두 명이 들어오면 또한 그대로 바꿀 것인데, 구태여 숨길 필요가 있겠는가?"

신이 대답하였습니다.

"이들은 모두 우리나라에 죄를 지었는데도 상응하는 수만큼 거느려 데려올 자가 있다고 해서, 어찌 포로가 되었다가 도망쳐 온 사람들과 서로 바꾸는 것이 옳겠는가? 양국은 형제의 국가가 되기로 약속했으니, 우리나라의 죄인은 곧 귀국의 죄인인 것이다. 귀국의 큰 도의로는 마땅히 말하지 않더라도 잡아다주어야 하거늘, 어찌 그리도 숨기는 것이 심하단 말인가?"

저들이 대답하였습니다.

"비록 귀국에 죄를 얻었을지라도 우리나라로 투항해 온 마음이 가련하거늘, 어찌 가련하게 차마 거절하여 살지 못하게 하겠는가?"

신이 대답하였습니다.

"이 말을 미루어 그 뜻이야 알 수 있지만, 잡아다줄 것인지 여부를 칸(汗)에게 고하여 재가를 얻어 달라."

저들이 대답하였습니다.

"고하는 것이야 어렵지 않지만, 원래 이곳에 도착하지 않았으니 어찌하겠나? 앞서 한 말은 농담일 뿐이다."

이렇게 운운하였습니다.

능시(能時) 등이 또 칸(汗)의 뜻을 전언하였습니다.

"강 원수(元帥 : 강홍립)의 아들은 잘 있는가?"

신이 대답하였습니다.

"강 원수가 죽은 뒤에는 상을 치르고 농소(農所)에 물러나 있다가 탈상(脫喪)한 후에는 아직 서울에 도착하지 않고 있어 지금까지 소식을 미처 듣지 못하였다."

능시가 대답하였습니다.

"칸(汗)께서 말하기를, '그 사람은 곧 아끼고 보살펴야 할 사람으로 한번 만나보고 싶다.'고 하시니, 박중남이 돌아올 때에 함께 보내도록 귀국에 전달하라."

운운하고 이형장과 박문(朴雯) 등이 있는 곳에 각기 은자(銀子) 10냥씩 보내며 말하였습니다.

"이것은 그대들이 오랫동안 머무른 수고에 보답하는 것이다."

이형장 등이 말하였습니다.

"우리들은 전날 춘신사(春信使)의 군관(軍官)으로 나라에서 보내는 예물을 가지고 왔던 것도 받들어 드리지 못했으면서 그때 이미 주는 선물을 받았기 때문에 아직까지도 편치가 않다. 또 선물을 주니 감사하고 감사하지만 나랏일로 이곳에 도착하여 혹 오래 머물렀을지라도 수고에 보답할 무슨 일이 있었겠는가? 이중으로 받는 것은 편치가 않다."

능시 등이 대답하였습니다.

"사신의 사양하는 말을 아직까지도 듣지 못했거늘 하물며 그대들이 어찌 감히 사양한단 말인가?"

이형장 등의 앞에다 던져주고는 곧바로 일어나 가버렸습니다.

二十四日。李馨長, 仍泰川[491]被擄[492]人, 張祿稱名者, 聞"當初[493], 自島中生變, 下陸時分運[494], 投獐[495]九名, 先爲入來如是[496]爲白乎旀, 偵

491) 泰川(태천) : 평안북도에 있는 지명.
492) 被擄(피로) :《만회당실기》에는 '被虜'.
493) 當初(당초) :《만회당실기》에는 '當朝'.
494) 分運(분운) : 많은 수량의 가축이나 물건을 아주 먼 곳으로 나를 때, 보다 효율적으로 옮기기 위하여 일정한 수량을 한 무리의 運으로 나누던 일.
495) 獐(달) :《만회당실기》에는 '獺'.
496) 如是(여시) :《만회당실기》에는 '是如'.

探胡人等, 漢人三名, 生擒以來爲白有去乙, 汗使大海, 誘問南朝事情,
則厥漢人答曰 : ‘自南朝, 過廣寧衛497)東, 不遠之地, 有一古城而名不
記。今將修築防備之計, 而築城與防禦之軍, 當爲一時, 出來云云, 而軍
需粮498)餉, 在載運船, 未及回泊, 故時未出來.’是如云499)爲白乎㫆, 汗
與諸固山, 幷率妻子, 以川獵500)牧馬事, 二十六日, 出去蓼湖江邊.”是如
云云爲白齊。當日午後, 能時·大海等六胡, 以汗意, 來言於臣, 曰 : “我
國使价, 始欲與使臣, 一時出送爲計矣。今者, 有501)不得已待龍骨大開
市回來之事, 而龍骨大之還, 不過數日之間502), 使臣則姑先發程。軍官
二員·下人二名·騎爲四匹留之, 則待龍骨大入來, 卽與我人, 持答書
出送, 使臣未渡江前, 可以追及.”云云爲白去乙, 臣答曰 : “凡奉使之人,
受答爲重, 而豈可以留軍官受來而先發乎? 且你國503)使价, 雖有隨後出
送之事, 自前往來之時, 非我國之人, 則不得出來乎? 你等504), 又欲留軍
官之意, 未知何事也。豈爲仲男等同行而然耶? 必有他意之故也, 毋505)
諱直言.”云506), 則彼等答曰 : “別非他意。我等本不爲虛言, 留馬四匹
者, 信送之際, 步行者, 勢難得達故也。不過差退507)數日, 勿慮.”云云,
臣又曰508) : “你等509)之言, 不可信也。前者李·朴等, 留之(止510))之日,

---

497) 廣寧衛(광녕위) : 중국 廣東省 肇慶에 있는 군사요충지.
498) 粮(양) : 《만회당실기》에는 ‘糧’.
499) 云(운) : 《만회당실기》에는 ‘云云’.
500) 川獵(천렵) : 냇물에서 고기잡이하는 일.
501) 有(유) : 《만회당실기》에는 글자가 없음.
502) 間(간) : 《만회당실기》에는 ‘開’.
503) 你國(이국) : 《만회당실기》에는 ‘爾國’.
504) 你等(이등) : 《만회당실기》에는 ‘爾等’.
505) 毋(무) : 《만회당실기》에는 ‘無’.
506) 云(운) : 《만회당실기》에는 ‘之’.
507) 差退(차퇴) : 조금 뒤로 물러나게 함. 조금 늦춤.
508) 曰(왈) : 《만회당실기》에는 ‘答曰’.
509) 你等(이등) : 《만회당실기》에는 ‘爾等’.
510) 止(지) : 謄寫했던 일본인이 ‘之’를 교정한 글자임. 《만회당실기》에는 ‘止’.

只留十餘日云云矣。及至今日, 其可信乎?"云, 則彼等作色曰 : "此則,
蒙兵等之會遷延, 未易故也, 豈我無信而然耶(也511))。"云云爲白去乙, 臣
又答曰 : "你等512)之言, 雖如此, 決難從之矣。俺之軍官, 四員中一員,
則前日仲男, 灣上之行, 率去未還, 只在三員, 二員留之, 則但有一員, 俺
渡江之後, 又送先來, 則終無一軍官, 是何道理耶? 兩國相和, 必以敬謹
爲心, 乃爲永遠之道也。彼此使价之往來, 至於贈給禮物, 厚待以送者,
豈爲使价顏面而然耶? 亦爲兩國, 相敬之道也。前者, 你國513)拘留我
人, 退送禮物, 不能無憾, 而若較爭是非, 則恐傷和好, 故我國惟以信義
存心, 卽爲改備禮物, 特遣別使, 則極盡其道。而此後有何不備之事, 又
欲拘留我人乎? 此意, 須告汗前變通, 俾無彼此相疑之萌, 幸甚。"彼等相
顧, 有密議之狀, 遽514)盛氣作色曰 : "雖使臣留之, 固不當自由, 而姑留
軍官數日, 有何難事, 如是多言耶? 國書回答, 必見龍骨大, 後有爲之事,
故留軍官偕送, 小515)無所妨。雖千言萬語, 汗意已定, 爭之無益, 留置
軍官, 急速抄定, 則我等當見面目而去。"云云, 頗有威迫擧措516)爲白去
乙, 臣反覆思之, 再三擧理, 强辨爲白乎矣, 終不回惑, 慮517)有僨事518),
姑從權宜之道, 不得已許留, 而軍官驛(譯力519))官等, 急(及520))聞此言,
喪膽失色, 人皆厭留, 不得取捨, 使之執籌521), 而軍官李種立, 驛(譯

---

511) 也(야) : 謄寫했던 일본인이 '耶'를 교정한 글자임.《만회당실기》에는 也'.
512) 你等(이등) :《만회당실기》에는 '爾等'.
513) 你國(이국) :《만회당실기》에는 '爾國'.
514) 遽(거) :《만회당실기》에는 '而遽'.
515) 小(소) :《만회당실기》에는 '少'.
516) 擧措(거조) : 말이나 행동 따위를 하는 태도.
517) 慮(여) :《만회당실기》에는 '適'.
518) 僨事(분사) : 실패하여 틀려버린 일.
519) 譯力(역력) : 謄寫했던 일본인이 '驛'을 '譯가(역인가?)'로 추측하며 삽입한 글자.《만
회당실기》에는 '驛'.
520) 及(급) : 謄寫했던 일본인이 '急'을 교정한 글자임.《만회당실기》에는 '及'.
521) 執籌(집주) : 제비를 뽑음.

力522))官崔泰慶523), 執留字, 故留之爲白遣, 驛馬三匹524), 平壤官馬二匹, 川525)驛卒二名, 幷爲留置爲白在果。觀其言語氣色, 一則待龍胡開市得失, 一則與李・朴等交替者, 其爲凶計, 有不可測量是白齊。臣又曰：“軍官則雖留之, 答書則俺行當爲持去矣。他國奉使之臣, 不可無答書復命526), 此意更告汗前, 定奪。”云, 則彼等曰：“自前我人出送, 則我國之說(書527)), 我人持去, 不過差退數日發送矣。汗意已定, 無他言。”云云爲白遣, 卽爲起動爲白去乙, 臣又曰：“且有一言, 請暫留。爲528)我國人, 投入之529)者之事, 旣爲聞知, 則似不可不言。”臣謂彼等曰：“兩國通和, 約爲兄弟, 則雖有某事, 必毋隱毋諱530), 乃爲永好之道也。洪賊, 本以下賤之人, 又接邪鬼, 以呪符妖怪之事爲業, 誣惑人心, 以致得罪, 不能安接531), 而投來者也。曾聞‘渠自稱兩班, 又以不測之言, 毁謗我國。’云, 你國532)必不取信533)。而大槩如此之徒, 豈(旣534))不能保身於本土, 而至於投入他國者535), 其爲處心行事, 不言可知。厥後, 又我國人三名,

---

522) 譯力(역력) : 謄寫했던 일본인이 ‘驛’을 ‘譯か(역인가?)’로 추측하며 삽입한 글자.《만회당실기》에는 ‘驛’.

523) 崔泰慶(최태경) :《인조실록》1643년 1월 19일조 1번째 기사에 의하면, 鄭命壽가 李馨長을 통해 역관 최태경의 공로에 대한 포상을 沈器遠에게 요구했고, 심기원이 인조에게 이를 건의하자, 인조가 청국의 역관에게 아부하여 당상관 자리를 얻으려 한 자라며 주벌해야 한다고 답한 기록이 있다.

524) 三匹(삼필) :《만회당실기》에는 ‘二匹’.

525) 川(천) : 원문에 한 글자가 빈 상태로 謄寫되어 있음.《만회당실기》에는 ‘川’ 앞에 ‘缺’이라 표시함.

526) 復命(복명) : 명령을 받고 일을 처리한 사람이 그 결과를 보고함.

527) 書(서) : 謄寫했던 일본인이 ‘說’을 교정한 글자임.《만회당실기》에는 ‘書’.

528) 爲(위) :《만회당실기》에는 ‘焉’.

529) 之(지) :《만회당실기》에는 ‘三’.

530) 毋隱毋諱(무은무휘) :《만회당실기》에는 ‘無隱無諱’.

531) 安接(안접) : 편안하게 삶.

532) 你國(이국) :《만회당실기》에는 ‘爾國’.

533) 取信(취신) : 어떤 사람이나 사실 따위에 신뢰를 가짐.

534) 旣(기) : 謄寫했던 일본인이 ‘豈’를 교정한 글자임.《만회당실기》에는 ‘旣’.

致535)此洪賊之事, 上年十二月, 又爲投入, 與洪賊同惡, 不亦痛乎? 兩
國, 通和之間537), 如此等事, 若不㕫(嚴538))加防塞, 則有同誘引, 和好之
義, 恐不能善終也。此意, 朝廷當欲添入於國書中, 而和好之間539), 雖
無國書, 亦可出給, 以使臣口傳事分付, 故敢此發言矣。此意, 須稟於汗
前, 定奪幸甚."彼等答曰: "如此人540)來到之奇, 非但未聞, 雖或入來,
豈知其某處投接541)乎? 若到此, 則我豈諱之? 去丁卯年, 貴國被擄542)人
等, 則皆是我人, 而逃還貴國者, 不知其數, 此類刷還事, 累累言之。而
貴國答稱'雖曰逃還, 而543)溺死於水, 或被死於虎, 或致死於飢, 雖或得
達者, 幸而有之, 不知某處避匿544), 推得爲難.'云云。況此數之545)人,
雖曰指向我國, 而亦豈無溺死‧被獸死亡之患也。若到此, 則雖言之而
不給, 亦不可奪去。況我人之逃去貴國者旣多, 若一者來, 則代我人一,
二者來, 則亦如是代之, 何必諱之乎?"臣答曰: "此徒, 皆罪546)於我國,
而有相應率來者, 豈可與被擄逃還人, 相代者乎? 兩國, 約爲兄弟, 則我
國之罪人, 卽貴國之罪人也。以貴國大道義, 當不得言而捉給, 何其諱
之甚耶?"彼等答曰: "雖得罪於貴國, 而向我投來之情可憐, 何憐547)忍
拒而不接乎?"臣答曰: "擧此言, 可知其意, 然捉給與否, 須告汗前, 定

---

535) 者(자) :《만회당실기》에는 글자가 없음.
536) 致(치) :《만회당실기》에는 '敢'.
537) 間(간) :《만회당실기》에는 '聞'.
538) 嚴(엄) : 등사했던 일본인이 '㕫' 글자의 의미가 嚴임을 협주한 것임.
539) 間(간) :《만회당실기》에는 '聞'.
540) 此人(차인) :《만회당실기》에는 '此'.
541) 投接(투접) : 머물러 있음.
542) 被擄(피로) :《만회당실기》에는 '被虜'.
543) 而(이) :《만회당실기》에는 '而或'.
544) 匿(닉) :《만회당실기》에는 '還'.
545) 之(지) :《만회당실기》에는 '三'.
546) 罪(죄) :《만회당실기》에는 '得罪'.
547) 何憐(하련) :《만회당실기》에는 '可憐何'.

奪."云548), 則彼等答曰："告則不難, 元不到此, 奈何? 前言戲之耳549)."
云云爲白齊。能時等, 又以汗意, 傳言曰："姜元師550)子551), 好在乎?"
臣答曰："姜元師552)身死, 後守喪, 退在農所553)矣, 脫喪後, 時未到京,
今爲554)消息, 未及聞之矣555)." 能時答曰："汗言'厥人, 乃愛恤之人, 欲
一相見.' 仲男之還, 偕送事, 傳達於貴國."云云556)爲白遣, 李馨長・朴
雯等處, 各送銀子十兩, 曰："此則你等557), 酬久留之勞."云, 馨長等曰
："我等, 以前日春信使軍官, 賫來國送禮物段置, 不得奉呈, 而其時, 旣
受贈物, 尙且未安。又給贈物, 感則感矣, 以國事到此, 雖或久留, 有何
酬勞之事乎? 疊受未安."云, 則能時答曰："使臣之辭, 尙且不聽, 況汝等

---

548) 云(운)：《만회당실기》에는 '之'.
549) 前言戲之耳(전언희지이)：《논어》〈陽貨篇〉의 "얘들아, 언의 말이 옳다. 내가 방금 한
　　말은 농담이었다.(二三子, 偃之言是也. 前言戲之耳.)"에서 나오는 말.《만회당실기》에는
　　'耳'가 없음.
550) 姜元師(강원사)：'姜元帥'의 오기. 姜弘立(1560~1627)을 가리킴. 본관은 晉州, 자는
　　君信, 호는 耐村. 참판 姜紳의 아들이다. 1618년 명나라가 後金을 토벌할 때, 명의
　　요청으로 조선에서 구원병을 보내게 되었다. 이에 조선은 강홍립을 五道都元帥로 삼
　　아 13,000명의 군사를 거느리고 출정하도록 했다. 그러나 조선과 명나라 연합군이 富
　　車에서 대패하자, 강홍립은 조선군의 출병이 부득이하게 이루어진 사실을 통고한 후
　　군사를 이끌고 후금에 항복하였다. 이는 현지에서의 형세를 보아 향배를 정하라는 광
　　해군의 밀명에 따른 것이었다. 투항한 이듬해 후금에 억류된 조선 포로들은 석방되어
　　귀국하였으나, 강홍립은 부원수 金景瑞 등 10여 명과 함께 계속 억류되었다. 1627년
　　정묘호란 때 귀국, 江華에서의 和議를 주선한 후 국내에 머물게 되었으나, 逆臣으로
　　몰려 관직을 빼앗겼다가 죽은 후 복관되었다.《만회당실기》에는 '姜元帥'.
551) 子(자)：姜弘立의 맏아들 姜璹(생몰미상), 둘째 姜瑗(1606~?), 셋째 姜瓚(생몰미상)
　　등 세 아들이 있었으나, 모두 생몰연대와 사적이 밝혀져 있지 않지만, 4월 30일에 쓴
　　일기를 보면 姜璹을 가리킴.
552) 姜元師(강원사)：'姜元帥'의 오기.《만회당실기》에는 '姜元帥'.
553) 農所(농소)：공신이나 귀족 따위의 세력가들이 소유하고 있던 대토지. 노비나 佃戶
　　를 두어 경작하게 하였다.
554) 爲(위)：《만회당실기》에는 '焉'.
555) 矣(의)：《만회당실기》에는 '耳'.
556) 云云(운운)：《만회당실기》에는 '云'.
557) 你等(이등)：《만회당실기》에는 '爾等'.

何敢辭乎?" 擲其前而據授爲白遣, 卽爲起去爲白齊。

25일

출발하려 할 즈음에 능시(能時), 대해(大海), 아벌아(阿伐阿) 등이 칸(汗)의 뜻이라며 찾아와서 말하였습니다.

"지난 정묘년(1627) 군대를 귀국으로 출동시켰을 때 도두(刀斗) 고산(固山)의 중군(中軍) 각돌시(角乬屎)가 맹약을 맺은 후로 평양에 주둔하고 있었다. 때마침 귀국의 포로들이 전마(戰馬) 3필을 훔쳐서 도망쳐 돌아갔다. 그때 이러한 내용을 귀국에 알렸더니, 귀국이 답하기를, '난리 통에 말을 훔쳐서 도망쳐 온 자의 성명이나 거주지를 알지 못하니 찾아낼 만한 근거가 없다.'고 하여 진실로 그 뜻이 옳다 여기고는 놔두고 추문(推問)하지 않았다. 이번에 각돌시를 따르는 진달(眞㺚)이 도중(島中)에서 투항해 오면서 말하는 가운데, '그 말들 3필은 모문룡(毛文龍) 때에 귀국이 도중(島中)의 한인(漢人)에게 가져다주었고, 말을 가지고 들어갔던 자는 청포(靑布) 2붕(棚)과 단자(段子) 7필을 받아왔다.'고 하니, 이제는 이미 그들의 거처를 알 것인바 마땅히 찾아내 주어야 한다."

신이 대답하였습니다.

"그 말들이 비록 한인(漢人)들 수중에 있을지라도, 이는 나라에서 준 것이다. 난리 통에 말을 훔친 자는 성명과 거주지를 이미 알지 못하는데다, 비록 혹 자기들끼리일지라도 옮겨 다녀 거주지를 바꾸다가 끝내 도중(島中)에 이르게 되었던 것이니, 어찌 찾아낼 수 있겠는가?"

저들이 말하였습니다.

"이미 말이 있는 곳을 알고 있으니, 찾아내기가 어찌 어렵겠는가?"

신이 대답하였습니다.

"그 말들이 우리나라 사람에게 있다고 해도 그의 성명과 거주지를 알지 못하여 찾아낼 만한 근거가 없는데, 하물며 한인(漢人)들의 수중에 있어 명나라 말과 오랑캐 말이 뒤섞였다면 무슨 근거로 찾아내겠는가?"

저들이 대답하였습니다.

"당초에는 말을 훔친 자의 거주지를 알았을 것이니 찾아낼 수 있었을 것이다."

신이 대답하였습니다.

"거주지를 어떻게 알겠는가?"

저들이 대답하였습니다.

"말을 훔친 그 자들이 해주 땅에서 포착되었다."

신이 대답하였습니다.

"비록 해주 땅에서 포착되었을지라도, 난리 통에 피란하는 자들은 다른 도로 떠돌아다녀 일정한 거처가 없거늘 어찌 이것을 가지고 적발할 수가 있겠는가?"

저들이 대답하였습니다.

"그와 같을지라도, 사신은 틀어막지만 말고 귀국에 전달하도록 하라."

운운하고는 곧바로 일어나 가버렸습니다.

오후에는 우선아(于仙阿), 만월개(滿月介), 능시(能時), 대해(大海), 아지호(阿之好), 박중남(朴仲男) 등등이 관문(館門) 밖에 이르러 신(臣)을 맞아서 나란히 말을 몰고 15리쯤 떨어진 곳으로 갔는데, 그곳의 혼하(渾河) 가에서 장막을 치고 전별(餞別)을 위한 잔치를 벌이려는 찰나, 신이 말하였습니다.

"어제 말한 홍적(洪賊 : 홍대웅) 등의 일은 어떻게 결정되었는가?"

저들이 대답하였습니다.

"그 일은 우리들이 이미 알고 있는 일이다. 아뢴들 아무런 이익이 없을 것이라는 것을 모르지는 않았지만, 사신의 말이 이와 같으니 대략 아뢰었다."

곧 칸(汗)이 답했다는 말이 어제 능시(能時) 등이 한 말과 똑같았습니다. 잠깐 사이에 잔칫상을 벌여 놓으면서 소와 양을 잡아 성대히 차렸는데 술이 세 순배 돌기에 이르러서 파하고는 귀국길에 올라 당일 호피보(虎皮堡)에서 묵었습니다. 그리고 일행의 원역(員役 : 구실아치) 등이 타고 갈 말들을 심양(瀋陽)에서 첨수참(甛水站)에 이르기까지 차출하여 대기시켰으며, 신(臣)을 호송하는 군사 23명은 중강(中江)에 이르러 보냈습니다.

二十五日。將發之際, 能時・大海・阿伐阿等, 以汗意, 來言 : "去丁卯年, 出兵貴國之日, 刀斗固山中軍, 角乬屎成盟, 後留駐平壤。時貴國被擄[558]人等, 戰馬三匹, 偸窃逃還。其時, 將此意, 通於貴國, 則貴國答稱, '兵亂中, 偸馬逃還者, 不知其姓名居住, 推得無據[559].'云, 信然其意, 置而不推矣。今者, 角乬屎從㺚[560]者, 自島中投來, 言內, '厥馬三匹, 毛文龍[561]時, 貴國給之於島中漢人, 而持馬入去者, 靑布二梱[562], 段子[563]七匹[564], 受來.'云, 今則旣知其去處, 當推給."云, 臣答曰 : "厥

---

558) 被擄(피로) : 《만회당실기》에는 '被虜'.
559) 無據(무거) : 《만회당실기》에는 '無路'.
560) 㺚(달) : 《만회당실기》에는 '獺'.
561) 毛文龍(모문룡, 1576~1629) : 중국 명나라 말기의 장군. 1621년 누르하치가 요동을 공략하자 1622년 鐵山 椵島에 진을 치고, 우리 조정에 後金을 치도록 강청하였으며, 외교상 막대한 지장을 초래하던 중 袁崇煥에게 피살되었다.
562) 梱(붕) : 《만회당실기》에는 '梱'.
563) 段子(단자) : 비단의 한 종류로 두껍고 광택이 있으며 조선 세종조에는 단자로 團領을 만들어 관리의 집무복으로 하기를 허락하기도 하였으며, 연산군대에는 북쪽 변방의 사람들이 중국인들에게 말을 팔아 이것을 구하여 바쳤으므로 그 폐단이 많았음.
564) 匹(필) : 《만회당실기》에는 '疋'.

馬, 雖在漢人中, 此是⁵⁶⁵⁾國家之所給也。兵亂中, 偸馬者, 旣不知姓名
居住, 而雖或自相, 推移轉換, 終至於島中, 何可推得乎?" 彼等曰: "旣
知所在處, 則推得何難乎?" 臣答曰: "厥馬, 雖在我國之人, 不知其姓名
居住, 則推得無據, 况在漢文⁵⁶⁶⁾中, 而唐胡之馬一體, 緣何據而推得
乎?" 彼等答曰: "當初, 偸馬者居住知之, 則可以推得乎." 臣答曰: "居
住, 何以知之?" 彼等答曰: "當厥偸馬者, 被捉捉⁵⁶⁷⁾於海州地." 云, 臣答
曰: "雖被捉於海州地, 兵戈⁵⁶⁸⁾中避亂者, 流離他道, 不定厥居, 豈可以
此摘發乎?" 彼等答曰 : "雖如此, 使臣無(勿⁵⁶⁹⁾)爲防塞, 傳達於⁵⁷⁰⁾貴
國."云云爲白遣, 卽爲起去爲白有如乎。午後, 于仙阿·滿月乙介⁵⁷¹⁾·
能時·大海·阿之胡⁵⁷²⁾·仲男等等⁵⁷³⁾, 到館門外, 邀臣並轡, 而而⁵⁷⁴⁾
去十五里⁵⁷⁵⁾外, 渾河⁵⁷⁶⁾邊設帳幕, 餞宴之際, 臣曰: "昨言洪賊等事, 何
以定奪乎?" 彼等答曰: "此事, 我等已知之事也。非不知告禀無益, 而
使臣之言如此, 故畧陳之." 則汗之所答云云之說, 與昨日能時等所言一
体是白乎㫆。俄傾, 陳設宴床, 屠牛羊盛備, 至三酌而罷, 出登程, 當日
止宿虎皮堡。而一行員役上下所騎馬, 自瀋陽至甜水站, 責立入把⁵⁷⁷⁾
爲白乎㫆, 臣行護送軍, 二十三名, 至中江整送爲白齊。

---

565) 是(시) :《만회당실기》에는 '豈'.
566) 漢文(한문) : '漢人'의 오기인 듯.《만회당실기》에는 '漢人'.
567) 捉捉(착착) : '捉'의 오기인 듯.《만회당실기》에는 '捉'.
568) 兵戈(병과) :《만회당실기》에는 '而兵戈'.
569) 勿(물) : 謄寫했던 일본인이 '無'를 교정한 글자임.《만회당실기》에는 '勿'.
570) 於(어) :《만회당실기》에는 글자가 없음.
571) 滿月乙介(만월을개) :《만회당실기》에는 '滿月介'.
572) 阿之胡(아지호) : '阿之好'로도 표기됨.《만회당실기》에는 '阿之好'.
573) 等等(등등) :《만회당실기》에는 '等'.
574) 而而(이이) : '而'의 오기인 듯.《만회당실기》에는 '而''.
575) 去十五里(거십오리) :《만회당실기》에는 '出十里'.
576) 渾河(혼하) : 중국 만주에 있는 강. 遼河의 한 지류로 변외에서 시작하여 興京·撫順
　　 을 거쳐 봉천의 남방을 지나, 太子河를 합쳐 요하로 흐른다.
577) 入把(입파) : 관아에서 사용하기 위하여 말을 대기시킴.

26일

신성(新城)에서 점심을 먹고 막 떠나려는 즈음, 안주(安州) 관청에 속해 있던 말 1필이 병들어 눕고 일어나지 못하여 운반하기가 매우 어려운 형편이었는데, 본진(本鎭)의 장호(長胡)가 처리하여 수효에 맞게 주면서 '모쪼록 치료되기를 기다렸다가 일행을 뒤따라가도록 보내겠다.'고 말하였지만, 전혀 살아날 길이 없다고 여기며 오늘 삼류하(三流河)에서 묵었습니다.

> 二十六日。新城中火, 將發之際, 安州官馬578)一匹, 病臥不起, 勢難
> 輸運, 本鎭長胡, 處准授, 某條579)救療待, 後行出送言之爲白有在果, 萬
> 無生道爲白乎㫆, 書(當580))日三流河止宿581)。

27일

첨수참(甛水站)에서 점심을 먹고 평양(平壤) 관청에 속해 있던 말이 병들어 눕고 일어나지 못하여 끌어오기가 매우 어려운 형편이었는데, 첨수참의 장호(長胡)가 처리해 주며 치료되기를 기다렸다가 일행을 뒤따라가도록 보내겠다고 말하였지만, 회령령(會寧嶺)으로 가 연산(燕山)에서 묵었습니다.

> 二十七日。甛水站中火, 平壤官馬, 病臥不起, 勢難牽來, 同站長胡,
> 處救療待, 後行出送事言之留置爲白遣, 趁會寧嶺, 燕山止宿582)。

---

578) 官馬(관마) : 관청에 속해 있던 말.
579) 某條(모조) : 모쪼록.
580) 當(당) : 謄寫했던 일본인이 '書'를 교정한 글자임. 《만회당실기》에는 '當'.
581) 止宿(지숙) : 《만회당실기》에는 '止宿爲白遣'.
582) 止宿(지숙) : 《만회당실기》에는 '止宿爲白遣'.

28일

통원보(通遠堡)에서 점심을 먹고, 옹북(瓮北)에서 묵었습니다.

二十八日。通遠堡中火, 瓮北583)止宿。

29일

탕참보(湯站堡)에서 묵었습니다.

二十九日。湯站堡止宿。

30일

의주(義州)에 돌아왔습니다만, 신(臣)이 심양(瀋陽)에 있었을 때 각 곳의 참(站)을 왕래하는데 접대 따위의 일은 전보다 더하지도 덜하지도 않았습니다. 지난번 춘신사(春信使) 일행부터 처음으로 잠시 묵었던 관사(官舍)는 담장을 더 높이 쌓고 또 가시덤불로 덮어서 문밖으로 나가는 것을 금하는 것이 매우 심했을 뿐만 아니라, 드나들 때에도 팔고산(八固山)이 각각 신임하는 호인을 정해 앞뒤에서 옹위하여 저들과 우리들로 하여금 절대 서로 가까이하지 못하게 한 것은 필시 우리나라 사람으로 투항해 온 자들의 일 및 저들의 크고 작은 사정들이 누설되지 않도록 하려는 것이었습니다. 저들의 각처 소문을 말하나 진실과 허위가 서로 섞여 있어서 사실로 받아들이기가 어려울 듯했습니다. 거짓이든 사실이든 간에 듣는 대로 아뢰거니와, 대체로 오랑캐의 성질이 성나면 다투기를 좋아하고 탐나면 사리(私利)

583) 瓮北(옹북) :《만회당실기》에는 '甕北'.

를 꾀하는 것은 예로부터 내려오는 습속인지라 의리로써 감화시킬 수가
없었거니와, 이번에는 또 한층 심했는데 그 중에서 전마(戰馬)의 추환(推
還, 주인에게 돌려주는 일)과 북도(北道)의 쇄환(刷還)과 같은 일들을 저들이
비록 말한다 할지라도 염려할 것이 못되지만 도중(島中)에 양식을 도와준
것, 예단(禮單)을 더 보내라는 것, 강숙(姜璹)을 들여보내라는 말에 이르러
서는 그 의도를 자못 헤아리건대 참으로 작은 걱정거리가 아닙니다. 저들
의 사신을 나중에 보내겠다면서 국서도 회답하지 않고 또 우리나라 사람
들을 구류한 일에 이르러서는 저들의 하는 짓, 말, 얼굴빛을 보건대 이형
장, 박중남 등과 교체하도록 하여 인질로 삼고 개시(開市)의 득실을 기다
리는 것에 불과하지만, 만일 뜻에 맞지 않으면 그대로 머물러 있게 하면서
공갈하고 또 추신사(秋信使)를 기다렸다가 사신을 보내려 하니 예물을 어
떻게 할 것이며, 저들의 군대 위력이 강한지 약한지 신(臣)이 직접 목격하
지 않아서 짐작할 수가 없지만, 단지 접견했을 때의 절차만으로써 보건대
한 절도사(節度使)의 엄숙한 차림새에 어긋남이 없었습니다.

　三十日。還到義州, 而臣在瀋陽時, 及往來各處站上, 接待等事段, 與
前無加減是如爲白乎㫆, 自去番春信行, 爲始所寓宦舍[584], 加築墻垣,
又添荊棘, 門禁[585]太甚分(㪋力[586])不喩, 往來時段置, 八固山, 各定信
任胡人, 前後擁護, 使彼我人等, 切不得相近者, 必我國投入者等事, 及
彼中大小事情, 不得漏通[587]之事是白乎㫆, 言[588]彼中各處所聞, 眞僞
相雜, 似難取信是白乎㫆矣[589]。虛實間[590], 隨所聞, 啓達爲白在果, 大

<hr>

584) 宦舍(환사) : '官舍'의 오기인 듯. 《만회당실기》에는 '舘舍'.
585) 門禁(문금) : 조선시대 중국에서 우리나라 사신이 정해진 숙소에서 함부로 밖에 나가
　　거나 상인들과 거래하는 것을 금지한 조치.
586) 㪋力(뿐력) : 謄寫했던 일본인이 '分'을 '㪋か(뿐인가?)'로 추측하며 삽입한 글자.
587) 漏通(누통) : 누군가에게 몰래 알려줌.
588) 言(언) : 《만회당실기》에는 글자가 없음.

羯夷狄之性, 忿591)而喜爭, 貪而嗜利, 從古習俗, 不可以義理感化是白在果, 今者又加一節, 而其中戰馬推還592)與北道刷還中593)等事, 彼雖言之, 不足慮也, 而至於島中助粮及禮單加送與夫姜璹入送之說, 其意頗測594), 誠非細慮是白乎旀, 至於稱以追送彼价, 不答國書, 又拘留我人之事, 觀其彼等所爲·言語·氣色, 則不過與李·朴等交替爲質, 且待其開市得失, 而如不稱意, 則因留恐喝, 又欲待秋信送使, 禮物之如何是白齊, 彼中兵勢之强弱, 臣非目擊, 不可揣度595)是白在果, 但以接見時節次見之, 則毋596)過於一閫制597)之威儀是白齊。

589) 矣(의) :《만회당실기》에는 '且'.
590) 間(간) :《만회당실기》에는 '開'.
591) 忿(분) :《만회당실기》에는 '憤'.
592) 推還(추환) : 강제로 빼앗은 토지나 노비·물건 등을 찾아내어 본래 주인에게 돌려줌.
593) 中(중) :《만회당실기》에는 글자가 없음.
594) 頗測(파측) :《만회당실기》에는 '叵測'.
595) 揣度(췌탁) : 짐작함.
596) 毋(무) :《만회당실기》에는 '無'.
597) 閫制(곤제) : 절도사 또는 병사.《만회당실기》에는 '閫步'.

【총서(總書)】전칸(前汗)의 이름은 누르하치(老兒哈赤)이고 성씨는 둥(佟)이며, 홍타이지(弘泰始)가 임금의 자리를 이었으며, 청나라 세조(世祖)는 연호를 순치(順治)로 고치고 성씨를 위(魏)로 고쳤다.

전칸(前汗 : 누르하치)의 첫째아들 귀영개(貴永介)
　　귀영개의 아들 : 요토(要土), 소토(小土), 사아라(沙阿羅), 왕대(王大),
　　발음아(勃音阿), 마처(麻處)
둘째아들 망개토(亡介土)
　　망개토의 아들 : 매은월(每隱月), 사사내(沙沙乃)
셋째아들 홍태시(弘泰時)
　　홍태시의 아들 : 호립(好立)
넷째아들 평고(平古)
　　평고는 자식이 없음.
여덟째아들 아지아귀(阿之阿貴)
　　아지아귀의 아들 : 아지(阿之)
아홉째아들 도지호(道之好)
열째아들 도두(刀斗)

전칸(前汗 : 누르하치) 측실의 첫째아들 압다(壓多), 사위 두랑개(豆郎介)
둘째아들 소음다(所音多)
셋째아들 탕고태(湯古太)
　　(500니루(類流)인데 1니루당 300명씩이니, 합계 모두 15만 명이다.)
넷째아들 소음아(所音阿)
다섯째아들 남다(南多)

칸(汗: 청태종) 고산중군(固山中軍)의 유능한 인걸들

　황기(黃旗): 청나라 사람들은 고산(固山)을 군대의 호칭으로 삼고 각
　기 깃발의 색깔로 구별하였는데, 칸(汗)은 직접 한 개의 고산을 거느
　렸고 그의 형제 및 아들과 조카들은 여러 고산을 나누어 거느렸다.

칸의 아들 호립(好立)

칸의 동생 압다(壓多)

칸의 동생 소음다(所音多)

　고산중군(固山中軍) 다을하부(多乙下夫), 황색 바탕에 홍색 테두리의 깃발

귀영개

셋째아들 사아라(沙阿羅)

넷째아들 왕대(王大)

다섯째아들 발음아(勃音阿)

여섯째아들 마처(麻處)

　고산중군(固山中軍) 회이대(會伊大), 홍색 깃발

귀영개의 첫째아들 요토(要土)

귀영개의 형(兄: 褚英)의 아들 두두(豆頭)

두두의 동생 이가(利可)

　고산중군(固山中軍) 솔음마귀(乭音麻貴), 홍색 중심에 흰색 테두리

망개토(亡介土)

평고(平古)

망개토의 아들 매은월(每隱月)·아들 사사내(沙沙乃)

고산중군(固山中軍) 여치(汝恥), 남색 깃발

칸(汗)의 4촌 동생 지을개(之乙介)

자장개(自狀介)

고산중군(固山中軍) 평고(平古), 남색 중심에 홍색 테두리 깃발

칸(汗)의 동생 아지아귀(阿之阿貴)

칸(汗)의 동생 도지호(道之好)

고산중군(固山中軍) 일두(一斗), 백색 중심에 홍색 테두리

칸(汗)의 막내동생 도두(刀斗)

고산중군(固山中軍) 가질도리(可叱道里), 백색 깃발

칸(汗)의 매부 두랑개몽골(豆郞介蒙古)

고산중군(固山中軍) 우랑개박씨손내(牛郞介朴氏孫乃), 황색 중심에 홍색 테두리

칸(汗)의 질서(姪壻) 한인(漢人) 동양상(董揚詳)

고산중군(固山中軍) 석위주석천주(石圍柱石天柱), 백색 중심에 홍색 테두리

【總書598)】前汗, 名老兒哈赤(놀하치599)), 姓佟(둥600)), 弘泰始繼立, 是
爲淸世祖601), 改元順治602), 改姓魏。

前汗603)子貴永介604) - 子605)要土606)·小土607)·沙阿羅608)·大

---

598) 원전에는 윗 여백에다 표기함.

599) 놀하치 : 이름의 한자음으로 표기한 것임. 《만회당실기》에는 글자가 없음.

600) 둥 : 성씨의 한자음으로 표기한 것임. 《만회당실기》에는 글자가 없음.

601) 淸世祖(청세조) : 청나라 제3대 황제. 이름은 福臨. 李自成을 쳐부수고 도읍을 정하
여, 淸朝가 중국을 지배하는 기초를 닦았다.

602) 順治(순치) : 청나라 世祖 때의 연호(1644~1661).

王(609)・勃音阿(610)・麻處(611)

二子忘介士(612) – 子(613)每阝月乙里(614)・沙沙乃(615)

三子弘泰時(616)-子(617)好之(618)

四子平古(619) 無子

八子阿之阿貴(620)-子(621)阿之(622)

---

603) 前汗(전한) : 후금의 황제이었다가 청나라 太祖가 된 인물. 누르하치(Aisin-gioro Nurhachi, 愛新覺羅 努爾哈赤, 1559~1626). 《만회당실기》에는 '汗'.

604) 貴永介(귀영개) : 代善(Daišan, 1583~1648). 禮烈親王. 누르하치의 차남. 廣略貝勒 諸瑛(Cuyen, 1580~1615)의 친동생. 諸瑛이 요절했기 때문에 이 문건에서는 장남으로 표기되어 있다. 어머니는 元妃 佟佳氏이다.

605) 子(자) : 《만회당실기》에는 '介子'.

606) 要土(요토) : 貝勒 岳託(Yoto, 1599~1639). 禮烈親王 代善의 장남.

607) 小土(소토) : 貝子 碩託(Šoto, ?~1643). 禮烈親王 代善의 차남.

608) 沙阿羅(사아라) : 潁毅親王 薩哈璘(Sahaliyan, 1604~1636). 禮烈親王 代善의 3남. '沙河羅', '沙下羅'로도 표기된다.

609) 大王(대왕) : '王大'의 오기. 謙襄郡王 瓦克達(1606~1652). 禮烈親王 代善의 4남. 《만회당실기》에는 '王大'.

610) 勃音阿(발음아) : 巴喇瑪(생몰년 미상). 禮烈親王 代善의 5남.

611) 麻處(마처) : 瑪占(?~1638). 禮烈親王 代善의 6남.

612) 忘介士(망개토) : 莽古爾泰(Manggoyltai, 1587~1633). 누르하치의 정실 자식으로는 차남이고 정실과 측실의 구분 없이는 5남이다. 어머니는 繼妃 富察氏이다. '亡介士' 또는 '亡可土'로도 표기되어 있다.

613) 子(자) : 《만회당실기》에는 '士子'.

614) 每阝月乙里(매부월을리) : 邁達禮(1603~1634). 莽古爾泰의 장남. 어머니는 哈達納喇氏이다. '每隱月'로도 표기되어 있다.

615) 沙沙乃(사사내) : 薩標額(1608~?). 莽古爾泰의 4남. 이복형 文頤(1604~1606)와 薩哈良(1606~?)이 있다. '沙沙麻'로도 표기되어 있다.

616) 弘泰時(홍태시) : 《만회당실기》에는 '弘泰始'.

617) 子(자) : 《만회당실기》에는 '始子'.

618) 好之(호지) : 肅武親王 豪格(Hooge, 1609~1648). 청태종의 장남. 어머니는 繼妃 烏拉納喇氏이다. '好口' 또는 '好立'으로도 표기되어 있다.

619) 平古(평고) : 德格類(Degelei, 1592~1635). 누르하치의 정실 자식으로는 4남이고 정실과 측실의 구분 없이는 10남이다. 어머니는 繼妃 富察氏이다.

620) 阿之阿貴(아지아귀) : 罷英親王 阿濟格(Ajige, 1605~1651). 누르하치의 정실 자식으로는 8남이고 정실과 측실의 구분 없이는 12남이다. 어머니는 孝烈武皇后 烏拉那拉氏

九子道之好⁶²³⁾

十子刀斗⁶²⁴⁾

妾子壓多⁶²⁵⁾, 女壻豆郎介⁶²⁶⁾

二子所音多⁶²⁷⁾

三子湯古太⁶²⁸⁾

(五百類流 每一類三百名式, 通計共十五萬)

四子所音阿⁶²⁹⁾

五子南多⁶³⁰⁾

汗固山中軍能傑

이다.

621) 子(자) : 《만회당실기》에는 '貴子'.

622) 阿之(아지) : 이 일기가 1631년에 쓰인 것을 고려한다면, 阿濟格의 장남 和度 (1619~1646)와 차남 傅勒赫(1628~1660)이 해당되는바, 화도일 가능성이 높음.

623) 道之好(도지호) : 睿忠親王 多爾袞(Dorgon, 1612~1650). 누르하치의 정실 자식으로 는 9남이고 정실과 측실의 구분 없이는 14남이다. '刀乙好' 또는 '道道好'로도 표기된 다. 어머니는 孝烈武皇后 烏拉那拉氏이다.

624) 刀斗(도두) : 豫通親王 多鐸(Dodo, 1614~1649). 누르하치의 정실 자식으로는 10남이 고 정실과 측실의 구분 없이는 15남이다. '道斗'로도 표기된다. 어머니는 孝烈武皇后 烏拉那拉氏이다.

625) 壓多(압다) : 鎭國勤敏公 阿拜(Abai, 1585~1648). 누르하치의 측실 자식으로는 첫째 아들이고 정실과 측실의 구분 없이는 3남이다. 어머니는 庶妃 兆佳氏이다.

626) 豆郎介(두랑개) : 누르하치의 5녀(1597~1613)가 1612년에 시집간 만주인 紐祜祿 達啓 인 듯. 5녀는 이름이 미상이나, 庶妃 嘉穆瑚覺羅氏의 소생이다.

627) 所音多(소음다) : 현재 阿拜 다음의 측실 자식은 湯古代로 알려져 있어 알 수가 없음.

628) 湯古太(탕고태) : 鎭國克潔將軍 湯古代(Tanggoydai, 1585~1640). 누르하치의 측실 자식으로는 둘째아들이고 정실과 측실의 구분 없이는 4남이다. 어머니는 庶妃 鈕祜祿 氏이다.

629) 所音阿(소음아) : 현재 湯古代 다음의 측실 자식은 塔拜로 알려져 있어 알 수가 없음.

630) 南多(남다) : 輔國慤厚公 塔拜(Tabai, 1589~1639). 누르하치의 측실 자식으로는 셋째 아들이고 정실과 측실의 구분 없이는 6남이다. 어머니는 庶妃 鈕祜祿氏이다.

黃旗: 淸人, 以固山爲軍號, 而各以旗色, 別之, 汗[631]自領一固山, 兄
弟子侄[632], 分領諸固山。

汗子好立

汗弟壓多

汗弟所音多[633]

(固山中軍 多乙下夫[634], 黃質紅邊旗)

貴永介

三子沙下羅

四子王大

五子勃音阿

六子麻處

(固山中軍 會伊大, 紅旗)

永介長子要土

永介兄子豆頭[635]

豆頭弟利可[636]

(固山中軍 㐝[637]音麻貴, 紅心白邊)

---

631) 汗(칸) :《만회당실기》에는 글자가 없음.

632) 侄(질) :《만회당실기》에는 '姪'.

633) 汗弟壓多, 汗弟所音多(한제압다, 한제소음다) : 이들이 湯古代의 형으로 표기되어 있
    는데, 현재 탕고대는 누르하치의 4남이고 청태종은 8남으로 알려져 있는바 형제의 순
    서가 착종되어 있는 듯.

634) 多乙下夫(다을하부) : 누르하치의 동생 Shurgachi(슈르가치, 小乙可赤, 舒爾哈赤)의
    장남인 듯. 趙慶男의《續雜錄》권1의 '기미년'조와 李肯翊의《練藜室記述》권21의 '深
    河之役'에 의하면 '多乙合所吐里'로 표기되어 있다.

635) 豆頭(두두) : 杜度(Dudu, ?~1642). 누르하치의 장남 廣略貝勒 褚英의 장남. '頭頭'로
    도 표기된다.

636) 利可(이가) : 尼堪(Nikan, ?~1653). 누르하치의 장남 廣略貝勒 褚英의 3남.

亡可土
乒古
亡可土子每隱月·子沙沙麻
(固山中軍 汝恥, 藍旗)

汗四寸弟之乙可[638]
自狀介
(固山中軍 乒古, 藍心紅邊旗)

汗弟阿之阿貴
汗弟道道好[639]
(固山中軍 一斗, 白心紅邊)

汗末弟道斗
(固山中軍 可叱道里, 白旗)

汗妹夫豆郞介蒙古
(固山中軍 牛郞介朴氏孫乃, 黃心紅邊)

汗姪女夫漢人董揚詳[640]
(固山中軍 石圍[641]柱石天柱, 白心紅邊[642])

---

637) 乺(솔) : 《만회당실기》에는 '所乙'.
638) 之乙可(지을가) : '之乙介'로도 표기됨.
639) 道道好(도도호) : '道之好' 또는 '刀乙好'로도 표기됨.
640) 董揚詳(동양상) : '董揚聲'으로도 표기됨. 《만회당실기》에는 '董揚鮮'.
641) 圍(위) : 《만회당실기》에는 '國'.
642) 邊(변) : 원전에는 없지만, 《만회당실기》에는 있음.

소화(昭和) 2년(1927) 12월 편수회 채방

전라남도 장흥군 고읍면 위순량(魏順良) 씨의 소장본에 따라 옮겨 베낌

소화 4년(1929) 6월 이 등사본에 따라 옮겨 베낌

　昭和二年(1927) 十二月　編緝會　採訪

　全羅南道　長興郡　古邑面　里　魏順良氏　所藏本二依リ謄寫

　昭和四年　六月　日　右副本二依リ謄寫

찾아보기

부록

〈심양왕환일기〉의 저자 고증
후기
[영인자료] 심양왕환일기 瀋陽往還日記

〈심양왕환일기〉의 저자 고증

신해진

Ⅰ. 들어가며

17세기 초엽의 만주에서는 명나라와 후금이 서로 치열하게 싸우면서 그 지배권이 재편되기 시작한다. 오랑캐라고 폄하했던 후금이 1619년 사르후(薩爾滸) 전투에서 승리하여 군사적 우위를 확보하면서 1621년에 이르러서는 요하(遼河)의 동쪽지역을 거의 정복할 정도로 위협적인 세력으로 성장한다. 이 여파로 요동(遼東)을 수복하려는 모문룡(毛文龍) 휘하의 명나라 군대가 평안북도 철산(鐵山) 앞의 가도(椵島)에 주둔하기도 한다. 명나라를 파죽지세로 공략하기 시작하던 누르하치가 1626년 영원성(寧遠城) 전투에서 부상을 입고 사망하게 된다. 하지만 그의 아들 홍타이지(皇太極)가 군주 중앙집권제를 확립하고는 본격적으로 명나라를 침공하려고 하면서 자신들의 배후를 위협하는 조선을 1627년에 먼저 침략하여 '형제지국(兄弟之國)'의 약속을 맺고 물러갔다. 이 정묘호란 이후로 양국은 압록강 국경지대에서의 개시(開市) 및 포로 쇄환, 가도의 명군(明軍) 등 여러 문제들을 해결하기 위하여 사신들이 드나들었다. 이때부터 1636년 병자호란이 일어나기 전까지 조선의 사신으로서 심양을 다녀왔던 사행기록물들이 드물게 남아 있는데[1], 〈심양왕환일기〉도 그 중의 하나이다.

〈심양왕환일기(瀋陽往還日記)〉는 서울대학교 규장각한국학연구원에 소

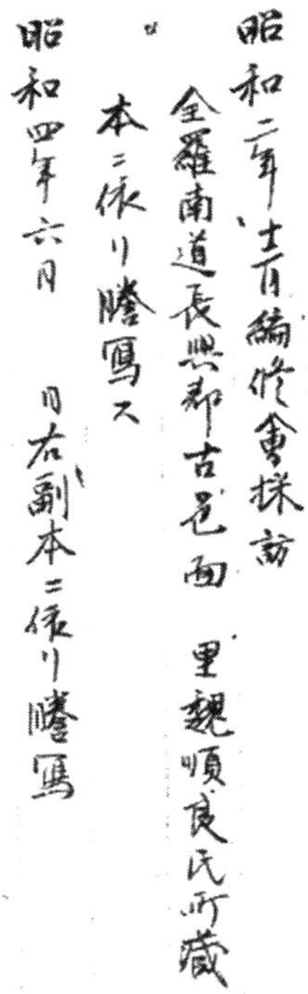

〈그림 1〉

장되어 있는 필사본(청구기호: 奎15682)이다. 표제는 '심양일기'로 되어 있고, 권두서명은 '심양왕환일기'로 되어 있다. 1631년 3월 19일 압록강을 건넌 때부터 의주로 돌아온 4월 30일까지의 일을 거의 매일 기록한 장계(狀啓) 형식의 사행일기로 1책 38장본이다. 이 필사본은 2004년 고구려연구재단에 의해 활자화되어 『조선시대 북방사 자료집(02)』의 109쪽부터 133쪽에까지 〈심양왕환일기〉로 수록되었다.[2] 또 이 필사본은 2008년 『연행록속집』 권106의 328쪽부터 405쪽에까지 〈심양일기〉로 영인되었다.[3] 결국, 현전 〈심양왕환일기〉는 서울대학교 규장각한국학연구원의 소장 필사본이 유일본인 셈이다.

〈그림1〉은 유일본 〈심양왕환일기〉의 맨 끝장에 첨부된 기록이다. 즉, "소화(昭和) 2년(1927) 12월 조선사편수회에서 전라남도 장흥군 고읍면(지금의 관산면)을 방문하여 위순량씨의 소장본을 베껴 옮겼고, 소화 4년(1929) 6월에 그 베껴 옮긴 것을 바탕으로 다시 베껴 옮겼다.(昭和二年十二月, 編緝會採訪全羅南道長興郡古邑面里, 魏順良氏所藏本ニ依リ謄寫, 昭和四年六月日, 右副本ニ依

---

1) 신해진 역주의 『심양사행일기』(보고사, 2013)가 그 사례의 하나인데, 선약해(宣若海)가 위문사로서 1630년 4월 3일부터 5월 23일까지 심양을 다녀오며 적은 일기이다.
2) 고구려연구재단이 동북아역사재단으로 바뀌면서 2007년에 『조선시대 북방사 자료집(02)』을 재간행하였는데, 그 책의 111쪽에서 135쪽에 걸쳐 또한 수록되어 있다.
3) 임기중 편, 『연행록속집』106(상서원, 2008)에는 〈심양왕환일기〉라는 제명으로 409쪽에서 483쪽에 걸쳐 영인되어 있어 마치 다른 이본이 있는 것으로 착각하게 되는데, 몇 쪽이 착종되거나 산질되어 있을 뿐 서울대학교 규장각한국학연구원 소장 필사본과 동일하며 글씨체까지 같다.

리謄寫.)"는 일종의 후기이다. 현전하는 〈심양왕환일기〉의 필사본은 원본이 아니라 위순량(魏順良)의 소장본을 베껴 옮긴 등초본(謄抄本)임을 알려주는 글이다. 이처럼 그 최초의 소장자는 밝혀졌지만, 〈심양왕환일기〉의 저자는 필사본 어디에도 밝혀져 있지 않다.

그렇다면 위순량은 학계에서 저자로 추정하고 있는 박난영(朴蘭英, 1575~1636)이 쓴 〈심양왕환일기〉를 어떤 연유로 소장하게 되었는지 궁금하지 않을 수 없다. 위순량(1902~1979)은 장흥위씨 32세손으로 고문헌 수집가가 아니라고 한다.[4] 그러한 그가 다른 집안의 고문헌을 고이 간직해야 할 이유가 있었던 것인지, 아니면 현재 학계에서 저자에 대한 추정을 잘못한 것인지 살펴볼 필요성이 대두된다.

1. 박난영 저자설의 실상 및 비판적 검토

현전 〈심양왕환일기〉의 저자로서 박난영에 대한 추정은 본격적인 논의를 통해서 이루어진 것이 아니라 해제를 통해서 이루어진 것이다. 그러나 그러한 추정들이 이제는 저자로서의 확정성을 담보하는 지경에 이른 것이어서 시급히 바로잡아야 될 문제적인 것인바, 그 실상을 먼저 살펴본다.

1) 박난영 저자설의 실상

① 1631년(仁祖 9) 朴蘭英(?~1636)이 瀋陽에 春信使로 다녀온 기록이다. 이 책에는 저자가 밝혀져 있지 않으나 앞에 〈歲在辛未崇禎四年也

---

4) 위순량은 1남 3녀를 두었는데 외아들이 후손을 두지 않은 채 6.25때 전사하여 그의 직계손과 연락이 닿지 않았다. 그의 장조카 위재환(1928~현재)씨와 연락이 닿아 문의한 결과, 숙부는 고문헌을 수집할 만한 분이 아니라고 했다. 그리고 〈심양왕환일기〉에 대해서 알지 못하였다.

臣去三月十九日申時量渡江)이라는 年記가 있고《朝鮮王朝實錄》에는 1631년 2월에 胡差 仲男이 開市를 요구하여 그 春信使로 朴蘭英을 보냈다고(仁祖實錄 卷24, 仁祖 9년 2월조)기재되어 있는 점으로 보아, 두 기록이 시기와 春信使의 이름이 같으며 내용에 있어서도 시대적 史實이 같으므로 저자가 朴蘭英으로 추정되는 것이다. 朴蘭英은 武臣으로 沔川郡守 등을 거쳐 1619년(光海 11) 姜弘立을 따라 後金 정벌에 참여하였다가 포로가 되었다. 1627년(仁祖 5) 풀려나와서 주로 後金에 대한 외교를 맡아 回答官・宣諭使・秋信使・春信使 등을 맡아 수차 왕래하였고, 1636년 丙子胡亂 때에 假王子를 데리고 龍骨大 등과 和議의 회담을 하다가 탄로가 나서 끝내 죽임을 당하였다.[5]

② 1631年(仁祖 9) 春信使로 後金의 瀋陽에 다녀온 朴蘭英(?~1636)이 쓴 狀啓 형식의 使行日記이다. 1冊 38張의 筆寫本으로, 1929년에 長興의 魏順良 所藏本을 轉寫한 後寫本이다. 박난영은 姜弘立을 따라 後金 공격에 나섰다가 포로가 되었던 武官으로, 풀려난 이후에는 주로 後金과의 외교 업무를 담당하였다. 本書에 기록된 1631년의 使行은 후금의 開市 요구로 인하여 이루어졌는데, 박난영은 후금의 수도인 심양에 가서 開市 문제 이외에도 정묘호란 때 잡혀온 포로의 刷還 문제, 椵島의 明軍 문제 등을 논의하였다.

③ 1631년(仁祖 9), 春信使 朴蘭英(?~1636)이 瀋陽을 다녀온 사실을 기록한 일기인데, 표제는 '瀋陽日記'이다. 이 책의 저자는 밝혀져 있지 않지만, 본문의 처음에 "歲在辛未, 崇禎四年也. 臣去三月十九日申時量, 渡江"이라 하였고, '胡差 仲男이 汗의 편지를 가지고 와서 용만에 開市할 것을 요구하였는데, 이때 춘신사 박난영은 이미 심양으로 떠난

---

5) 해제의 글을 있는 그대로 옮긴 것이라서 학회의 논문 작성 요령에 벗어나 있음을 밝히며, 이하 동일하다.

뒤였다.'(권24, 인조 9년 2월 병오)는 기록이 나오는 것으로 보아, 박난영
으로 추정된다. 박난영은 조선중기의 무신으로 沔川郡守, 中軍 등을 지
냈고, 1619년(광해군 11)에 姜弘立 도원수를 따라 후금 정벌에 참여하였
다가 포로가 되었다. 박난영은 1627년(인조 5)에 포로에서 풀려나 조선
으로 돌아왔는데, 이후 조선과 後金과의 외교 업무를 전담하다시피 하
여 回答官·宣諭使·秋信使·春信使 등의 자격으로 심양을 왕래하며
후금을 회유하였다. 1636년 병자호란이 일어나자, 박난영은 假王子를
데리고 후금의 장수 龍骨大와 和議 회담을 진행하다가, 왕자가 가짜임
이 발각되어 죽임을 당했다.

　1625년 후금이 심양으로 도읍을 옮긴 이후, 이곳을 방문한 조선 최초
의 사절은 1630년에 파견된 宗室 原昌君이었다. 박난영은 1631년에 조
선 사절로는 2차로 심양을 다녀왔는데, 이 무렵 胡差 龍骨大는 龍灣의
開市를 요구하거나 椵島를 차지하고 있는 명나라 군대를 견제하기 위해
胡人 수천 명을 데리고 와서 조선을 위협하고 했다. 박난영은 이에 응대
할 임무를 맡아 심양으로 파견되었다.[6]

　④ 박난영(朴蘭英, ?~1636)은 무신으로, 선조 때 면천군수(沔川郡
守)·중군(中軍) 등을 거쳐, 1619년(광해군 11)에 강홍립(姜弘立)을 따
라 후금(後金) 정벌에 나갔다가 포로가 되었다. 1627년(인조 5) 정묘호
란 때 석방된 뒤, 회답관(回答官)·선위사(宣慰使)·선유사(宣諭使)·
추신사(秋信使)·춘신사(春信使) 등으로 여러 차례 심양(瀋陽)을 내왕
하며 후금을 회유하는 데 힘썼다.

　『심양일기』는 1630년(인조 8)에 심양(瀋陽)에 춘신사로 다녀와서, 그
이듬해인 1631년에 기록한 것이다. 이 책에는 저자가 밝혀져 있지 않으
나 규장각 측의 해제에서 이미 박난영으로 추정한 바 있다. 그 근거는

6) 고구려연구재단 편, 『조선시대 북방사 자료집(02)』, 고구려연구재단, 2004, 9~10쪽.

책의 서두에 "신미숭정사년(辛未崇禎四年)"이라고 기록되어 있고, "신
이 지난 3월 19일 신시 무렵에 강을 건너(臣去三月十九日申時量渡江)"
라고 시작되는 부분의 년기(年記)와 기록 내용이, 『朝鮮王朝實錄』1631
년(인조 9) 2월조에 호차(胡差) 중남(仲男)이 개시(開市)를 요구하여 그
춘신사(春信使)로 박난영을 보냈다고 기재되어 있는 내용과 실록에 기
록된 장계(狀啓)의 사실(史實)이 같은 것을 미루어 그런 추정을 한 것이
다. 그 내용을 확인해보면, 그 저자가 춘신사 박난영이라는 기존의 추정
에 공감하고, 신뢰할 수 있다.7)

　①과 ②는 서울대학교 규장각한국학연구원이 홈페이지에서 소개한 해
제인데, ①은 1990년대 초반에 작성된 것의 일부로 작성자가 누구인지 알
지 못한다고 하며, ②는 2000년 황재문에 의해 작성되었다고 하는 것의
일부이다. ③은 2004년 김문식에 의해 작성된 해제의 일부이고, ④는 2005
년 이지양에 의해 작성된 해제의 일부이다. 위의 인용된 자료들을 살펴보
자면, ①은 〈심양왕환일기〉가 '1631년 3월 19일부터 4월 30일까지 쓴 사행
일기'라는 점을 고려하여, 이에 조선왕조실록의 1631년 2월 2일조 춘신사
박난영의 기사를 찾아 꿰맞추어 추정한 것으로 판단할 수밖에 없다. ②는
이러한 ①의 추정에 대해서 아무런 언급도 하지 않고 그 추정을 그대로
받아들여 단정적으로 저자를 박난영으로 전제하였다. 박난영이 저자라는
것에 대해 ③은 ①의 추정 방식을 그대로 되풀이하면서도 그 출처조차
언급하지 않은 반면, ④는 ①의 추정 방식을 그대로 되풀이하면서 그 출처
를 밝혔을 뿐만 아니라 그 추정에 공감하여 신뢰할 수 있다고까지 하였다.
특히, '공감하고 신뢰할 수 있다'는 말은 박난영에 대해 저자로서의 확정성

7) 한국문학연구소 연행록해제팀, 『(국학고전) 연행록해제 2』, 동국대학교 국어국문학과,
　2005, 168~169쪽.

을 담보하는 것으로 비춰지는 견해를 표출한 것이라 하겠다.

그러나 이들이 1631년 2월 2일 이전 춘신사로서 이미 심양에 가 있던 박난영을, 심양으로 가기 위하여 3월 19일 압록강을 건너는 것으로 시작되는 〈심양왕환일기〉의 저자로 본 것은 〈심양왕환일기〉의 기록성을 완전히 부정하는 것과 다름 아니다. 이는 주객이 전도된 추정이고 결론인 셈이다.

2) 그 비판적 검토

먼저, 〈심양왕환일기〉의 박난영 저자설에 대한 오류를 짚어내기 위해서는 역사적 자료들을 통해 1631년 춘신사로서의 박난영 행적을 재구할 필요가 있다. 1631년 2월 2일 이전 심양에 가 있다고 지목된 춘신사 박난영은 《승정원일기》에 의하면 1630년 12월 18일에 심양으로 출발하였고[8], 1631년 3월 4일에 들어왔다[9]. 박난영이 들어오면서 가져온 칸(汗)의 편지에는 "예단(禮單)이 보잘것없어 받지 않은 뜻과 그들의 두 왕자가 산해관(山海關)에서 패전한 사유를 네 가지 죄목을 들어 말했고, 또 우리나라가 맹약을 배반하였다고 하면서 만일 몽골 군사 10여 만 명을 보내면 해도(海島) 밖의 육지라도 반드시 보존하지 못할 것이라고 하였다. 맨 끝에는 맹약을 굳게 지켜 화목하게 지내자는 뜻으로 권면하여, 다른 뜻은 없는 듯하였다."고 한 내용이 있었던 것으로 《응천일록(凝川日錄)》에 기록되어 있다.[10] 그 가운데, 칸이 조선에서 보낸 예단을 돌려보낸 일의 처리에 대한

---

8) 《승정원일기》, 1630년 12월 18일. "春信使朴蘭英, 往瀋陽."

9) 《승정원일기》, 1631년 3월 4일. "春信使朴蘭英, 入來."

10) 朴鼎賢, 《凝川日錄》5, 1631년 3월 4일. "春信使朴蘭英入來, 見其汗書, 言禮單微少不受之意, 及其二王子關內兵敗之由, 數其四罪, 且言本國渝盟, 若送蒙古十餘萬, 則海島外陸地, 必不得保云. 而末以固盟和義之意相勉, 似無他意矣." 이 글의 번역은 《국역 대동야승》12(민족문화추진회, 1973)의 261쪽을 참조하였다.

논의가 있었으니, 그런 사실을 알려주는 것은 "듣건대 금나라 칸이 예단을 받지 않고 돌려보냈다고 합니다. 원칙으로 말하면 예단을 다시 보내어 나라의 체면을 손상케 해서는 안 되겠으나, 이적(夷狄)을 대하는 제왕의 도리로 보면 너그럽게 포용해야 하는 것입니다. 이제 그 예단 가운데 좋지 않은 물건은 바꿔 주고 적은 물건은 더해 주어 사체를 아는 자를 따로 임명하여 호차(胡差)와 함께 보내는 동시에 저들의 사정을 탐지해 오도록 하는 것이 온당할 듯합니다."고 비국(備局)이 아뢴 기사이다.[11] 따라서 춘신사로서의 박난영은 1630년 12월 18일 심양으로 출발하여 후금의 칸에게 예물을 전달하고자 했으나 전달하지 못하고 1631년 3월 4일에 돌아왔으며[12], 그 다음날 비국에서는 다시 예물을 마련하고 사체를 아는 자로 따로 임명하여 후금의 사정을 탐지해 오려 했던 것이 저간의 상황이다.

앞서 살핀 것처럼 춘신사로서 박난영은 3월 4일에 돌아왔는데, 그는 이틀 뒤인 3월 6일에 또다시 선유사(宣諭使)가 되어 자신을 뒤따라오다시피 한 호차 용골대(龍骨大)를 의주에서 영접하도록 명받아[13] 3월 9일 출발하

---

11) 《인조실록》, 1631년 3월 5일 2번째 기사. "金汗還我國禮單, 備局啓曰: '聞金汗不受禮單而還之. 若論以常道, 則不可復送, 以損國體, 而帝王待夷狄之道, 當務包荒. 今就禮單諸物中, 麤者改之, 少者益之, 另差解事之人, 偕差胡入送, 兼探事情而來, 似當.' 答曰: '依啓. 且戶曹初不擇送, 以致辱國, 其失非細矣.'"

12) 한국문학연구소 연행록해제팀, 『(국학고전) 연행록해제 2』, 동국대학교 국어국문학과, 2005, 169쪽. "『조선왕조실록(朝鮮王朝實錄)』1630(인조 8) 2월 27일조에 춘신사 박난영이 심양에 있으면서 치계했다는 조목과, 1631년(인조 9) 2월 2일조에 호차(胡差) 중남(仲男)이 개시(開市)를 요구하여 그 춘신사(春信使)로 박난영을 보냈다고 기재된 조목을 보면, 실제 사행(使行) 기간은 『심양일기(瀋陽日記)』에 기록된 것보다 훨씬 오랜 기간임을 짐작할 수 있다. 그런데 『심양일기(瀋陽日記)』에는 '신미숭정사년(辛未崇禎四年: 1631년, 인조 9)' 3월 19일에서 4월 30일까지 약 40일 간만 기록되어 있다."는 기록은 철저한 고증을 하지 않은 채 잘못된 추론에 근거한 것이다.

13) 《인조실록》, 1631년 3월 6일 3번째 기사. "以朴蘭英爲宣諭使, 迎接胡差龍骨大于義州."

였고14), 5월 19일에 들어왔다15). 그 사이 박난영의 활동에 대해서 확인할
수 있는 사료들을 살펴보건대, 3월 22일에는 수비(守備) 모유중(毛有增)이
유씨(劉氏) 성을 가진 자와 항복한 달자(撻者)를 모두 죽이고 선천(宣川)으
로 나와서 장차 북쪽으로 돌아가려 한다는 서목(書目)을 올렸으며16), 3월
27일에는 용골대가 가도(椵島)의 변으로 인해 군사를 이끌고 와 구연성(九
連城)에 주둔하자 의주 부윤 신경진, 숙천 부사 맹효남과 더불어 그곳을
찾아갔으며17), 4월 13일에는 용골대가 말을 매입하고자 한 일에 대해서
치계(馳啓)하였으며18), 4월 15일에는 개시(開市)에 쓸 물화(物貨)의 값을
정할 적에 급박하여 어쩔 수 없이 작년의 규례를 따랐으므로 황공한 마음
으로 대죄한다는 서목을 올렸다19). 요컨대, 〈심양왕환일기〉가 쓰인 3월
19일부터 4월 30일 사이까지 박난영은 춘신사로서 심양에 간 것이 아니라
선유사의 자격으로 의주에서 용골대와 개시 문제를 처리하고 있었다. 이
로써, 박난영은 〈심양왕환일기〉의 저자가 될 수 없음이 확연해진다.

　다음으로, 저자가 박난영이라고 하면 〈심양왕환일기〉의 문맥이 통하지
않거나, 역사적 사실과 부합하지 않아 이해하기 어려운 대목을 살필 필요
가 있다. 〈심양왕환일기〉의 3월 21일 일기를 보건대, 조선의 사신이 심양
으로 가는 도중에 용골대를 우연히 만나는 대목에서, 만약 조선의 사신이

14)《승정원일기》, 1631년 3월 9일. "宣諭使朴蘭英, 以龍骨大等商胡接論事出去."
15)《승정원일기》, 1631년 5월 19일. "선유사 박난영이 들어왔다. 일찍이 개시 때에 청포
　값을 힘껏 다투지 못했다는 이유로 돌아온 후에 나국하라는 명이 있었는데, 어제 비국
　이 올린 계사로 인해 나국하지 말라고 명하였다.(宣諭使朴蘭英入來. 曾以開市, 靑布價不
　爲力爭, 有還來後拿鞫之命, 而昨因備局啓辭, 命勿爲拿鞫.)"
16)《승정원일기》, 1631년 3월 22일.
17)《인조실록》, 1631년 3월 27일 2번째 기사.
18)《인조실록》, 1631년 4월 13일 1번째 기사.
19)《승정원일기》, 1631년 4월 15일.

박난영이라면 이전에 이미 서로 면식이 있었던 터라 처음으로 만나는 사람들처럼 깍듯한 예의를 갖추었을까 하는 의문점이 든다.[20] 조선의 사신과 용골대가 만나 날씨에 대한 인사를 나누는 등 서로의 관심사를 묻는 대목에서 용골대가 "군병은 600여 명이고 장사꾼은 800여 명이며 물품은 단지 6만여 냥어치이다.[21]"고 대답한 것과, 가도의 변고에 대해 묻다가 헤어지는 대목에서 용골대가 "내가 만약 귀국에 도착하면 알 수 있을 것이다."[22]고 말한 것을 통해, 용골대는 의주의 개시를 위해 조선으로 내려오는 중이고, 조선의 사신은 다른 목적을 위해 심양으로 가고 있는 중임을 알 수 있다. 그렇다면 앞서 살핀 ③의 인용문 가운데 "박난영은 1631년에 조선 사절로는 2차로 심양을 다녀왔는데, 胡差 龍骨大는 龍灣의 開市를 요구하거나 椵島를 차지하고 있는 명나라 군대를 견제하기 위해 胡人 수천 명을 데리고 와서 조선을 위협하고 했다. 박난영은 이에 응대할 임무를 맡아 심양으로 파견되었다."고 한 대목은 오류이고, 밑줄친 부분의 해제와 비슷하게 언급한 다른 해제들도 실상과 부합하지 않은 것이다.

3월 19일 압록강을 건너 3월 26일에야 심양의 관소(館所)에 도착한 조선의 사신 일행이 박난영의 춘신사 일행일 수 없음은 3월 27일 일기에서 확연하다. 관소에 머물고 있는 조선의 사신을 찾아온 능시(能時) 등이 "귀하가 가지고 온 예물은 당초와 견주면 해마다 줄어든 것이라서 진실로 탓할

<hr/>

20) 〈심양왕환일기〉. "사신의 말은 비록 예에서 나왔을 것이나, 우리가 사신을 접대하는 도리로도 예물을 보내지 않을 수 없다고 하셨다. 하물며 새 얼굴의 사신이 이곳에 당도하였는데, 어찌 노고에 보답하는 조치가 없겠는가? 모름지기 받아가라.(使臣之辭, 雖出於禮也, 然以我待使臣之道, 亦不可無贈禮云. 況使臣新面到此, 豈無酬勞之擧也? 須領去.)" 이 4월 23일자에서 새로운 얼굴의 조선 사신이 왔음을 간파할 수 있는바, 왜 깍듯이 예의를 차릴 수밖에 없었는지 그 이유를 확인할 수 있다.
21) 〈심양왕환일기〉. "軍兵六百餘名, 商胡八百餘名, 物貨則只六萬餘兩."
22) 〈심양왕환일기〉. "我若到貴國, 則可知."

거리도 아니다. 요즘 들어 일마다 점차 종전만 못하였으니, 춘신사(春信使)의 일행은 어찌 그리도 크게 준단 말인가?"23)고 하자, 조선의 사신이 "단지 궁핍해졌기 때문에 그렇게 된 것이지, 어찌 마음이 야박해서 그런 것이겠는가?"24)고 대답하는 데서 춘신사 일행과 일정한 거리를 두는 것으로 보이기 때문이다. 그리고 춘신사 일행이 당초의 약조보다 줄어든 예물을 칸에게 전달하려다 전하지 못하고 돌아오자, 이를 채워서 재차 온 조선의 사신이 바로 〈심양왕환일기〉에 등장하는 사신임은 바로 이어지는 능시와 조선 사신의 문답에서 분명해지기 때문이다. 곧, "말을 꾸며댈 생각은 말라. 지금 비록 수를 더하여 준비했다고는 하겠지만 역시 전례(前例)만 못한 것이니, 우리나라는 예물을 귀하게 여겨서가 아니라 다만 종종 푸대접한다는 생각에 유감스러운 것이다. 당초 화의(和議)를 맺고 한 약조(約條)를 진실로 이와 같이 할 수 있는 것인가?"25)라는 능시의 말에 대해, "대개 이번 귀국의 국서 안에 있는 허다한 얘기들 및 그대들이 이른바 운운할 만하다고 한 말은 모두 전혀 생각하지 않던 뜻밖의 말로서 모름지기 서로 따질 수가 없었다. 그러나 양국은 이미 하늘에 고하고 화약(和約)을 맺어 형제가 되기로 약속하였는데, 지난번 예물을 비록 받아두고 말해도 오히려 볼 낯이 없거늘 돌려보내기에 이르렀으니, 그 부끄러움을 어찌 말로 다할 수 있었겠는가? 곧바로 예물을 갖추도록 하고 특별히 별도의 사신을 보내어 지난번 잘못을 보상토록 하였으니, 우리나라가 신의를 지키려고 하는 마음은 대체로 그 가운데 있거늘 그대들 또한 어찌 알지 못한단 말인

---

23) 〈심양왕환일기〉. "貴下禮物, 自初比之, 則年年減省, 固不以咎。近來事事, 漸不如前, 春信使之行, 何太減削耶?"
24) 〈심양왕환일기〉. "只緣貧乏所致, 豈情薄然也?"
25) 〈심양왕환일기〉. "勿以爲飾辭也. 今者, 雖曰'加數設備'云, 而亦不如前例, 我旺不以禮物爲貴, 只恨種種外待之意也. 當初結盟約條, 固如是乎?"

가?"[26]라고 조선의 사신이 응답한 것이다. 이로써 보건대, 〈심양왕환일기〉에 등장하는 조선의 사신은 춘신사가 아니라 별사(別使)였던 것이다. 이는 다음과 같은 4월 23일자의 일기에서 보다 분명하다.

  "이번 나의 행차는 비록 군이 오지 않아도 될 행차이었지만 오로지 거절된 예단(禮單)을 다시 준비해서 왔으니 또한 춘신사(春信使)의 일 개 심부름꾼일 뿐이다. 그러면 이전에 왔던 사신이 이미 으레 준 선물을 받았을 것인데, 내가 어찌 감히 이중으로 받겠는가? 게다가 병란 이후로 국가의 재정이 해마다 고갈되어 예물(禮物)들이 마음에 들지 않는다 하여 거절되기에 이르렀으니, 부끄럽고 창피스런 마음을 어찌 이루다 말할 수 있었으랴. 그런데도 또다시 주는 선물을 받으면 더욱더 몹시 부끄러워질 것이니 감히 받을 수가 없다.[27]

  결국, 이상의 비판적 검토로써 〈심양왕환일기〉에 등장하는 조선의 사신은 역사적 자료이든 일기의 문면이든 그 어느 것을 통해서도 춘신사 박난영일 수 없음이 확실해졌다고 하겠다.

2. 〈심양왕환일기〉 저자로서의 위정철

  〈심양왕환일기〉의 저자가 박난영이 아니라면, 조선사편수회(朝鮮史編修

---

26) 〈심양왕환일기〉. "大槩今番, 貴國書中, 許多說話, 及爾等所謂云云之說, 皆是萬萬情外之說, 不須相較. 而兩旺旣爲告天, 結盟約爲兄弟, 則前來禮物, 雖領留而言之, 尙且無顔, 至於還送, 其爲慚愧, 如何可言? 卽令設備禮物, 特遣別使, 以補前失, 我旺信義之情, 盖在其中, 爾等亦豈不知也?"

27) 〈심양왕환일기〉. "今之俺行, 雖是剩行, 而專爲見郤禮單, 更備而來, 亦一春信使价也. 然則, 前來使臣, 旣受例贈, 吾何敢疊受乎? 且兵亂以後, 國儲逐年罄竭, 物不稱情, 以致見郤, 怩怩之心, 可勝言哉? 又爲受贈, 尤極慚赧, 不敢領之."

會)에서 1927년 12월 전라남도 장흥군 고읍면(지금의 관산면)을 방문하여 보았던 위순량씨의 소장본이 어떤 모습이었는지 궁금하지 않을 수 없다. 이번에 위순량씨가 소장했던 〈심양왕환일기〉의 일부를 찾아내었는데, 이를 토대로 하여 〈심양왕환일기〉의 저자를 입증할 수 있을 것으로 여겨진다.

1) 저자 입증을 위한 새로운 근거 자료 소개

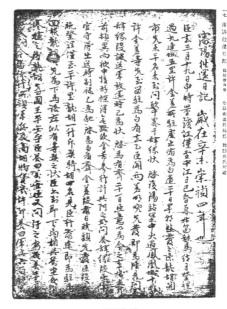

〈그림 2〉는 논자가 새로 찾아낸 자료인데, 조선사편수회가 1935년에 편찬한 『조선사료집진(朝鮮史料集眞)』 3집의 17번째 사진자료이다.[28] 위순량이 소장했던 〈심양왕환일기〉 실제 모습의 그 첫머리로서, 매행 29자 12행으로 되어 있음이 확인된다. 특히 눈에 띄는 것은 17번째 제목 〈심양왕환일기〉 밑에 있는 '위정철 자필. 전라남도 장흥군 위순량씨 소장(魏廷喆自筆. 全羅南道長興郡, 魏順良氏所藏.)'이란 협주이다.

자료의 실상이 이러하다면 위정철과 소장자 위순량의 관계를 확인할 필요가

〈그림 2〉

있을 것이다. 그리하여 『장흥위씨대동보』(1999)를 조사한 결과, 위정철은 장흥위씨 20세 위곤(魏鯤)의 손자[29]이고, 위순량은 위곤(魏鯤)의 12세손[30]

---

28) 『조선사료집진』 1집에서 3집까지 합본되어 상(上)으로 1935년에 간행되었는데, 8개의 기관 또는 대학교 도서관에 소장되어 있는 자료 중에 고려대학교도서관 소장본(청구기호: 해사 953.05 1935g 1)을 참고하였다.

이니, 두 사람은 10대의 방조(傍祖)와 방손(傍孫) 사이였던 것이다. 이로써 위순량이 〈심양왕환일기〉를 소장했던 연유는 자신의 집안 어른이 기록한 소중한 문헌이기 때문이었을 것이다. 이 문헌은 현재 행방불명인 것으로 파악되어 안타까울 따름이다.

그리고 조선사편수회는 1935년에 또한 『조선사료집진 해설(朝鮮史料集眞解說)』도 간행하였는데, 그 〈일러두기〉 가운데 몇 항목은 참고할 필요가 있어 여기에 인용한다.

　一。 이 집진은 본회가 소장하고 있는 사료 및 사료사진에 대해 조선시대에 관한 것으로 약 150엽의 도판을 골라 뽑아 실음으로써, 현재 본회에서 편찬하여 계속 간행 중인 『조선사』의 도판과 서로 조응하여 이를 읽는 데에 편리하고, 또 일반인이 참고하는 데에 도움이 되고자 한다.[31]

　一。 이 집진에 수록된 것은 본회가 창립된 이래 12년간 일본과 조선의 각 지방 및 만주에서 사료를 채집하고 방문하여 조사한 것인데, 이름난 가문의 진귀한 글, 관공서와 개인이 수집한 사료의 사진을 주로 하였고, 또 대정(大正, 다이쇼) 15년(1926) 본회가 소장하게 된 구대마도 번주(藩主, 영주) 소 백작[宗伯爵] 집에서 대대로 전해온 조선 관계 문헌을

---

29) 鯤 → 4자 德和 → 廷喆.
30) 鯤 → 2자 德毅 → 廷獻 → 2자 東葵 → 2자 翊中 → 命三 → 2자 相慶 → 道衡 → 榮吉 → 亨祚 → 2자 錫泰 → 啓義 → 2자 順良.
31) "一。本集眞ハ, 本會所藏ノ史料及ビ史料寫眞ニ就キテ, 朝鮮時代ニ關スルモノ, 凡ソ百五十葉ノ圖版ヲ選擇收載シ, 以テ現ニ本會ニ於テ編修續刊中ノ「朝鮮史」圖版ト相照應シテ, 之ガ閲讀ニ便シ, 且ツ一般ノ參考ニ資セントスルモノナリ." 『조선사』는 1922년 12월에 설치된 朝鮮史編修會가 1894년까지의 한국사를 6편으로 나누어 1932년부터 1938년까지 단계적으로 출간한 총 35권의 편년체 사료집이다.

더하고, 또 경성제국대학 부속도서관에서 관리된 구규장각 도서의 사진 몇몇 장도 보탰다.32)

　一。이 집진에서 도판의 종류는 기록·고문서·사적을 주로 하여 필적·초상화 같은 것에 이르기까지 모두 유래가 확실한 것을 모았으니, 널리 조선 사료의 일반 개념을 획득하게 되기를 기대한다.33)

　一。이 집진에서 도판의 해설은 되도록 상세하게 하였는데, 먼저 예로서 원문을 활자로 옮기고 구두를 붙임으로써 열람하는 데에 편하게 하였고, 각 사료의 배경을 밝혀 그 역사적 의의를 이해하도록 하였으니, 즉 일반사의 대세를 파악하는 데에 편하고 좋기를 기대한다. 단, 체재·기호 등은 모두 편의에 따른다.34)

위에 인용한 일러두기의 내용을 요약하면, 『조선사료집진 해설』은 조선사편수회가 1922년부터 일본과 조선의 각 지방 및 만주에서 사료를 채집하고 방문하여 조사한 것으로, 이름난 가문의 진귀한 글, 관공서와 개인이 수집한 사료 등 유래가 확실한 것들의 사진을 주로 하였지만 『조선사』와 중복되지 않도록 하였으며, 먼저 예로서 원문을 활자로 옮기면서 구두를 붙였고 각 사료의 배경을 밝혀 그 역사적 의의를 이해하도록 하였다는

---

32) "一。本集眞收ムル所ハ, 本會創立以來十二年間, 內鮮各地及ビ滿洲ニ亙リ, 史料探訪ニヨリテ調査セル, 名家ノ寶藏, 公私ノ蒐集ニ係ル史料ノ寫眞ヲ主トシ, 又タ大正十五年本會ノ所藏ニ歸シタル舊對州藩主宗伯爵家世傳ノ朝鮮關係文獻ヲ加ヘ, 且ツ京城帝國大學附屬圖書館所管舊奎章閣圖書ノ寫眞若干ヲ添ヘタリ."
33) "一。本集眞圖版ノ種類ハ, 記錄·古文書·史籍ヲ主トシ, 筆蹟·畫像ノ類ニ及ビ, 總テ由緖確實ナルモノヲ採リ, 廣ク朝鮮史料ノ一般槪念ヲ得シメンコトヲ期シタリ."
34) "一。本集眞圖版ノ解說ハ力メテ詳細ニシ, 先ヅ例トシテ原文ヲ活字ニ附シ, 句讀ヲ施シテ閱覽ニ便シ, 各史料ノ背景ヲ明カニシ, 其ノ歷史的ノ意義ヲ知曉シ, 以テ一般史ノ大勢ヲ把握スル便宜トモ爲ラシメンコトヲ期シタリ. 但シ體裁·記號等ハ, 凡テ便宜ニ從ヘリ."

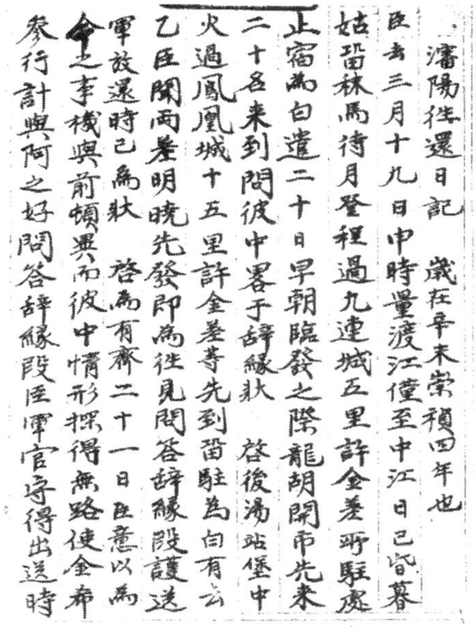

瀋陽往還日記 歲在辛未宗禎四年也

臣以三月十九日中時量渡江僅至中江日已旦暮

姑留林畝待月啓程過九連城五里許金差所駐處

止宿爲白遣二十日早朝臨發之際龍胡開市先來

二十名來到問彼中署于辭緣狀啓後湯站堡中

火過鳳凰城十五里許宙駐爲白有云

乙臣閱兩晝明晓先發即爲往見問答辭緣段護送

軍故還時已爲狀啓而有齊二十一日臣意以爲

令之事棧與前頓異而彼中情形探得無路使金希

參行計與阿之好問答辭緣段匡軍官守得出送時

〈그림 3〉

것이다.

그렇다면 조선사편수회가 〈일러두기〉처럼 1927년 12월 방문하여 위순량의 소장 〈심양왕환일기〉를 사진 찍은 것이 〈그림 2〉이고, 그 소장본을 베껴 옮긴 등초본이 〈그림 3〉이다. 비록 첫머리에 불과할망정 이 둘을 서로 비교해보면 내용과 글자가 완전히 일치함을 알 수 있다. 위순량의 소장본은 〈그림 2〉처럼 사진 한 장으로만 남아 있을 뿐이고 그 전모를 알 수 없으나 저자를 알 수 있는 반면, 등초본은 훼손됨이 없이 전질로 남아 서울대학교 규장각한국학연구원에 유일본으로 소장되어 있으나 저자를 알 수 없다. 이렇듯 한 장의 사진과 한 권의 등초본은 상보적인 관계를 지녀 귀중한 자료라 할 것이다. 다만, 위순량의 소장본은 매행 29자 12행인데 반해, 등초본은 매행 20자 10행으로 38장본이어서 장수(張數)가 늘어난 것으로 보인다.

이제 『조선사료집진 해설(朝鮮史料集眞解說)』에서 〈그림 2〉의 〈심양왕환일기〉에 대해 해설한 것을 인용하는데, 예로서 원문을 활자로 옮긴 것은 제외하였다.

본도(本圖)는 위정철(魏廷喆)이 직접 쓴 〈심양왕환일기〉의 첫머리를 나타내는 것이다. 위정철은 장흥 사람으로 무과 출신인데, 당시에는 평안도 만포첨사였고 인조 12년에는 영흥 부사, 함경남도 방어사 등에 임명되었다. 일기는 신미 숭정 4년 즉 인조 9년(관영 8년, 서력1631년), 회답사로서 금(후에 청나라가 됨)의 수도 심양(봉천)으로 향해 갔을 때 연변(沿邊)의 동정을 적었는데, 3월 19일 압록강을 건너가는 것으로 시작되며, 4월30일 의주에 돌아오는 것으로 끝난다. 인조는 정묘호란 후의 약정에 따라 그 해(1631) 2월 연례의 춘신사 박난영을 심양으로 보냈지만, 예물이 정한 액수에 미치지 않는다는 이유로 헛되이 귀국하였고, 또 금나라는 이를 힐책하기 위하여 아주호(아지호)·동납밀(박중남) 등을 보내왔다. 즉 사태가 심각해졌으므로 이것의 대책을 강구하고 또 그 나라의 정세를 살피기 위해, 위정철은 회답사라는 이름으로 보내지게 된 것이다. 따라서 본서는 정묘·병자 양란 사이에 금나라와 조선의 교섭에 관한 중요사료이다. 특히 기사가 상세하며 금나라의 국정뿐만 아니라 그 명나라 및 몽골과의 관계에 관한 기미를 파악하고, 당시의 중요 사실이 분명하게 밝혀진 것 적지 않다. 또 본서의 말미에는 금나라 칸(汗)의 특색 있는 족계 등을 덧붙여 기록하였다. 때마침 금나라 사신 용골대가 또 와서 용만(의주) 개시를 요구하던 때여서, 본도에 용호라 보이는 것은 이를 가리킨 것이다.[35]

---

35) 조선사편수회 편, 『조선사료집진해설』 권3, 조선총독부, 1935, 28쪽. "本圖ハ、魏廷喆ノ自筆ニ係ル瀋陽往還日記ノ卷首ヲ示セルモノナリ．廷喆ハ長興ノ人、武科ノ出身、當時平安道滿浦僉使ニシテ、仁祖十二年ニハ永興府使・咸鏡南道防禦使等ニ任ゼラレタリ．日記ハ、辛未崇禎四年卽チ仁祖九年(寬永八年，西曆一六三一年)、回答使トシテ金(後ノ淸)ノ首都瀋陽(奉天)ニ赴ケル時ノ沿途ノ動靜ヲ記シ、三月十九日、鴨綠江ヲ渡ルニ始マリ、四月三十日義州ニ還レル事ニ終ル．仁祖ハ、丁卯亂後ノ約定ニ基キ、此ノ年二月、年例ノ春信使朴蘭英ヲ瀋陽ニ遣セシガ、禮物定額ニ滿タザル故ヲ以テ、空シク歸國シ、且ツ金ハ之ヲ詰責スル爲メ、阿朱戸(阿之好)・董納密(朴仲男)等ヲ遣シ來レリ．乃チ事態重大ナルニヨリ、之ガ對策ヲ講ジ且ツ彼ノ國情ヲ探ランガ爲メ、魏廷喆ハ回答使ノ名ヲ以テ遣サレタルナリ．故ニ本書ハ、丁卯・丙子兩役間ニ於ケル金ト朝鮮トノ交涉ニ關スル重要史料タリ．殊ニ記事詳細ニシテ、金國ノ國情ノミナラズ、其ノ明及ビ蒙古トノ關係ノ機微ヲ捉ヘ、當時ノ重要事實ノ闡明セラルルモノ尠カラズ．又タ本書ノ末尾ニハ、金國汗ノ特色アル族系等ヲ附錄セリ．時ニ金使龍骨大亦タ來リ、龍灣(義州)開市ノ事ヲ求メツツアリシ際ニシテ、本圖ニ龍胡ト見ユルハ之ヲ指スモノナリ．"

　　이는 위순량의 소장 〈심양왕환일기〉 진본을 처음으로 찍어서 사진자료를 남긴 조선사편수회가 해설한 것이다. 이 자체만으로도 위정철을 〈심양왕환일기〉의 저자로 보는 데는 그리 큰 문제가 없을 것이나, 이 자료의 신빙성을 구체적으로 확인한다면 위정철은 논란의 여지없이 〈심양왕환일기〉의 저자로서 자리매김 될 것이다.

2) 저자로서의 위정철에 대한 입증

　　그간 〈심양왕환일기〉가 '3월 19일부터 4월 30일까지 쓰인 사행일기'인 것에 주목하여 엉뚱하게도 박난영을 저자로서 잘못 지목하였지만, 위정철을 저자로서 볼 수 있는 새로운 자료가 발굴되었으니 이제 그의 회답사로서 행적을 탐색해야 할 것이다.

　　1631년에 있어서 위정철은 대신들의 반대[36]에도 불구하고 회답사(回答使)로서 심양에 보내져 갔다가 5월 7일 치계를 올린 후 5월 15일에 들어왔는데[37], 후금의 칸(汗)의 답서를 검토하지 못하고 곧장 나와 버렸다 하여[38]

---

36) 趙慶男,《續雜錄》권3, 신미년 하, 1631년 6월 14일. "지금 만일 계속하여 양식을 주고 別使를 파견한다면 속으로는 비록 철회할 뜻이 있으나 겉으로는 오래 머무를 기색을 보여 반드시 더한층 따르기 어려운 요구를 끌어내서 그들의 만족할 줄 모르는 욕심을 채우려 할 것입니다. 그렇다면 사신을 보내는 일이 어찌 다만 무익함에만 그치겠습니까. 지난날 위정철이 갈 때에도 신이 힘껏 그것이 불가함을 진언하였습니다.(今若繼給糧餉, 差遣別使, 則內雖有撤回之意, 外示以久留之色, 必發加一層難從之請, 以濟其無厭之慾. 然則遣使之擧, 豈但無益而止哉? 前日魏廷喆之行, 臣力陳其不可.)" 이 글은 호조판서 金起宗이 올린 상소문에 언급되어 있는 것인데, 別使를 보내는 것에 반대가 있었음이 확인된다. 번역은 『국역 대동야승』 Ⅷ(민족문화추진회, 1973)의 335쪽을 참고한 것이다.

37) 《승정원일기》, 5월 15일. "회답사 위정철이 들어왔다.(回答使魏廷喆, 入來.)"

38) 朴鼎賢,《凝川日錄》5, 1631년 6월 4일. "비변사의 계사 때문에, 회답사 위정철을 잡아 가두라는 것으로, 전지를 받았는데, 금 나라 칸(汗)의 답서를 검토하지 못하고 곧장 나와 버렸기 때문이었다.(以備邊司啓辭, 回答使魏廷喆拿囚事, 捧承傳, 以不爲討得金汗答書, 徑自出來也.)" 번역은 『국역 대동야승』 12(민족문화추진회, 1973)의 306쪽을 참고한

6월 4일 감옥에 갇혔지만[39] 6월 10일 석방되었던 것[40]으로 확인된다. 뿐만 아니라 이때의 행적은 권상하(權尙夏)의 문인 윤봉구(尹鳳九, 1681~1768)가 지은 위정철의 묘갈(墓碣)[41]에도 보이고, 장흥위씨 가승(家乘)자료[42]에도 전해오고 있다. 위정철이 회답사로서 심양을 다녀온 뒤에 올린 치계를 살피면, 다음과 같다.

　　"금나라 칸(汗)이 말하기를 '보내온 예물이 해마다 이같이 삭감되니

___

　　것이다.

39) 《승정원일기》, 6월 4일. "비변사의 계사와 관련하여 회답하기를, '위정철을 나수하는 일에 대해 승전을 받들라.' 하였다.(以備邊司啓辭回答, 魏廷喆拿囚事, 捧承傳.)"같은 날에 또 "의금부가 위정철을 나수했다고 아뢰었다.(禁府, 魏廷喆拿囚. 啓.)"는 기록이 있다.

40) 《승정원일기》, 6월 10일. "금부가 올린, 위정철의 원정에 대하여 '용서할 수 있는 도리가 없지 않으니 형추하지 말고 파직하여 풀어 주라.'고 판부하였고, 이신의 원정에 대하여 '우선 형추를 정지하고 사핵하여 처치하라.'고 판부하였고, 임무생을 형추하겠다는 계사에 대하여, 그대로 윤허한다고 하였다.(禁府, 魏廷喆元情. 判付, 不無可恕之道, 除刑推, 罷職放送. 李莘元情。判付, 姑停刑推, 査覈處置. 林茂生刑推. 依允.)"

41) 『長興魏氏大同譜(誌狀錄)』1999, 118쪽. "통신사 박난영이 심양에서 돌아왔는데, 오랑캐가 예물을 물리쳐 보내고 대동한 군관을 가두었다. 게다가 차사(差使)가 뒤따라와서 으르고 협박하니, 조정이 이를 특별히 우려하고 공에게 임시로 병조참판이란 이름을 붙여 회답별사를 삼았다. 공이 왕명을 받들어 심양에 들어가면서 연로의 실정이나 형편 등을 취재하여 듣는 대로 장계를 올렸고, 단자와 예물들을 들여보내는 데에도 끝내 저지당하지 않았다. 그러나 칸(汗)은 품목의 종류들이 삭감된 것을 화친 맺은 뜻이 점차 태만해지는 것이라 하고, 또 명나라 사람들에게 양식을 도와준 것을 지난날의 약조가 지켜지지 않은 것이라 하여 힐책하는 말로 핍박하였고, 제추(諸酋)들은 전마(戰馬)를 추환하거나 도망자들을 쇄환하는 등 여러 일에 대해 번갈아가며 칸의 뜻을 전하느라 온갖 공갈을 다했지만, 공은 사리를 분명히 밝히는 데에 조금도 손상되지 않고 비굴하지 않으며 상황에 따라 경륜을 펼쳐서 일을 마치고 돌아왔다.(信使朴蘭英, 回自瀋陽, 虜却禮物, 拘所帶軍官. 而差來恐嚇, 朝廷特憂之, 以公借啣兵曹參判, 爲回答別使. 公承命入瀋, 探訪沿路情情, 隨聞修啓, 及至送單諸物, 卒無阻遏. 而汗以般目減削, 謂和意之漸怠, 又以漢人助粮, 謂前約之不遵, 嘖言相迫, 諸酋以推馬刷逃數事, 迭傳汗意, 咆喝多端, 公辭理明卞, 不撓不屈, 隨機彌綸, 竣事而歸.)"해당자료에서 원문만 인용하였다.

42) 위정철, 「防禦使公」, 『長興魏氏要覽』, 장흥위씨대종회, 2005, 124~125쪽.

이 뒤로는 귀국은 사신을 보내지 말라. 우리도 다시 사신을 보내지 않겠
다.'고 하고, 또 '유흥치가 우리에게 투항하려다가 귀국이 식량을 주어
살 수 있게 함으로 인하여 투항하지 않았다. 귀국의 처사는 어찌 이와
같은가. 만약 다시 도중에 식량을 주는 일이 있으면 내가 의주에 나가
공급로를 끊을 것이니, 귀국에 피해가 없겠는가.' 하였습니다."[43]

위정철이 이처럼 치계(馳啓)할 수밖에 없었던 구체적인 내용은 〈심양왕
환일기〉의 4월 23일자에 그대로 있으니, 장황할지라도 인용하면 다음과
같다.

    능시(能時) 등이 또 칸(汗)의 뜻이라며 말을 전하였습니다. "이전에
예물을 되돌려 보낸 것은 예물을 귀하게 여기지 않아서라기보다 단지
귀국이 점점 등한시하는 것에 대해 유감이라는 뜻이었다. 이번에 비록
갈아내고 다시 마련하여 보내왔다 하나, 예컨대 값비싼 예물을 줄여서
값싼 예물로 메꾸었으니 크게 마음에 들지 않아서 또 받지 않으려고
했지만, 화친을 맺은 도리가 손상될까 염려했기 때문에 받았을 뿐이다.
우리나라와 귀국은 본디 원수가 된 적이 없었으나, 무오년(1618)에 남조
(南朝 : 명나라)가 우리의 경계를 침범하는데 지원군을 보낸 데다, 우리
가 요동(遼東)을 토벌해 차지하여 요동의 백성들이 모두 우리나라 사람
들인데도 귀국이 남조 사람들에게 청하여 도중(島中 : 假島)에 머물러
있게 하고 우리나라 사람들을 유인하게 한 것이 많았으니, 또한 한스럽
지 아니하겠는가? 이것을 하늘에 고하였더니, 정묘년(1627)에 군대를 귀

---

43) 《인조실록》 1631년 5월 7일조 6번째 기사. "回答使魏廷喆馳啓曰: '金汗言:「所送禮
物, 年減削如此, 今後, 貴國不須送使. 我亦不復遣使矣.」且言:「劉興治將投于我, 緣
貴國給餉, 得以資活, 不果來投. 貴國之事, 何乃如此? 若復有島中給餉之事, 則我當出
據義州, 以絶其路, 其能無害於貴國乎?」云."

국으로 출동시켰을 때 하늘의 도움에 힘입어 승리를 거두었다. 그때에
경성(京城)으로 곧장 쳐들어가고 팔도(八道)를 소탕하자는 논의가 있기
도 하였지만, 귀국이 사죄하고 화친을 청하였으므로 하늘에 고하고 맹
약을 맺은 뒤로 철군하였다. 원창군(原昌君)이 예단을 가지고 들어오자,
우리들끼리 서로 축하하며 말하기를, '이는 좋은 일이 아니냐? 만일 곧
장 경성으로 쳐들어갔다면 필시 후회가 없지 않았을 것이다.' 하였었다.
그 후로 신씨(申氏 : 신경호) 성을 가진 사람과 문관사신(文官使臣)이
되돌아간 뒤에는 보내오는 예물이 점점 줄어드니, 이것이 어찌 정리(情
理)란 말인가? 이제부터는 한결같이 신씨 성을 가진 사람과 그때의 사신
처럼 예단을 보내되, 만일 그렇지가 않다면 사신을 보낼 필요가 없고
나도 역시 사신을 보내지 않을 것이니, 이러한 뜻을 사신은 낱낱이 전달
하여 귀국이 소홀하지 않게 하라, 소홀하지 않게 하라. 이후로 예단을
만일 뜻대로 하지 못하면 사신이 반드시 전달할 것이기 때문에, 우리나
라는 사람을 보내어 사신을 데리고 귀국에 증거를 대며 사실 여부를
물으면, 사신이 제대로 전달하지 않은 죄는 끝내 벗어나기가 어려울 것
이다." … (중략) … "맹약을 맺었을 때에 의주(義州)를 빌려서 주둔하였
던 우리 군사들은 도중(島中)과 귀국이 서로 드나들며 양식을 마련할
계책 세우는 것을 금하였다. 귀국이 말하기를, '그렇다면 우리 땅을 빼앗
은 것이 그러한 터에 도중(島中)의 한인(漢人)들에게 양식을 도와줄 리
가 만무하다.'고 운운하여, 그 말을 믿고서 그저 조약만을 맺고 철군하였
다. 그 후로 '도중의 사람들은 귀국이 양식을 도와주는 것에 힘입어 보
전되었다.'고 운운하는 것을 듣게 되었으므로 우리의 사신이 왕래하며
물으니, 매번 도와주지 않았다고 말하여 반신반의하였는데, 지난해 유
홍치(劉興治)가 우리나라에 사람을 보내어 말하기를, '남조(南朝 : 명나
라)가 군량을 보내지 않아 목숨을 보전하기 어려운 상황이니, 만약 군량
이 바닥나면 마땅히 투항해 들어가겠다.'고 운운하여 손꼽아 기다렸다.
뜻밖에도 도중(島中)에 변란이 생겨 투항한 진달(眞㺚) 200여 명이 이곳

에 도착하여 말하는 가운데, '조선이 만약 양식으로 구제하지 않았다면, 유흥치는 일찌감치 투항해 왔을 것이다. 조선이 양식으로 구제했기 때문에 이때까지 지연되었고 변란이 생기기에 이르렀다.'고 하였으니, 불만스럽게도 우리에게 패한 일 및 귀국의 일에 대해서 어찌 이와 같이 실제와 각기 다르게 말한단 말인가? 그러나 지나간 일일뿐이니 버려두고 논하지 않겠지만, 이제부터는 하나같이 당초의 약조(約條)에 의거하여 시행하겠는데, 은자와 인삼으로써 물품을 사고팔거나, 남조에 사신을 보내는 일에 대해서 우리는 금지하지 않을 것이다. 만일 한 됫박의 쌀이라도 서로 도와주었다는 말이 있어 우리가 마땅히 군사를 출동시켜 의주를 차지하고서 막는 데에 이르러서는 귀국이 우리를 남조인(南朝人)과 똑같이 대우하여 으레 배신(陪臣)을 정해야 한다. 양식을 운반하여 구제하려는 찰나에 우리들이 명나라 사람[漢人]들과 서로 싸우면 누구를 살리고 누구를 내버려둘 것인가? 반드시 해(害)가 귀국에 미칠 일이 없지 않을 것이다. 이러한 뜻을 낱낱이 귀국에 전달하라."[44]

---

44) 〈심양왕환일기〉. 能時等, 又以汗意, 傳言曰："前者, 禮物之還送, 不以物爲貴, 只恨貴國漸漸怠忽之意也. 今者, 雖曰'改備送來', 而比如則削高塡低, 六不稱情, 又欲不受, 而恐傷和道, 故領之耳. 我國與貴國, 本無讐怨, 而戊午年, 助兵於南朝犯我境界, 且我討討得遼東, 則遼東之民, 皆是我人, 而貴國請南朝之人, 接置於島中, 使之誘引我人者多, 不亦恨乎? 以此告天, 丁卯年出兵貴國之日, 我蒙天祐得勝. 其時, 或有直到京城, 掃蕩八方之論, 而貴國謝罪請和, 故告天決盟, 後退兵矣. 原昌君持禮單入來, 則我等自中, 相賀曰:'此非好事耶? 若直犯京城, 則必不無後悔也.' 厥後, 申姓與文官使臣, 回還之後, 則所送禮物, 漸漸減削, 此豈情耶? 今後, 則一如申姓使臣, 禮單送之, 而若不然, 則不須送使, 我亦不送使价, 此意使臣, 一一傳達, 貴國無忽無忽! 此後禮單, 若不如意, 則使臣必傳達之故也, 我國送人, 將使臣, 憑問貴國, 則使臣不傳之罪, 終難免焉."云. … (중략) … "決盟之初, 借得義州一邑, 留駐我兵, 禁島中與貴國, 相爲出入資粮之計者矣. 貴國曰:'然則, 奪我地方者然, 島中漢人, 則萬無助粮之理.'云云, 信其言, 只成約條而退兵矣. 厥後, 因聞島中之人, 賴貴國之助粮, 保全.'云云, 使价之往來問之, 則每以不給爲言, 將信將疑, 而上年劉興治, 送人於我國, 曰:'南朝不送粮餉, 勢難保全, 若粮盡, 則當投入.'云云, 指日待之矣. 不意島中生變, 投猺二百餘名, 到此言內'朝鮮, 若不救粮, 則劉興治, 曾以投入矣. 以朝鮮救粮之故, 遷延至此, 以致生變.'云, 而不滿, 敗于我事·貴國之事, 何如是言實各異耶? 然往事已矣, 棄而不論, 今後則一依

위정철이 회답사로서 심양에 당도하여 제반 교섭을 벌였지만 위의 내용만을 치계하였던 이유는 〈심양왕환일기〉의 4월 30일자에 나온다.

대체로 오랑캐의 성질이 성나면 다투기를 좋아하고 탐나면 사리(私利)를 꾀하는 것은 예로부터 내려오는 습속인지라 의리로써 감화시킬 수가 없었거니와, 이번에는 또 한층 심했는데 그 중에서 전마(戰馬)의 추환(推還, 주인에게 돌려주는 일)과 북도(北道)의 쇄환(刷還)과 같은 일들을 저들이 비록 말한다 할지라도 염려할 것이 못되지만 도중(島中 : 椵島)에 양식을 도와준 것, 예단(禮單)을 더 보내라는 것, 강숙(姜璹)을 들여보내라는 말에 이르러서는 그 의도를 자못 헤아리건대 참으로 작은 걱정거리가 아닙니다.[45)]

이로써 위정철 스스로 작은 걱정거리가 아니라고 여겼던 내용이 치계의 내용에 그대로 담겨져 있음을 확인할 수 있는바, 위정철이 〈심양왕환일기〉의 저자임은 역사적 자료이든 일기의 문면이든 그 어느 것을 통해서라도 확인된다 하겠다.

3) 위정철(魏廷喆)은 누구인가

위정철은 1583년(선조 16) 전라남도 장흥군(長興郡) 관산읍(冠山邑) 방촌리(傍村里)에서 태어났다. 본관은 장흥(長興), 자는 자길(子吉), 호는 만회

當初約條施行, 而以銀蔘, 貨(和)賣物貨, 與南朝送使之事, 吾不禁止。若有一斗米, 相資之說, 我當出兵, 雄據義州, 則貴國待我人, 一如南朝人, 例定配(陪)臣。運粮接濟之際, 我人與漢人相戰, 則何取何捨耶? 必不無害及於貴國之事矣。此意一一傳達貴國."
45) 〈심양왕환일기〉. "大凡夷狄之性, 忿而喜爭, 貪而嗜利, 從古習俗, 不可以義理感化是白在果, 今者又加一節, 而其中戰馬推還與北道刷還中等事, 彼雖言之, 不足慮也, 而至於島中助粮及禮單加送與夫姜璹入送之說, 其意頗測, 誠非細慮是白乎旀."

재(晩悔齋)이다. 아버지는 위덕화(魏德和, 1551~1598)이고 어머니는 죽산안
씨(竹山安氏 : 安克仁의 딸)이다. 조부는 위곤(魏鯤, 1515~1582), 증조부는 위
진현(魏晉賢, 1483~1564)이다.

　　1603년 21세 때 무과에 급제하고 1610년 추천되어 선전관(宣傳官)이 되
었으며, 그 뒤로 함평 현감(咸平縣監)을 거쳐 곤양46) 군수(昆陽郡守)가 되
었지만 인조반정이 일어나자 해임되었다. 1624년 이괄(李适)의 난에 연루
되어 투옥되었다가 석방된 후, 자진하여 변방 부임을 청하였는데 1629년
영유(永柔)47)의 수령으로서 제언(堤堰)을 축조하고 농사에 부지런히 힘써
전야(田野)가 날로 개간되는 등 선정을 베풀었다.

　　1631년 춘신사 박난영이 심양에서 돌아왔는데, 오랑캐가 예물을 물리쳐
보낸 데다 대동한 군관을 가두고 말았으며, 게다가 차사(差使)가 뒤따라와
서 으르고 협박하니, 임시로 병조참판이란 이름이 붙여진 회답별사가 되
어 심양을 다녀왔다. 심양에 들어가면서 연로의 실정이나 형편 등을 취재
하여 듣는 대로 장계를 올렸고, 단자와 예물들을 들여보내는 데에도 끝내
저지당하지 않았는데, 온갖 힐책과 공갈 속에서도 사리를 분명히 밝히는
데에 조금도 손상되지 않고 비굴하지 않으면서 상황에 따라 경륜을 펼쳐
서 일을 마치고 돌아왔던 것이다. 이때 사행일기를 적었으니, 바로 〈심양
왕환일기〉이다.

　　1635년에는 절충장군 행 용양위 부사직(折衝將軍行龍驤衛副司直)에 제
수되었고, 1636년 봄에 영흥48) 부사(永興府使)가 되어 재직 중 뇌물을 받아
파직되었지만, 곧 다시 숙천49) 부사(肅川府使)에 제수되었으나 1638년 사

---

46) 곤양(昆陽): 경상남도 사천 지역의 옛 지명.
47) 영유(永柔): 평안남도 평원 지역의 옛 지명.
48) 영흥(永興): 함경남도 남부에 있는 군.
49) 숙천(肅川): 평안남도 평원 지역의 옛 지명.

간원의 탄핵을 받아 재차 파직되었다. 1642년 갑산50) 부사(甲山府使)에 제수되었으나 병으로 사양하였고, 1643년 다시 만포51) 첨사(滿浦僉使)에 올라서는 청나라 칙사와 관련된 외교문제에 연루되어 곤욕을 치렀다. 1644년 명나라가 멸망하자 고향으로 돌아와 여생을 보내다가 1657년(효종 8) 75세의 생애를 마감하였다.52)

요컨대, 위정철은 평안 남북도와 함경남도의 변방 일대를 지킨 전형적 무신이었는데, 그의 아버지 위덕화도 1585년 무과에 급제하여 선전관으로서 임진왜란 때 선조(宣祖)를 호종한 공신이었던 집안 내력을 이은 것이라 하겠다. 관직생활에서야 부침을 겪었지만, 1631년 회답사로서 당시 마찰이 있었던 외교적 문제에 대한 교섭 양상 및 후금의 정세 등을 자세히 기록하여 〈심양왕환일기〉라는 귀중한 사료를 남긴 인물이다.

II. 나가며

〈심양왕환일기〉는 위정철이 1631년 3월 19일부터 4월 30일까지 회답사로서 심양에 가 후금의 인물들과 여러 문제를 놓고 교섭한 내용 및 취득한 첩보 등을 적은 일기인데, 예단 전달하는 일, 국서의 회답 받아오는 일, 개시(開市)에 관한 일, 포로 쇄환과 전마(戰馬) 추환(追還)에 관한 일, 가도의 명군에게 식량 지원 중단의 일, 군관 남기는 일, 강홍립의 아들 강숙 들여보내는 일 등이 기록되어 있을 뿐만 아니라 맨 마지막에는 청태종의

---

50) 갑산(甲山): 함경남도 북동쪽에 있는 군.
51) 만포(滿浦): 평안북도 江界都護府에 있던 압록강 가의 마을 이름.
52) 위정철이 문집을 남기지 않아 《조선왕조실록》, 《승정원일기》, 尹鳳九가 지은 〈묘갈명〉 등을 참고하여 서술되었음.

족계(族系)가 적혀 있어, 당시 외교적 교섭에 관한 중요한 문헌이라 할 것이다.

이 〈심양왕환일기〉에 대해 '정묘호란과 병자호란 양란 사이에 금나라와 조선의 교섭에 관한 중요사료이다. 특히 기사가 상세하며 금나라의 국정뿐만 아니라 그 명나라 및 몽골과의 관계에 관한 기미를 파악하고, 당시의 중요사실이 분명하게 밝혀진 것 적지 않다.'고 한 『조선사료집진 해설』의 평가는 정곡을 짚은 것이라 하겠다.

이런 중요한 문헌의 박난영 저자설은 일기 자료의 내용에 대한 충분한 검토가 이루어지지 않아 발생된 측면이 강하다. 입증할 객관적 자료가 턱없이 부족했더라도, 빈약한 근거를 통해 1631년 춘신사 박난영으로 잘못 추정되었음은 조금만 유념했어도 쉬 간취해낼 수 있는 것이었다. 그런데도 이 저자설이 그간 그대로 용인하여 왔음은 안타까운 일이다. 저자가 제대로 판명되지 않으면, 일기의 전체적인 맥락 파악과 감상 그리고 분석이 올바르게 이루어지기 어려울 것이기 때문이다.

그리하여 이 글은 각종 문헌자료에 나타난 1631년 춘신사로서 박난영, 선유사로서 박난영 등의 행적을 나누어 살펴봄으로써 박난영의 저자설이 잘못된 추정이었음을 밝힐 수 있는 단초를 마련하였다. 또 조선사편수회가 1935년에 편찬한 『조선사료집진』 및 『조선사료집진 해설』의 자료에서 새로운 근거를 찾아냄으로써 입증의 단서를 마련하고 각종 문헌자료를 통해 위정철이 저자임을 입증하였다. 이제, 〈심양왕환일기〉가 다양한 분야에서 새롭게 조명되기를 희망한다.

(『한국고전연구』 29집, 한국고전연구학회, 2014. 6)

• 참고문헌 •

〈瀋陽往還日記〉, 서울대학교 규장각한국학연구원 소장 필사본.

《인조실록》, 《승정원일기》.

朴鼎賢, 《疑川日錄》 권5.

趙慶男, 《續雜錄》 권3.

고구려연구재단 편, 『조선시대 북방사 자료집(02)』, 2004, 109~133쪽.

김문식, 「심양왕환일기 해제」, 『조선시대 북방사 자료집(02)』, 고구려연구재단, 2004, 9~10쪽.

신해진 역주, 선약해 저, 『심양사행일기』, 보고사, 2013.

위정철, 「防禦使公」, 『장흥위씨요람』, 장흥위씨대종회, 2005, 124~125쪽.

이지양, 「심양왕환일기 해제」, 『(국학고전) 연행록해제』 2, 동국대학교 국어국문학과, 2005, 168~169쪽.

임기중 편, 『연행록속집』 106, 상서원, 2008, 328~405쪽.

장흥위씨대종회, 『장흥위씨대동보(誌狀錄)』, 하산사강당, 1999, 118~121쪽, 683~692쪽.

조선사편수회, 『朝鮮史料集眞』 3, 조선총독부, 1935, 67쪽.

조선사편수회, 『朝鮮史料集眞解說』 3, 조선총독부, 1935, 27~28쪽.

황재문, 「어학해제」, 서울대학교 규장각한국원연구원 홈페이지.

후기

《만회당실기(晚悔堂實記)》

이 〈심양왕환일기〉를 읽고 번역하면서 겪었던 고충이야 번역하는 사람이면 누구라도 겪는 것이겠지만, 기존 학계의 주장을 좇아 저자를 박난영으로 간주하고 텍스트를 읽을 때마다 이해하기가 어려운 장면과 문맥에 부딪히게 되면서 겪은 고충은 각별하였다. 그리하여 번역하는 것을 중단하고 저자를 고증하기로 결심한바, 그 성과물을 『한국고전연구』 24집에 투고, 게재하였으며, 게재논문을 이 책의 부록으로 실었다.

박난영 대신 위정철(魏廷喆)을 저자로 고증하는 과정에서 장흥위씨 집안을 통해 결정적 물증을 찾으려고 했지만 찾지 못한 채 논문을 작성했고, 또한 번역하던 작업도 마무리 지어 역주서로 상재하려는 즈음에 지성이면 감천이라고 했던가, 저자와 동일한 이름자를 쓰는 후손 위정철 어른으로부터 연락이 왔다. 이 분은 장흥위씨와 관련된 자료들을 정리하는 어른인데, 방계손 집에서 소장하고 있던 위정철의 문집을 찾았다는 기별이었다. 연락을 받자마자 한달음에 달려갔더니, 전남 장흥군 관산면 소재 방촌유물전시관 위성(魏聖) 명예관장이 자신의 집에서 찾았다며 보여주었다. 사진은 바로 그 문집을 찍은 것인데, 《만회당실기(晚悔堂實記)》이다.

이 실기는 많지 않은 부수로 1936년에 간행된 것이라 한다. 권1은 진무원종공신녹권(振武原從功臣錄券), 권2는 〈심양일기〉와 〈유서(遺書)〉, 권3은 부록, 그리고 발문으로 구성되어 있다. 부록에는 〈송종자정철부임함평(送從子廷喆赴任咸平)〉(雲巖叔父), 〈송위형정철봉사심양(送魏兄廷喆奉使瀋陽)〉 2수(義州府尹 李浚), 〈월사이상공계공출수함평시서(月沙李相公戒公出守咸平時書)〉, 〈죽천사추향고유문(竹川祠追享告由文)〉(黃仁紀), 〈봉안축문(奉安祝文)〉(吳淵常), 〈호남절의록(湖南節義錄)〉, 〈충의록(忠義錄)〉(尹鳳九), 〈묘갈명(墓碣銘)〉(윤봉구), 〈서병조참판위공실기후(書兵曹參判魏公實記後)〉(9대 족손 魏啓洴) 등이 수록되어 있다. 발문은 위정철의 9대손 위계문(魏啓文)이 병자년(1936) 4월 하순에 쓴 것이다. 이 실기는 총 53장본인데, 심양일기가 39장본을 차지하고 있다.

권2에 수록된 〈심양일기〉가 바로 〈심양왕환일기〉이다. 옆 사진은 그 첫대목이다. 이 역주서의 원문에는 《만회당실기》에 수록된 〈심양일기〉와 일일이 대조하여 그 양상을 밝혀 놓았다. 이로써, 저자에 대해 필자가 한 고증은 결정적 자료를 통해 확실해졌다. 이는 위정철, 위성 어른 등 장흥위씨 집안의 도움에 힘입은 것임을 밝히면서 감사의 마음을 전하는 바이다. 이제, 〈심양왕환일기〉

〈심양왕환일기〉

의 등초본은 유일본으로서의 지위를 잃게 되었다. 다만, 위순량씨가 소장했던 필사본이 발견되지 않고 있는 것은 여전히 아쉬움으로 남는다.

[영인] 심양왕환일기
[影印] 瀋陽往還日記

위정철魏廷喆 원저

서울대학교 규장각한국학연구원 소장 등초본(1927년)
위성(魏聖) 소장 목판본(1936년)

여기서부터는 影印本을 인쇄한 부분으로 맨 뒷 페이지부터 보십시오.

晚悔堂實記卷之二

遺書

余衰神於匹子之化因病不起奈何奎辰
纔九歲尚未入學我死之後難能教誨是誠悶慮寡
母之子非有現焉不與爲友古語有之雖三年之內
必送之於學所期於成人幸甚
父年今七十五病又沉痼其能久乎余平日雖經郡
縣未嘗雷意於家人生業些小世業傳給零星汝等
將未免饑寒奈何然人之生涯不在財物之多少能
行孝友則一身安享若無檢束則凜凜難保汝等愼
之愼之

右付夫人朴氏書

右付貞夫人朴氏書

郡中公年幼諱

右村子

之女書

汗四寸弟之乙可

自狀介　　　固山中軍平古藍心紅邊旗

汗弟阿之阿貴

汗弟道道好　　固山中軍一斗白心紅邊

汗末弟道斗　　固山中軍可叱道里白旗

汗妹夫豆郞介蒙古固中軍牛郞介朴氏孫乃黃心

汗姪女夫漢入董揚鮮固山中軍石國柱石天柱白

黑邊

心紅邊

四子王大　　　　　　　　　固山中軍會伊大紅旗

五子勃音阿

六子麻處

永介長子要土

永介兄子豆頭　　　固山中軍所乙音麻貴紅心白邊

豆頭弟利可

凵可土　　　　　固山中軍浹恥藍旗

平古

凵可土子每隱月

子沙沙麻

免每堂實巳X卷之三　　　三十八

五百類流　每一類三百名式　通計共十五萬

二子所音多

三子湯古太

四子所音阿

五子南多

汗固山中軍能傑黃旗　清人以固山為軍號而各必旗色別之自領一固山凡八旗　分領諸固山

汗子好丘　固山

汗弟壓多

汗弟所音多　固山中軍多乙下夫黃質紅邊旗

貴永介

三子沙下羅

前汗名老兒哈赤姓佟弘泰始繼立是爲清世祖改

元順治改姓魏

汗子貴永介介子要土小土沙阿羅王大勃音阿麻處

二子忌介土土子每丁月乙里沙沙乃

三子弘泰始始子好之

四子平古　無子

八子阿之阿貴貴子阿之

九子道之好

十子ヲ斗

姜子壓多　　　　　安堉豆郎介

明懷堂實記卷之三　　　　　三十六

言也不足慮也而至於島中助粮及禮單加送與夫
姜璘入送之說其意叵測誠非細慮是白乎旀至於
稱以追送使价不答國書又拘留我人之事觀其彼
等所爲言語氣色則不過與李朴等交替爲質且待
其開市得失而如不稱意則因噎恐喝又欲待秋信
送使禮物之如何是白齊彼中兵勢之強弱臣非目
擊不可揣度是白在果但以接見時節次見之則無
過於一閭巷之威儀是白齊

三十日還到義州而臣在瀋陽時及往來各處站上

接待等毫叚與前無加減是如爲白乎旀自去番春

信行爲始所寓館舍加築墻垣又添荆棘門禁太甚

分不喩往來時叚置八固山各定信任胡入前後擁

護使彼我人等切不得相近者必我國投入者等事

及彼中大小事情不得漏通之事是白乎旀彼中各

處所聞眞僞相雜似難取信是白乎旀且虛實間隨

所聞　啓達爲白在果大槩夷狄之性憤而喜爭貪

而嗜利從古習俗不可以義理感化是白在果今者

又加一節而其中戰馬推還與北道刷還等事彼雖

免海堂實已□会之三瀋陽日記三十下

軍二十三名至中江整送烏由齊

二十六日新城中火將發之際安州官馬一四病臥

不起勢難輸運本鎭長胡處準授某條救療待後行

出送言之爲白有在果萬無生道爲白乎旀當日三

流河止宿爲白遣

二十七日甜水站中火平壤官馬病臥不起勢難宰

來同站長胡處救療待後行出送事言之畱置爲白

遣趁會寧嶺燕山止宿爲白遣

二十八日通遠堡中火甕北止宿

二十九日湯站堡止宿

明情堂軍書　卷之　三五

可以此摘發乎彼等答曰雖如此使臣勿爲防塞傳

達貴國云云爲白遣卽爲起去爲白有如乎午後于

仙阿滿月介能時大海阿之好仲男等到舘門外邀

臣幷綵而出十里外渾河邊設帳幕餞宴之際臣曰

昨言洪賊等事何以定奪乎彼等答曰此事我等已

知之事也非不知告稟無益而使臣之言如此故略

陳之則汗之所答云云之說與昨日能時等所言一

體是白乎旀俄頃陳設宴床屠牛羊盛備至三酌而

罷出登程當日止宿虎皮堡而一行員役上下所騎

馬自瀋陽至晧水站責立八把爲白旀臣行護送

入去者青布二幅段子七疋受來云今則既知其去處
當推給云臣答曰厥馬雖在漢人中此豈國家之所
給也兵亂中偸馬者既不知姓名居住而雖或自相
推移轉換終至於島中何可推得乎彼等曰既知所
在處則推得何難乎臣答曰厥馬雖在我國之人不
知其姓名居住則推得無據況在漢人中而唐胡之
住知之則可以推得乎臣答曰居住何以知之彼等
馬一體緣何據而推得乎彼等答曰當初偸馬者居
答曰當厥偸馬者被捉於海州地云臣答曰雖被捉
於海州地而兵戈中避亂者流離他道不定厥居豈

久雷有何酬勞之事乎慶受未安云則能時答曰使

臣之辭尚且不聽況汝等何敢辭乎攦其前而據授

爲白遣即爲起去爲白齊

二十五日將發之際能時大海阿代阿等以汗意來

言去丁卯年出兵貴國之日刀斗固山中軍角乞屎

成盟後畱駐平壤時貴國殺虜人等戰馬三匹偷竊

逃還其時將此意通於貴國則貴國答稱兵亂中偷

馬逃還者不知其姓名居往推得無路云信然其意

置而不推矣今者角乞屎從獵者自島中投來言內

厥馬三匹毛文龍時貴國給之於島中漢人而持馬

晩悔堂實記　卷之二　瀋陽日記　三十四

晚悔堂實記 卷之二 三十三

此言可知其意然揑給與否須告汗前定奪之則彼
等答曰告則不難元不到此奈何前言戲之云爲
白齊能時等又以汗意傳言曰姜元帥子好在于臣
答曰姜元帥身死後守塞退在農所矣脫塞後時未
到京今焉消息未及聞之耳能時答曰汗言嚴人乃
愛恤之人欲一相見仲男之還偕送事傳達於貴國
云爲白遣李馨長朴雯等處各送銀子十兩曰此則
爾等酬久唇之勞云馨長等曰我等以前日春信使
軍官賣來國送禮物段置不得奉呈而其時旣受贈
物尚且未安又給贈物感則感矣以國事到此雖或

死於虎或致死於飢雖或得達者幸而有之不知某
處避還推得爲難云云況此數三入雖曰指向我國
而亦豈無溺死被獸死凶之患也若到此則雖言之
而不給亦不可奪去況我人之逃去貴國者既多若
之乎臣答曰此徒皆得罪於我國而有相應率來者
一者來則代我人一二者來則亦如是代之何必諱
豈可與被擄逃還人相代者乎兩國約爲兄弟則我
國之罪人卽貴國之罪人也以貴國大道義當不得
言而捉給何其諱之甚耶彼等答曰雖得罪於貴國
而向我投來之情可憐何忍拒而不接乎臣答曰擧

明性堂實記　卷之二　三十六

可知厥後又我國人三名敢此洪賊之事上年十二
月又爲投入與洪賊同惡不亦痛乎兩國通和之間
如此等事若不嚴加防塞則有同誘引和好之義恐
不能善終也此意朝廷當欲添入於國書中而和好
之間雖無國書亦可出給以使臣口傳事分付故敢
此發言矣此意須稟於汗前定奪幸甚彼等答曰如
此來到之奇非但未聞雖或入來豈知其某處投接
乎若到此則我豈諱之去丁卯年貴國被虜人等則
皆是我人而逃還貴國者不知其數此類還事累
累言之而貴國答稱雖曰逃還而或溺死於水或絞

彼等曰自前我人出送則我國之書我人持去不過
差退數日發送矣汗意已定無他言云云爲白遣卽
爲起動爲白去乙臣又曰且有一言請暫雷焉我國
人投八三者之事既爲聞知則似不可不言臣謂彼
等曰兩國通和約爲兄弟則雖有某事必無隱無諱
乃爲永好之道也洪賊本以下賊之人又接邪鬼以
呪符妖怪之事爲業誑惑人心以致得罪不能安接
而投來者也曾聞渠自稱兩班又以不測之言毀謗
我國云爾國必不取信而大槩如此之徒旣不能保
身於本土而至於投八他國其爲處心行事不言

當見面目而去云云頗有威迫舉措爲白去乙臣反

覆思之再三舉理強辨爲白乎矣終不回惑適有價

事姑從權宜之道不得已許罟而軍官驛官等及聞

此言容膽失色人皆厭罟不得取捨使之執籌而軍

官李種立驛官崔泰慶執罟字故罟之爲白遣驛馬

二四平壤官馬二匹 缺 川驛卒二名幷爲罟置爲白

在果觀其言語氣色一則待籠胡開市得失一則與

李朴等交替者其爲凶計有不可測量是白齊臣又

曰軍官則雖罟之荅書則俺行當爲持去矣他國奉

使之臣不可無荅書復命此意夏告汗前定奪云則

禮物厚待以送者豈爲使价顏面而然耶亦爲兩國

相敬之道也前者爾國拘留我人退送禮物不能無

憾而若較爭是非則恐傷和好故我國惟以信義存

心卽爲改備禮物特遣別使則極盡其道而此後有

何不備之事又欲拘留我人乎此意須告汗前變通

俾無彼此相疑之萌幸甚彼等相顧有密議之狀而

遽盛氣作色曰雖使臣留之固不當自由而姑留軍

官數日有何難事如是多言耶國書回答必見龍骨

大後有爲之事故留軍官偕送少無所妨雖千言萬

語汗意已定爭之無益留置軍官急速抄定則我等

明将堂實言�卷之二 三十

爲虚言賚馬四四者倍送之際步行者勢難得達故
也不過差退數曰勿慮止之曰只賚十餘日云云矣
可信也前者李朴等賚云云臣又答曰爾等之言不
及至今日其可信乎云則彼等作色曰此則蒙兵等
之會遷延未易故也豈我無信而黙云云爲白去
乙臣又答曰爾等之言雖如此浚難從之矣俺之軍
官四員中一員則前日仲男灣上之行率去未還只
枉三員二員賚之則但有一員俺渡江之後又送先
來則終無一軍官是何道理耶兩國相和必以敬謹
爲心乃爲永遠之道也彼此使价之往來至於贈給

我國使价始欲與使臣一時出送為計矣今者不得
已待龍骨大開市回來之事而龍骨大之還不過數
日之間使臣則姑先發程軍官二員下人二名騎馬
四匹留之則待龍骨大入來卽與我人持答書出送
使臣未渡江前可以追及云云為白去乙臣答曰凡
奉使之人受答為重而豈可以留軍官受來而先發
乎且爾國使价雖有隨後出送之事自前往來之時
非我國之人則不得出來于爾等又欲留軍官之意
未知何事也豈為仲男等同行而然耶必有他意之
故也無諱直言之則彼等答曰別非他意我等本不

二十四日李馨長仍泰川被虜入張祿稱名者聞當
朝自島中生變下陸時分運投獺九名先爲入來是
如爲白乎旀偵犨胡人等漢人三名生擒以來爲白
有去乙汗使大海誘問南朝事情則嚴漢人答曰自
南朝過廣寧衛東不遠之地有一古城而名不記今
將修築防備之計而築城與防禦之軍當爲一時出
來云云而軍需糧餉在載運船未及回泊故時未出
來是如云云爲白乎旀汗與諸固山幷率妻子以川
獵牧馬事二十六日出去蓼湖江邊是如云云爲白
齊當日午後能時大海等六胡以汗意來言於臣曰

恤他人乎彼等曰莫爲飾辭也貫國每事例多巧飾
難信云耳臣答曰豈有此理乎漢人等乘其舟或至
沿邊恐掠村民自相拆賣之事如或不給而豈有自
朝廷應給粮餉之事乎彼等答曰莫出遁辭也已往
之事不論是非自今以後永絕不給則好矣如給一
斗米則必不無後悔也云云爲白去乙臣答曰又送
使价未知何事耶彼等答曰島中助粮事與多有講
定之事兼持答書爲送我人云臣答曰然則汗書草
欲見之則彼等答曰此則不可私自出視當稟於汗
前視之云云爲白遣即爲起去爲白齊

免每堂曹費起　卷之二　瀋陽日記　二十乙

133

生變投獺二百餘名到此言內朝鮮若不救粮則劉
興治曾以投入矣以朝鮮救粮之故遷延至此以致
生變之不敗耳我事貴國之事何如是言實各異耶
黙往事已矣棄而不論今後則一依當初約條施行
而以銀蔘和賣物貨與南朝送使之事吾不禁止若
有一斗米相資之說我當出兵雄據義州則貴國待
我人一如南朝人例定陪臣運粮接濟之際我人與
漢人相戰則何取何捨也必不無害及於貴國之事
矣此意一一傳達貴國云云爲白去乙臣答曰叱奴
之言何可盡信我國年年凶荒自活吾民之不暇邊

送之而默也大檗我國之禮不以物為重以禮義為重

且丁卯以後兩西之空虛爾等所知以年年失稔

民竆財竭物不稱情之故也豈情薄而默耶彼等又

曰涭盟之初借得義州一邑駐我兵禁島中與貴

國相為出入資粮之計者矣貴國曰默則奪我地方

者默島中漢人則萬無助粮之理云信其言只成約

條而退兵矣厥後因聞島中之人賴貴國之助粮保

全云云使价往來聞之則每以不儉爲言將信將疑

而上年劉興治送人於我國曰南朝不送糧勢難

保存若粮盡則當投入云云指日待之矣不意島中

兔海堂實記　卷之三　瀋陽日記　三十八

其時或有直到京城掃蕩八方之論而貴國謝罪請
和故告天渋盟後退兵矣原昌君持禮單入城則我
等自中相賀曰此非好事耶若直犯京城則必不無
後悔也嚴後申姓與文官使臣回還之後則所送禮
物漸漸減削此豈情耶今後則一如車姓使臣禮單
送之而若不然則不須送使我亦不送使价此意使
臣一一傳達貴國無忽無忽此後禮單若不如意則
使臣必不傳達之故也我當送入將使臣憑問貴國
則使臣不傳達之罪終難免云而所謂申姓指申景
琥而言是白齊臣笑而答曰此言則必欲使之稱意

安云卽令取來贈物分授臣處鞍具馬一匹貂皮十

令銀子五十兩軍官驛官等則貂皮各四令銀子各

六兩下人等則銀子各四兩是白齊能時等又以汗

意傳言曰前者禮物之還送不以物爲貴只恨貴國

漸漸怠忽之意也今者雖曰改備送來而比如削高

塡低大不稱情又欲不受而恐傷和道故領之耳我

國與貴國本無讎怨而戊午年助兵於南朝犯我境

界且我討得遼東則遼東之民皆是我人而貴國請

南朝之人接置於島中使之誘引我人者多不亦恨

乎以此告天丁卯年出兵貴國之日我蒙天佑得勝

之彼等曰使臣贈物豈有定限隣國使臣接待之禮
只此物而已我國之人若往貴國而非節使則不給
禮物乎臣答曰此非謂節別使而言也今者春信再
行之羞惟我當之而不能無恥之故也渠等曰然汗
之所贈辭之不可云臣答曰俺亦非不知不恭而含
羞受贈心實不安浚難受之云渠等曰然則當稟於
汗前云云起去爲白如乎俄頃回來言內使臣之辭
雖出於禮也然以我待使臣之道亦不可無贈禮云
況使臣新面到此豈無酬勞之舉也須領去是如云
云爲白去乙臣曰汗意再如此雖不敢强辭心實未

婢子則希參與次知胡人者賴對面相詰故者賴曰

此則買得云證粲者與文書有之則自有卜查之路

然旣生產於我國還給豈當是如爲白乎旀其爲小

名元叚二十六名別錄以來爲白有齊

二十三日骨者滿月介能時大海阿伐阿朴仲男孫

爾等以汗意持贈物來到爲白是去乙臣謂彼等曰

今之俺行雖是剩行而專爲見卻禮單要備而來亦

一春信使价也然則前來使臣旣受例贈吾何敢豐

受乎且兵亂以後國儲逐年罄竭物不稱情以致見

卻忸怩之心可勝言哉又爲受贈尤極慙報不敢領

127

晩悔堂實記　卷之二　二十三

為白齊臣忍憤半餉徐言曰人臣受命之日忘其身

吾何厭忌爾等脅辱而含糊不言乎刷還與否惟㾢

事之曲直如何而俺之此言非不欲不汗意而然也

兩國通好之間凡事必盡悉其所懷事無乖當乃爲

永好之道故只陳其利害而爾等例爲恐怯不能事

竊爲不取也俺之所言爾等若告之於汗前則汗必

不非我彼等又曰使臣之言雖如此汗之已令之事

不可更稟云臣暗問金希參等曰前日吳朴之行刷

還人等小名書去之事有之云㹽耶希參等曰果有

之是如爲白去乙廬有償事姑令謄書而其中希參

各官空虛之事爾等往來目見二國之內流離者尚
且不易況他國人物或從父從母以此以彼難明者
乎且見列名件記則只錄男女幾名而已不書其名
近於虛僞如彼小卒之進告如何盡信乎彼等及聞
臣言發怒曰然則我國人物不欲捉給而如是防之
乎汗之所言不欲傳達於貴國而有此之言耶小名
件記不欲膽書以去而然耶前日吳朴使臣之行亦有
此事而惟楊使臣苦苦防塞使臣之意如此則初何
八來乎然則自我國直送軍兵其爲住戶等并焉捉
來云云言辭悖慢不忍見不忍聞而其中仲男尤甚

渠等之族屬所謂各其族屬率來則可以憑閱刷還

故今者其族屬等亦爲率去非明白之事其敢如是

千云云爲白去乙臣取考其小名件記則只書某邑

某入家女人幾名男女幾名而已不書當身名字所

見不實爲白去乙臣言此類之曲折則俺實不知而

大槩刷還一事極難之意俺已知之去丁卯年爾等

八寇我境之日兩西人民被屠戮虜者己多而幸而

生存者盡皆流散於他道他鄉自朝廷嚴立法條今

方刷還而或有聞風逃避者或有居住許接誤聞者

或有因嫌誣告者今至五年迨未刷還淸川以西一路

好之道固如是乎應刷之類許接小名居住使臣亦

為騰書以去傳達於貴國今番則毋從前習我人在

彼之時捉給與否及期行會捉送則好矣又若空還

則自有處置之事云云為白去乙臣答曰所謂應還

云云之類許接小名何能得知而如是乎彼等答曰

我國人福同稱名者北道阿吾之堡十餘年居生出

來者未久羌撫夷居阿乙其乃造山居沙乙其等去

去年五月分入去明知向來言必不喻上年會寧府

使言於我人曰爾等為胡種云各其主戶等則謂本

是我國之人云查覈無據若胡種的實則爾必不無

啓達而追無黑白者想厭類之刷還不當故而朕也俺
雖啓達事係不可則無益也彼等嚇言曰今者更爲
書去而又無黑白則自有所爲之事是如云云以去
鳥白有如乎當日午後者賴等四胡以汗意來言北
道我國人許接者數多當爲刷還而上年秋貴國使
臣之還小名居住膽書以去而以捉給與否追無黑
白須無和好之義今者次知胡人者賴又以刷還事
明日發送前日段置北道官員則只待朝廷分付處
置云云朝廷則視爲尋常亦不明查分付遷延時日
我人久罶爲難不得成事而還者非至二再兩國相

亦不可擅優口舌相爭俱是無益云則彼等答曰非
特此事也北道應刷者多在居住姓名前日貴國使
臣之行必爲謄書以去而尚無黑白今者使臣之行
更爲書去傳達貴國云到彼則當駭官員具由狀
啓以待朝廷處置而已非通信使价之任也況爾等
亦往來絡繹而必以俺啓達者末知其意也浚難從
之矣彼等作色曰通信使价亦爲國事也爲國事而
往來則兩國之情傳達未爲不可且今行必欲傳達
別非他意者賴以嚴類刷還事今當發行北道而到
彼之時捉給與否欲及期行會之計也臣答曰俺雖

免每堂實記　卷之十一瀋陽日記　二十三

晚悔堂實記 卷之二 二十二

則聞此奇其時刷還文記相考則給價刷還的實故
還給不當云則者賴曰然則有不給之意也云爲
白齊大槩此言之曲折不傳於臣而希參與者賴等
自中話答紛紛相詰爲白去乙臣謂希參曰是何言
也自相話答而不傳耶希參曰此事似如此如此曲
折當矣方言之故急於酬答趁未傳語是如爲白去
自言之耶彼等答曰余非汗之分付則豈敢發言於
使臣之前乎臣答曰如此等事惟在朝廷處置與事
之曲折如何耳雖是希參之婢子渠不可自致使臣

待朝廷分付處置云云其時汝與使臣回還不得上
達其意乎厭後何無黑白耶希參答曰其時我與汝
相詰曲折及小名記則使臣日記中具錄　啓達而
無黑白之事非我所當知也且吾往京時聞北兵使狀
啓中有云汝言於北兵使曰我到此之日我與汝汗
前詰定之時我無辭九月間當捉給焉言云云汝何
戴天慌說至此耶其時此言相詰之際阿之好朴仲
男等乃衆聽之人今亦在此可以辨正云則者賴請
塞曰汝之捉給之說吾不言之兵使必信聞而狀
啓矣朕捉給與否朝廷之意如何耶希參答曰朝廷

明悟堂實記 卷之二 　三十一

書之數觀之則元數二百十五兩四錢云彼等見其
胡書而答曰五兩半加來云此必我等在京時受來
藥價弁送之耶臣答曰元銀子旣爲還送則況其些
小藥材之價豈可留置之理乎金其數還來云彼等
點頭曰旣受之價弁還來未安云云者賴稱名者乃
北道人物刷還次知胡人也著賴言於希參曰汝上
年七月到此之日汝婢子及他人等刷還之事居住
許接列名謄書以去矣吾上年九月八去此道此意
言於北兵使則兵使曰時無朝廷分付而大榘金希
參方在京中出入爾國爾等與金希參下正歸一後

曰承此慰問感則感矣而昨言藥價銀子完璧一事

何以定奪耶彼等答曰能時等昨日自此直汗前將

使臣前後所言曲折稟定則汗言凡有病之人必給

價服藥當有效之故送價矣貴國和好之間受之未

安且有隨送之意云敢不還領今若還送則亦未安

於和好之道其銀子捧置之是如爲白去乙臣卽使

次知驛官崔泰慶取來銀子囊封不動面授爲白遣

銀子置簿文書詳考則二百十五兩五錢是白乎旅其

文書末端以胡書記錄爲白有去乙臣以其書示曰

此則爾等之自書而俺不得解見其數幾許耶以右

緊草藥以銀換送則有何信義之道乎情理未安故
厰銀子完璧以還之意爾等須告汗善處之則能時
等曰此事前者暫稟而時未定奪將此意夏稟云云
爲白遣能時等催促宴床陳設臣外渠等則三人幷
一床軍官驛官等則二人幷一床下人等則四人金
一床各酒一壺而屠牛羊此前豐備是如爲白乎旀
行三酌而固辭強勸至五酌罷爲白齊
二十二日滿月乙介阿之好者賴仲男等以汗意傳
言臣曰以蒙古酋長等相會事趁未回還使臣以致
久留昨日適以風雨不得親接讓禮未安云云臣答

馬二十五匹馳二頭列立庭中三叩頭後亦列入於
東庭第一帳幕後汗搖手掉頭移時諸話爲白乎矣
舌官等遠不及詳聞而非向我國之言是如爲白齊
行茶禮訖能時傳言於臣曰今日此處當行宴禮而
風雨如此自所舘處推行可也云卽爲罷出臣到舘
所俄頃于仙阿朴吉阿滿月介能時大海阿伐阿阿
之好朴仲男等以設宴事來到臣處寒暄後臣謂彼
等曰禮單藥材今已傳之而價銀一事前者已盡言
故姑留傳之矣大槩兩國通和有無相資而至於不

晚海堂寶記卷之三（瀋陽日記）二十

上排置後能時犬海仲男等引臣以入就拜席奉傳
國書行禮畢大海又引臣至西庭第一帳幕八坐軍
官驛官段從臣後差退列坐汗則堂上居中座汗之
西貴永介豆郞介汗之東凹介土皆與汗連床列坐
餘則阿之阿貴厭多好口要土等床下東邊列坐之
乙介沙阿羅勃音阿頭頭等床下西邊列坐刀乙好
刀斗等與名不知六人汗後床下列坐八固山諸將
胡等段東西庭各設帳幕會坐焉白遣汗軍官五十
餘名佩劍堂外簷下列立而韓賊亦在其中爲白齊
骨眞蒙古諸將郁舍滿朝阿等所率弁三十餘名持

而防備者守邊官之職分及聞其言乃止不討者亦
遵守和好之意也其爲處事不亦可乎彼等答曰此
言則是也云云爲白齊臣又問我國陪臣消息如何
云耶彼等答曰眞獺俱與漢人相戰豈有害及之理
乎其陪臣則無事出來云云是如爲白齊
二十一日昨聞今日接見禮云而風雨兼作憂悶而
坐爲白有如乎午後雨適漸歇能時無稱介朴仲男
等以邀臣事來言雨勢雖如此暫行接見禮是如爲
白去乙臣即與能時等同行持禮單進去臣軍官申
克孝及李馨長等先將禮單藥財等物入庭齊足床

者四百餘名下陸於貴國地方登岸休息之際又貴
國官員二員率其軍兵圍立放砲似有接戰之狀眞
獺等曰我等今方投八金國而金國與貴國通和豈
料至此有戰鬪之事乎其官員等及聞此言乃止不
戰云男丁三百一名獺女六十名兒獺七名即自直
路已爲入來又百餘名則見貴國發兵圍立惶怯散
走指向水上之故自此迎護軍二百餘騎亦爲出送
而貴國欲害投來眞獺者何向南朝之意尤重而然
也臣答曰是則不然投獺等下陸之初防備之事爾
等勿以爲訝彼等乃爾國之凶奴也當初未知曲折

死難盡而汝何出此不忍之計耶反覆相詰之際與

治親近使喚兒獺竊聽漏通於眞獺之中又他將官

使喚兒獺亦知機漏通兩言相符故眞獺等驚慌發

憤乃敢先犯漢人等頭頭將官三十餘名及以下軍

兵幾盡斬殺與治等兄弟亦爲綁縛將殺之際與治

哀乞曰我與爾等依當初結約同入瀋陽云而諸猹

或有以爲可者或有以爲不可者論議不一紛紜未

淩與治文與殺牛渉盟以定衆疑然後乘夜曆請隣

島漢兵大張形勢復變爲接戰之時眞猹等冒死突入

只斫殺劉興治兄弟及爲見逐退遁艱難乘船生還

又言明日接見則何日發程乎彼等答曰此則未及

定奪別無罣滯之事云臣又言島中之變因何事而

出耶經變之際想己到此願聞其詳彼等答曰南朝

聞有劉興治與眞撻投入我國之意自南朝送差機

書於興治曰汝兄興治與祚從死於節卒爲忠臣汝亦豈

無效報之心耶島中投撻數多後患可慮金爲生擒

御送則陞汝爵祿欽差仍領島中云興治信其言與

諸將等密議眞撻等處治事設策約束畢又言及

妻而厳妻乃曾在瀋陽自上年與治有向意於我國

通信然後許以出送者也其妻曰我等金國之恩雖

行員役芻糧等無乃有不勤之事乎臣答曰應接事

有裕有何不勤之事乎彼答曰汗言各項等事及馬

匹肥瘦與否摘奸之故委送是如爲白遣卽爲起去

一行馬匹弁爲點見爲白齊

二十日早朝骨者能時大海阿伐阿無稱介名不知

一胡六人以汗意來言於臣曰國王平安乎答萬安

又問朝廷諸大臣平安乎答平安又言使臣久罷客

舘無聊多苦何以消遣耶臣答曰無聊之苦不足道而

到此日久尚未傳國書以此悶鬱豈彼役等答曰汗適出

他故也不然有何留滯至於斯也明日當行接見禮臣

免每岸寶記　卷之二　瀋陽日記　十七

後被罪定配為白有如可逃來于肅川矣及聞貴國

有寬厚大道投來云而渠先言江都事又言兩國雖

曰和好云莫信之朝鮮方修築城機八道軍兵時方

操鍊添入兩西云又請兵倭國待貴國悉兵西向之

時進擊為天朝報讎云云城機之修築貴國差价之

往來目見我言之虛實以此可知云是如云云為白

窘

十八日向暮守門胡人言汗入來是如云云為白如

乎

十九日長胡聞丁稱名者以汗之分付來言使臣一

晚悔堂實記　卷之二　十方

已多造直犯寧遠礮云有此二論而未知莫處先

犯八月閒則必舉大事之計云云所謂火器一柄載

一車駕驢三十四云雖不盡信其火器之重大可知

是白齊

十六日臣謂金希參李馨長等曰洪賊罔測之說與

車仁範白元吉鄭國敬男祿世等所言相符而但稱

罔測而已未聞其言之曲折則似有不實汝等設策

行計詳問撥聽事前已分付爲白是如乎當日李馨

長與祿世給毛衣誘而問之則祿世密言曰洪賊自

稱以洪府院君之孫薇朝時已經全州判官反正以

貴國人爭訟之際此人等繼之助惡如出一口故我
國之疑惑無非此輩等所爲是如爲白去乙馨長答
曰此賊等皆作罪於我國而投來者云欲知其居住
姓名爾可據密傳幸甚云祿世答稱夏據云馨長
又言曾聞今番軍兵指向借下羅巢穴云如何卽還
耶祿世答曰借下羅蒙古強盛不可輕敵且八月間
向南朝有舉大事之意故還來云馨長又問若尚天
朝則進犯何處乎祿世答曰天朝降將馬登雲等卽
設策曰過紅山口加八四日程有一路而不備之地
如入無人之境云此處諸固山等則曰政城火器今

十三日李馨長與守門胡人祿世曰汝前日受恩於
我國之人而視若不見一何無信耶祿世答曰只緣
禁法有嚴故也我豈無信而然也馨長又言上年十
二月我國人三名投八爾國之事吾已知之而汝何
不言祿世答曰如何得聞果有此事而不敢浪言云
馨長又言此賊等到此改姓名云汝必知之無諱祿
世答曰其名則吾亦不知而在凶介土家者一人稱
爲金姓年可三十餘或云安州士人或云居京人在
汗家者二名稱爲兄弟而兄則年可二十餘弟則年
可十四碧潼通引云而洪大雄方以不測之言毀謗

情則仁達答曰天朝降將馬登雲黑雲龍王摠兵馬

摠兵等設策曰上年犯北京時由紅山口而入今則

必防備不可受犯此路而過紅山口四日之程有一

路無備之地若由此路如入無人之境待秋成與蒙

古合勢舉事云而新付蒙古中抄其丁壯萬餘名團

束汗妹夫豆郞介定將加作一固山且八固山所屬

中各抄十八歲以上者百餘名亦爲加入於團束中

投降漢人等五十餘名別團束皆持火器使董揚聲

定將方爲鍊習專意於犯天朝之計而已白我國則

每稱難信云云別無他意是如云爲白齊

104

自我國回還時率來而一者則付在凶介土家稱以

兄弟二者則付在汗家云此者等到此向我國多發

罔測之說是如爲白去乙李馨長等又與他被虜人

鄭國敬男等各各引而問之則一如白元吉之言是

如爲白乎所碧潼通引成川人物之言則臣八去時

與車仁範所言一樣是白乎矣又加一名且有兄弟

之說未知其實狀是白在果洪賊則自稱兩班已經

判官之職云故眾胡等呼稱判官給妻給家與韓賊

一體待接云云是如爲白齊李馨長等與汗信任中軍

能巨里妻男義州被虜人仁達稱名者引問彼中事

遭此毒乎緣我得罪於天而然也云爲白遣即爲發
送偵探二十餘騎爲白是如乎翌日向慕騎馬漢人
三名生擒而來汗使大海誘問天朝防備刑山則厥
漢答曰寧遠衛則漢人眞撻蒙古幷精騎士二萬兵
錦洲衛則漢人眞獺精騎六萬餘兵恒罹待變云而
火器與各樣防備之事比前嚴設是如爲白乎旀各
樣軍需物貨所載船二百八十餘隻自南京三月十
七日已到寧遠衛是如云爲白齊李馨長等隨汗
出去時因義州被虜人白元吉問碧潼人一名成川
人一名又姓名不知者一名金三者上年十二月朴仲男

停觀勢圖之云云汗信其言即令回兵還來是如爲
白乎旀加乙眞加乙可骨眞阿奴等四處蒙古酋長
等所率幷二千餘名來會而其中阿奴蒙古酋長孫
豆郎巨則今番新面相會寫書告天結盟後連膝會
坐設宴是如爲白齊李馨長等從汗入去時到中途
間胡人等自中相語曰去三月二十六日漢兵三千
餘騎以築城刑山看審事出來爲白有如可仍討加
乙眞蒙古部落生擒三十餘名斬首百餘級是如爲
白如乎李馨長等到其所見之果如其言屍遍戰塲
流血未乾爲白是去乙汗見其屍而歎曰惟我生靈

十二日李馨長朴雲等自汗所在處共爲回來言內

汗聞臣持禮物入來且見國書辭意頗有喜色云而

汗則十六七日間當還是如爲白往果汗之所去處

非蓼湖江邊過蓼湖滾入豈眞蒙古地方自瀋陽

相距五百餘里是如爲白乎旀汗弟平古定大將抄

領諸固山軍兵三萬餘騎去月晦日直犯借下羅蒙

古巢穴之計是白如乎汗四寸妹夫骨眞蒙古酋長

投舍土稱名者初三日來到汗處言曰借下羅蒙古

兵勢甚爲強盛不可輕敵當此夏雨之節孤軍滾入

若見屈則不幸雖勝之不武徒傷人馬而已莫如姑

而不言之狀爲白去乙臣又問我國陪臣之消息爾

等非不欲知之而不肯乃言無乃有所以然而然耶

彼等相顧徐言曰實不知之若知之則何必問於使

臣乎臣又問曰島中之獺雖曰爾國之凶奴應知兩

國通好之事不必害及於我國陪臣矣彼等答曰其

間之事實不知之投獺八來則可知云云又曰曾聞

國通好之事實不知之投獺八來則可知云云又曰曾聞

劉興治多有向意於爾國與眞撻服心云矣今者眞

獺得勝則緣何以至於致死云耶彼等答曰服色與

漢一體必相雜於亂兵中故也云云即爲起去爲白

齊

今者島中生變其官員何以爲乏乎臣答曰二員之
說錯矣劉也自稱領差云故虛實間姑差二陪臣而
常在陸地如有不得已議定事則或有出入俺來時
聞以漢人作挈事八去未還云矣島中之變出於俺
之渡江之日到此之後無路得聞未知如何也爾等
必先知之願聞其詳彼等答曰般島中眞撻與漢人
三晝夜相戰劉與治死於亂兵中眞獺得勝解甲休
息之際又被隣島漢人之掩襲以致見逐下陸貴國
地方云龍胡送人已爲率來而其數老迷弱幷三百
餘名近當八來云云不答伴臣之事觀其辭色有知

百餘名已到龍胡所在處借得朝鮮軍粮六石放料

終當入來云云是如爲白牲果前後之言不同爲白

齊

初六日早朝能時阿伐阿等來見臣曰使臣久處客
舘無聊多苦何以度日以慰問事來到云臣答曰來
見慰問多謝客中無聊常事不足道而但到此日久
尚未傳國書以此爲憫彼等答曰汗適出他故也然
事幾垂畢不數日內當還云又言一行員役芻糧饌
物等無乃有不足事乎臣答曰接應之需有裕有何
所久彼等又曰曾聞島中貴國官員二員恆留云矣

初二日無別樣消息午時量宴床備送而閒三日

次自前規例是如爲白齊

初四日守門胡人三名人八來求請南草各二束給

之仍問汗何日八來也軍兵已爲發送乎某將領去

也答曰汗弟平古定大將領去已經四日而汗之還

來未能的知是如云云爲白齊

初五日守門胡人祿世禘名者與金希參密言曰龍

骨大從胡自濟上昨日來到言內島中劉興治死於

亂兵之中投來眞撻二百餘名獺女五十餘名唐女

二十餘名今日當爲八來而八安州地下陸眞獺三

去乙臣答曰近來兩國通和使价絡繹何必帶我人

而去乎必欲率行者未知何意也能時答曰使臣之

行當到此際適有事於貴國而委送我人則事當偕

送故汗之分付如此急速整送云臣再三舉理牢拒

則能時等作色似有驅迫舉措不得已臣軍官宋得

許送辭緣狀　啓構草之際立督火急錯亂煩倒之

狀有不可勝言艱難書封準授宋得出送而仲男與

衆胡等來到舘門外揚聲催督嚇言曰朝鮮偏向

天朝若害及於投來眞獺則是天與之破盟矣云云

之說尤極痛惡爲白齊

免海堂實記〻卷〻三〻瀋陽日記

云而不信其言方欲囚禁云云是如爲白齊希參又
問曰軍兵指向何處乎答曰諸處蒙古盡爲投屬我
國而南朝西北間居借下羅蒙古尚未來附時方朝
貢南朝許以開市云故軍兵指向厭處掩襲後變者
借下羅蒙古服色稱以開市仍犯南朝之計是如云
云爲白齊當日戌時量能時阿伐阿兩胡自汗所直
到臣處以汗意言曰龍骨大馳報內椵島中生變漢
人與眞獀相戰眞獺二百餘名下陸於貴國安朝地
方云故率來事朴仲男等四名出送使臣帶來軍官
中二員亦爲許令率去事分付是如督發甚急爲白

計數依前例備給是如爲白齊

四月初一日守門胡人祿世稱名者能解我國語者

也與金希參有相知之分曾以偵探事厚賂爲約而

與衆胡同處不得接語之隙爲白如乎當日午時量

偶得少隙言及曰自島中生變投來眞撻十四名去

月二十八日八來言島中漢人則或出八朝鮮地方

和賣資生眞撻六百餘名無路得食飢饉滋甚方欲

結約投來之際漢人萬餘名知機相戰漢人見敗劉

與治返爲投八眞獺之中方欲乘船出來之際他島

中漢人作黨來到斯殺眞獺之際逃生者十五名云

又無口傳之事耶臣答曰雖有所懷未傳國書之前
有何所言而但藥材雖曰治人之病皆是草木之屬
金銀世稱爲寶而兩國既爲通和有無相資豈可以
銀換藥乎適秋採已盡天朝船路阻隔醫局儲過不
得稱情艱難覓得三十餘種來如得新採卽當隨得
送救豈可屑屑爲買賣者乎元銀子今始完璧而來
云能時等点頭不答是非藥材物目幷爲備書已去

爲白齊

二十九日炮聲震動問之則習放是如云爲白齊每
日羊一口鵝一首雞一首酒一尊員役料米藁草等

處分置而前月北道請開時換米者爲救此流之計
也又曰倭國使臣亦如是出入乎臣答曰倭國之使
有別樣事機而後送之故或五六年一度而近無送
使之事矣彼等答曰倭使亦來乎臣答曰稱使之倭
則罕來雖或來之不入國內自釜山接送矣又問曰
近來島中消息如何臣已料其島中逃竄先來故有
知而仍問之意答曰俺渡江之日風聞遙望有相戰
之狀而近來船路不通其閒虛實未能詳知而俺路
上目見龍骨大差胡率島中投達一名先到此處爾
等必先知之願聞其詳云而則點頭不答曰國書外

之說不須相較而兩國既為告天結盟約為兄弟則

前來禮物領畢而言之尚且無顏至於還送其為慊

愧如何可言即令復備禮物特遣別使以補前失我

國信義之情蓋在其中爾等亦豈不知也能時點頭

而答曰此則似合和意云稍解怒氣為白遣又問曰

北道護處于之介等貴國如前相通買賣千臣答曰

別遣御使執禁者　裊示嚴加禁斷已經數年之久

其後貴國使价絡繹又有所聞知而如何更問又曰

于之介等亦為歸服我國五千餘名以為辜來之事

李馨長等亦所目見其餘則納坡無坡虛呢介等三

春秋信使爲言而上年春信使之還爾國使价亦知

回禮而隨而回禮之還又無回禮之物者理所當然

而其時我國空送使价亦爲未安又封略于禮物送

之矣今者春信使之禮物有司錯料并計前送之數

而磨鍊故耳能時又曰然則其官員無罪乎臣答曰

以此方枉推咎中矣能時又曰送禮之物國王不爲

親覽乎臣答曰我國之法勿論大小事有司令管矣

知矣又曰至於隣國送禮之物不爲親覽之說似歇

云云臣答曰我國體面本來如此大槩今番貴國書

中許多說話及爾等所謂云云之說皆是閒閒情外

等以此爲執言不得不略陳之當初結盟約條只以

實出無情而言之細瑣故只以貧乏答之矣今者爾

謂種種外待未知指某事而言也至於禮單減削之說

初結盟約條固如是乎多有勃然之色臣徐言曰所

前例我國不以禮物爲貴只恨種種外待之意也當

曰勿以爲飾辭也今者雖曰加數復備云而亦不如

耶臣答曰只緣貧乏之所致豈情薄然也能時等作色

以咎近來事事漸不如前者春信使之行何太減削

物目又發言曰貴公禮物自初比之則年年減省固不

急速修理事催促爲白遣仍爲國書登書見其禮單

幸甚云則彼等又答曰兩國通好之書不可使外入
知之云臣曰此言則似有理黙爾等書之雖亂草登
書無妨自俺行書之紙地字畫不如東國書之精微
則非徒有欠敬心亦換體面於心未安淒難從之云
彼等喜禮敬心之說笑答曰使臣大固執矣黙今已
暮矣明當早來登書云爲白遣招舘直不謹修掃
是如嚴敕檢舉修理塗排已爲優待之意爲白齊
二十七日能時阿伐阿朴仲男名不知幷四人早食
後來到臣處曰居處鄙陋何以經過臣答曰作客之
人是亦足矣好渡云能時即謂分付館舍次知胡人等

兔每全書實記□卷之三　瀋陽日記　六

晚悔堂實記　卷之二　　　五

俄頃能時阿伐阿朴仲男名不知一胡弁四人來見

臣曰欲見國書云臣答曰早晚備國汗然後見之宜

當云彼等又言汗方在外處今日使臣八來之奇明

當走報而國書中之意不可不通故請見云臣將默

其意出而示之又曰我等不得解見解見之人從汗

出去當備書以給云臣答曰凡使价所重國書而已

不得奉傳之前使价等許令出見尚且未安況又登

書以給于彼等答曰使臣之言雖是而文翰之人適

從汗出請借使臣之手不得不已辭色極緊臣又言

曰必不得已登本則汗人中亦多能寫者使之登書

六人預到同村屠牛羊設宴具先送一胡請邀臣行

曰今日雨勢如此似難野次迎接村家雖窄陋禮不

可廢暫駐云臣如其言到其所眾胡出門相揖迎臣

以八分賓主而坐各設寒暄之後能時等先問國王

平安乎答曰平安又問朝廷諸大臣平安乎答曰平

安臣又問汗之安否答曰平安而去二十八日以新

附蒙古酋長等相會事出去蓼湖江邊仍爲牧馬罷

十餘日乃還云李馨長等亦觀光事率去是如爲白

齊俄頃陳設宴床其爲飲饌豐盛雖是習俗而近於

無謂只行三酌而罷仍與眾胡等聯轡入城到舘所

明晦堂筆記 卷之二　四

云方欲相問之際護行胡人等迫到不得夏問而退

烏白齊又被虜人戎立稱名者亦與希參有面分自

瀋陽出來路中相逢問其事情則汗二十四日出蔘

湖江邊軍兵點送後仍爲點閱新付蒙古兵牧馬云

而李馨長等亦爲率去是如爲白齊同日虎皮堡止

痾羊酒芻糧等物依例備給爲白去乙芻粮則一行

員役等處分給羊酒則迎護胡人等分給爲白乎其

叩頭稱謝爲白齊

二十六日冒兩登程未及瀋陽十五里許有一間家

將胡能時阿伐阿千他下朴仲男名不知二胡弁

分即與密語曰汗聞使臣入來頗有喜色云多辛云

云是如爲白齊

二十五日自新城一行禮單卜物等責立牛馬載之

胡人等押領輸運所騎馬則適以牧馬事遠出未還

不得入把墜落前規未安云云是白齊離新城五里

許三和居校生車仁範戊午被擄者也金希參累度

出入曾有面分偶然相值於中途問其事情則汗領

軍兵昨日出去指向妃眞蒙古地方是如爲白乎旅

上年十二月我國人物二名投入瀋陽與洪大雄同

處一則碧潼通人一則成川人物云而其名則不知

晚悔堂實記 卷之二 三

知之云方欲更問之際同站執事胡人二名來到日

爾等毋雜言卽爲率去二行人馬疲困當日因雷止

窩爲白遣

二十四日三流河中火前向新城未及十五里餘胡

將二名稱以汗之分付率從胡二十二名迎護事出

來是如爲白去乙馬上寒暄互相先後八城之際左

右觀者如市而其中或有奔走望見而涕泣者或有

自家中痛哭者亦多胡人嚴禁使不得發哭此是我

國被虜人懷土之哭情方矜惻爲白齊又胡人頭賴

稱名者與金希參在北道時隔江居生素有相知之

日嶺上相值二十餘胡何往乎答曰自島中逃來眞
獺迎護事出去云此則以直言之爲白齊胡入出
去之後丁卯年被胡擄女人二名來到一則太川戶
房崔景連女子台生一則義州通事南香妹已生稱
名者也台生則小無哀慽之色已生則庭下三叩頭痛
哭慘不忍見臣卽爲禁抑使不得悲泣因問近來有
何別樣消息乎答曰別無緊關消息臣又問雖有某
事爾等皆是安人必不詳知云答曰我等之夫此我
國則皆裨將之類細微之事雖或不知如有大事則
可以知之而但此處軍法嚴密東向云則西向亦難

明怀堂實記 卷之二

後八來先將一名告知於汗前又使希參向眞㺚問其
曲折則領來從胡等曰龍將分付內如遇朝鮮人切不
得相接勿言島事是如爲白遣使眞㺚不得開口卽爲
走馬而去爲白齊同日會寧嶺底與胡人依隣止宿
二十三日至會寧嶺上胡人二十餘名以投來眞㺚
迎護事持粮饌酒食而來爲白去乙臣駐使舌官問
爾等指向何處乎答曰慮有我國人逃匹者偵探次
出去云諱不直言爲白齊千時量到晤水站城外別
舘俄傾把舘胡持羊酒芻糧而給之已有前例是如
爲白去乙卽令依例分給一行員役爲白遣因問今

日龍胡先來所言大相不同而此言亦不可準信是

白齊龍胡又問近來島中消息如何臣料其阿朴兩

羑既知島之變而先行故有此引問之端徐答曰島

中所謂生變云云之說俺渡江之日暫得風聞自此

遙望似有相戰之狀云而卽今船路不通其間虛實

何可知也龍胡又曰我若到貴國則可知云云爲白

齊當日至入渡河止宿爲白遣

二十二日當洞中火之際龍骨大從胡二名率其眞獺

一名催馬還來指向瀋陽爲白去乙臣使金希參問其

曲折則答曰自島中逃來眞獺十五名內十四名段隨

二十一日臣意以爲今之事機與前頓異而彼中情

形搜得無路使金希參行計與阿之好問答辭緣段

臣軍官宋得出送時別錄已爲馳　啓爲白有齊金差

段當日曉頭先發臣段差晚登程僅至二十里許龍

胡一行斤侯騎胡四名見臣行當途卽爲駐馬回報

龍胡胡先爲下馬路左似有等侯之狀臣亦到卽下

馬相與對坐各說寒暄之後龍胡先問或王平安乎

臣答曰萬安臣又問汗之安否答平安臣又問今番

爾行所領軍兵及商胡物貨幾許耶答曰軍兵六百

餘名商胡八百餘名物貨則只六萬餘兩云云與前

晚悔堂實記卷之二

嘉善大夫兵曹叅判臣魏廷喆瀋陽日記　崇禎四年辛未

臣去三月十九日申時量渡江僅至中江日已昏暮

姑畱秣馬待月登程過九連城五里許金姜所駐處

止宿爲白遣

二十日早朝臨發之際龍胡開市先來二十名來到

問彼中略干辭緣狀　啓後湯站堡中火過鳳凰城

十五里許金姜等先到畱駐爲白有去乙臣聞兩姜

明曉先發卽爲往見問答辭緣段護送軍放還時已

爲狀　啓爲有齊

[影印]瀋陽日記

[영인]심양일기

위정철魏廷喆 원저

위성(魏聖) 소장 목판본(1936년)

여기서부터 영인본을 인쇄한 부분입니다. 이 부분부터 보시기 바랍니다.

昭和二年十二月編修會採訪

全羅南道長興郡古邑面　里魏順良氏所藏

本ニ依リ謄寫ス

昭和四年六月　右副本ニ依リ謄寫

子沙之麻

汗四寸第之乙可　　　固山中軍　平古藍心紅邊旗

自狄介

汗第阿之阿貴　　　固山中軍　平古藍心紅邊旗

汗第道之好　　　固山中軍　牙自心紅邊

汗末弟道干　　　固山中軍　可叱道里白旗

汗妹夫豆郎介蒙古　　固山中軍　牛節介朴氏孫石黃心紅邊

汗姪女夫漢人董揚詳　　固山中軍　老盧桂石天裡心紅

75

三子沙下羅

四子王大

五子勃音阿

六子麻虔　　固山中軍會伊大紅旗

永介長子要土

永介兄子豆頭　固山中軍

豆頭第刂可　　罡音麻貴舡心白邊

凸可土

平古

凸可土子每隱月　固山中軍汝恥藍旗

妾子壓多　女壻豆郎介

二子邪音多

三子湯古太

四子邪音阿

五子南多

汗固山中軍能傑　黃旗

汗子好立

汗弟壓多

汗第邪音多

汗第邪音多　固山中軍

貴永介

五百類流

每一類三百各式通計共十五萬

清人以固山爲軍號而各旗色別之汗自領一固山兄弟子姪分領諸固山

多乙下天黃質紅邊旗

総書

前汗唐老兄
哈赤意卟
리姓修등
孫養始綿玄
是爲淸世祖
改元順治後
女生親

撃不可揣度是白在果但以樓見時節次見之則毋

過柊一閭制之威儀是白齊

前汗子賁永介一子要土小土沙阿羅大王勃音阿

麻虔

二子忘介土一子毎卩月乙里沙乃

三子弘養時一子好止

四子平古　無子

八子阿止阿賁一子阿止

九子道止好

子刀斗

中右處所聞真偽相雜似難取信是白乎旅矢盧實

間隨所開啟達為曰在果大槩夷狄之性念而喜事

貪而嗜利溺古習俗不可以義理感化是白在果令

者又加一節而其中戰馬攆還與北道刷中等事彼

錐言之不足慮也而至於島中助粮及禮單加送與夫

姜繡八送之說其意頗測誠非細慮是白乎旅至於

稱以追送彼价不答國書又拘留我人之舉觀其彼

等亦為言語氣色則不過與李朴等交替為質且待

其間市得失而如不稱意則因留恐喝又欲待秋信

送使禮物之如何是白齊彼中兵勢之强弱臣非目

白手稱當日三流河止宿二十七日甜水站中火平
壞官馬病卧不起勢難率來同站長胡處救療待後
行出送事言之間置為白遣趁會寧嶺燕山止宿二
十八日通遠堡中火羗粒止宿二十九日湯站堡止
宿三十日還到義州而日在瀋陽時及往來各慮站
上接待等事段與前無加減是如為白乎弥自乞番
春信行為始賾寓官舍加築墻垣又添荆棘門禁火
是乎不喻洼來時段責八固山右定信任胡人前後
擁護使彼我人等切不得相近者必我國投入者等
事及彼中大小事情不得遍通之事臺白乎弥言彼

里外渾河邊設帳幕餞宴之際臣曰昨言賊等事何
以定奪子彼等答曰此事我等已知之事也非不知
告稟然蓋而使匡之言如此故署陳之則汗之所答
云之說與昨日餞時等哢言一体是白子旅俄傾
陳設宴床屠牛羊威備至三酌而罷出登程當日止
宿席皮堡而一行員役上下所騎馬自瀋陽至甜水
站賣之入把馬白子旅匡行護送軍二十三名至中
江整送爲白齋二十六日新城中火㹀發之際安州
官僞一匹病卧不起勢難翰運本鎮長胡𪥠崔授其
条救療待後行出送言止爲白有在果萬無此道爲

何可推得于彼等曰既知旆在處則推得何難于臣

答曰厥馬雖在我國之人不知其姓名居住則推得

無擾況在漢文中而唐胡之馬一體緣何擾而推得

于彼等答曰當初偷者居住知之則可以推得于臣

答居住何以知之彼等答曰當厥偷馬者被提捉

海州地云臣答曰雖被提捉海州地兵戈中避亂者

流離他道不定厥居豈可以此摘發于彼等答曰雖

如此使臣無為防塞傳達於貴國云之為白遠即為

起去為白有如于午後于仙阿滿具乙介艘將大海

阿之胡仲男等等到館門外邊臣並轡而而去十五

大海阿代阿等以汗意来言去丁卯年出兵貴國之
日刀斗固山中軍甬毛屎成還後留駐平壤時貴國
被擄人等戰亡三匹偷竊逃還其時將此意通扵貴
國則貴國答称兵乱中偷馬逃還者不知其姓名居
住推得無據云然其意亟而不推矣今者甬毛屎
従健者自扇中投来言内願馬三匹毛文龍時貴國
給之扵島中漢人而持馬八去者青布二裋段子七
匹受来云今則既知其去處當推給云臣答曰願馬
雖在漢人中此是國家之邪給也兵乱中偷馬者既
不知姓名居住而雖或自相推移轉換終至扵島中

臣答曰姜元師身死後守喪退在農所矣脫喪後時
来到京今為消息未及聞之笑胁時答曰汗言厥人
乃愛恤之人欲一相見仲男之還偕送事傳達於貴
國云〃為白遣李馨長朴雯等處各送銀子十兩曰
此則你等酬久留止勞云馨長等曰我等以前日春
信使軍官賣来國送禮物段旣不得奉呈而其時既
受贈物尚且未安又給贈物感矣以國事到此雖或
久留有何酬勞之事予曼受未安云則胁時答曰使
臣之辭尚且不聽況汝等何敢辭于擲其前而據授
為白遣即為起去為白齊二十五日将發之際胁時

之而不給亦不可奪去況我人之逃去賣國者多若
一者來則代我人一二者來則亦如是代之何必諱
之子臣答曰此徒皆罪於我國而有相應牽來者豈
可與被擄逃還人相代者才兩國約為兄第則我國
之罪人即賣國之罪人也以賣國大道義當不得言
而提給何其譁之甚耶彼等答曰雖得罪於賣國而
向我投來之情可憐何憐忍拒而不接乎臣答曰私
此言可知其意然提給與否須告汗前定奪云則彼
等答曰則不難元不到此奈何前言戲之耳云云
滿甫齋能時等又以汗意傳言曰姜元師子好在乎

恐不能善終也此意朝廷當欽添入於國書甲而和
好之間雖無國書亦可出給以使臣口傳事分付故
敢此發言矣此意須稟於汗前定奪甚彼等答曰
如此人來到之奇非但未聞雖或八來豈知其某處
投援于君到此則我豈諱之去丁卯年貴國被擄人
等則皆是我人而逃還貴國者万知其數此類屈還
事累之言之而貴國答稱雖曰逃還而溺死於水或
被死於虎或致死於飢雖或得達者幸而有之不知
某處避遽推得為難云々況此數之人雖曰指向我
國而点豈無溺死被戲死亡之患也若到此則雖言

64

滿我國人投入之者之事既爲聞知則似不可言臣
謂彼等曰兩國通和約滿兄弟則雖有其事必世隱
毋諱乃滿永好之道洪賊本以下賤之人又接邪兒
以呪詛妖妖之事爲業誣惑人心以致得罪不能安
接而投來者也曾聞渠自稱兩班又以不測之言毀
謗我國云你國亦不取信而大駭如此之徒豈不能
保身於本土而乃於投入他國者其爲處心行事不
言可知厥後又我國人三名致此洪賊之事上年十
二月又滿投入與洪賊同惡不亦痛于兩國通和之
間如此等事若不加防塞則有同諉引和好之義

63

官等忽聞此言喪膽失色人皆厭留不得取捨使之及

執籌而軍官李種立驛官崔秦慶執留字故留之為〔譯也〕

白遣驛馬三匹平壤官馬二匹　川驛率二名并為

留在果觀其言語氣色一則待龍胡開市得

失一則與李朴等交替者其為凶計有不可測豈是

白齊臣又軍官則雖留之答書則俺行當處持去實

他國奉使之臣不可無答書復命此意更告汗前定

奪云則彼等回自前我人出送則我國之說我人持

去不過差數日發送矣汗意已定無他言云〜為

白遣即為起動滿白去乙巨又曰且有一言請暫留

惟以信義存心即為政備禮物特遣別使則極盡其
道而此後有何不備之事又歛拘留我人乎此意須
告汗前雖通伻無彼此相疑之萌幸甚彼等相顧有
密議之狀遂感氣作色曰雖使臣留之固不當月由
而姑留軍官數日有何難事如是多言耶國書回答
必見龍骨大後有為之事故留軍官偕送小無所妨
雖千言萬諾汗意已定事之無益留置軍官急速抄
定則我等當見面目而去云々頗有威迫亂措為白
去乙臣反覆思之再三弗理強辨為白乎臭終不回
感應有償事姑從權宜之道不得已許留而軍官驛

十餘日云笑及至今日其可信乎云則彼等作色曰
此則蒙兵等之會迂迴未易故也豈我無信而然耶
云云為白乎乙臣又答曰你等之言雖如此決難從
之笑俺之軍官四貟中一貟則前日仲男灣上之行
率去未還只在三貟二貟畓之則但有一貟俺渡江
之後又送先來則終無一軍官是何道理耶兩國相
和必以敬謹為心乃為永遠之道也彼此使价之往
來至於贈給禮物厚待以送者豈為使价願面而然
耶亦為兩國相敬之道也前者你國拘留我人退送
禮物不能無憾而若較爭是非則恐傷和好故我國

二十

二十九

軍官二員下人二名騎馬四匹留之則待龍骨大來

即與我人持答書出送使臣未渡江前可以追及云

〻滿白去乙巳答曰凡奉使之人受答爲重而豈可

以留軍官受來而先農于且你國使价雖有隨後出

送之事自前往來之時非我國人則不得出來乎你

等又欲留軍官之意未知何事也豈爲仲男等同行

而然邪必有他意之故也毋諱直言云則彼等答曰

別非他意我等本不爲虛言留馬四匹者信送之際

步行者勢難得達故也不過差退數日勿慮云之臣

又曰你等之言不可信也前李朴等泊之日只留

59

漢人三名生擒以來爲白有去乙汗使大海誘問南

朝事情則厥漢人答曰自南朝過廣寧衛東不遠之

地有一古城而名不記今將修築防備之計而築城

與防禦此之軍當爲一時出來云々而軍需粮餉在載

運船未及回泊故時未出來是如云爲白乎旀汗與

諸固山并率妻子以川獵牧馬事二十六日出去蔘

湖江邊是如云々爲白齊當日午後能時大海等六

胡以汗意來言於臣曰我國使价始領與使臣一時

出送爲計矣今者有不得已待龍骨大開市回來之

事而龍骨大之還不過數日之間使臣則姑先發程

相抑賣之事如或不無而豈有自朝廷應給粮餉之

事乎彼等答曰果此遁辭也已往之事不論是非自

今以後永絕不給則好矣如給一斗米則必不無後

悔也云云是如爲自去乙巳答曰又送使价未知何

李邱彼等答曰島中助餉事與多有講定之事源

持答書爲送我人云臣曰然則汗書章欲見之則彼

等答曰此則不可私自出視當禀於汗前視之云云

爲白遣即爲起去爲白齋二十四日李馨長仍泰川

被擄人張祿稱名者閒當初自島中生覺下陸時分

運投徒九名先爲入來如是爲白乎旅偵探胡人等

二十八

事貴國之事何如是言實各異耶然往事已矣棄而
不論今後則一依當初約條施行而以銀參貨賣物
貸與南朝送使之事吾不禁止若有一斗米相資之
說我當出兵擾義州則貴國待我人一如南朝人
例定配臣運粮接濟之際我人與漢人相柤戰則何
取何捨耶亦不無害及於貴國之事矣此意一一傳
達貴國云、為自去乙巳答曰已敗之言何可盡信
我國年々凶荒自活吾民之不暇遑恤他人乎彼等
曰莫病歸辭也貴國每事例多巧飾難信云耳臣答
口豈有此理漢人等棄其舟或至沿边劫掠村民自

豈情薄而然耶彼等又曰決盟之初借得義州一邑
留駐我兵榮島中與貴國相為出入資粮之計者矣
貴國曰然則奪我地方者然島中漢人則萬無助粮
之理云~信其言只戚納條而退兵矣厥後因閒島
中止人賴貴國之助粮保全云~使价之往來間之
則每以不給滿言將信將疑而上年列與治送人柞
我國曰南朝不送粮餉勢難保全若粮盡則富投入
云~指日待之矣不意島中止竟投揵二百餘名到
此言內朝鮮若不救粮則劉與治曾以投入笑以朝
鮮救粮之故迂延至此以致生釁云而不滿敗于我

55

事耶若直祀京城則必不無後悔也厥後申姓與文
官使臣回還之後別耶送禮物漸〻減削此豈情耶
今後則一如申姓使臣禮單送之而善不然則不須
送使我亦不送使价此意使臣一〻傳達貴國無怨
無忿此後禮單若不如意則使臣必傳達之故也國
送人將使臣憑問貴國則使臣不傳上罷終難兔爲
云〻耶謂申姓指申景珥而言是自齋臣笑而答曰
此言則必欲使之称意送之而然也大槩我國之禮
不以物爲重以禮義爲重且丁卯以後兩西空虛你
等〻知加以年〻失稔民窮財竭物不称情之故也

是白齊能時等又以汗意傳言曰前者禮物之還送
不以物為貴只恨貴國漸漸息怨之意也今者難曰
陛備送來而此如則削高填低六不稱情又欲不受
而恐傷和道故領之耳我國與貴國本無營怨而戍
午年助兵於南朝把我境界且我討討得遼東則遼
東之民皆是我以而貴國請南朝之人接查於島中
使之誘引我人者多不亦恨乎以此告天于卯年出
兵責國之日我蒙天祐得勝其時或百直到京城掃
蕩八方之論而貴國謝罪請和故告天決盟後退兵
笑原屬君持禮單入來則我等自中相賀曰此非好

53

別使而言也今者春信再行之著惟我當之而不餞

無恥之故也渠等曰然汗之所贈辭之不可云臣答

俺亦不知不衣而含著受贈心實不安決難受之云

渠等曰然則當稟於汗前云〻起去瀉白如于俄頃

四来言曰使臣之辭難出於禮也然以我待使臣之

道亦不可無贈禮云況使臣新面到此豈無酬勞之

舉也須領去是如云〻為白去乙臣回汗意再如此

雖不敢強辭心實来妄云則即令取来贈物分授臣

處鞍具馬一匹貂皮十令銀子五十兩軍官驛官等

則貂皮各四領銀子各六兩下人等則銀子各四兩

我國遺給宜當是如為白手徒其為小名元數二十

六名別錄以來為白有齊二十三日骨者滿月介能

時大海阿伐阿朴仲男孫你等以汗意持贈物來到

滿白是去乙匹謂彼壽回今之俺行雖是剩行而專

為見御禮單更備而來示一春信使价也然則前來

使臣既受例贈吾何敢置受予且兵乱以後國儲逐

年罄竭物不稱情以致見御忸怩之心可勝言哉又

滿受贈尤極慚報不敢領之彼壽曰使臣贈物豈有

定限隣國使臣接待之禮只此物而已我國之人若

往賣國而非節使則不給禮物于臣答曰此非為節

而俺之此言非不欲不汗意而然也兩國通好之間

凡事必盡悉其邪懷事無事當乃為永好之道故只

陳其理害而你等例為恐懼不能軍需而不取也俺

曰使臣之言雖如此汗之已令之事不可更稟云臣

之邪言你等若告之於汗前則汗必不來我彼等又

暗問金希參等曰前日吳朴之行刷還人等小名書

去之事有之云然邪希參等曰果有之是如為白去

乙應有續事姑令膳書而其中希參埤子則希參與

次知胡人者頼對而相詰故者頼曰此則買得云證

求者與文書有之則自有下查之路而然既生產於

（若干脱字アルガ如シ）

50

記則錄男女或名而已不書其名近抟塵偽如彼小

卒之進告如何盡信乎彼等及闊臣言發惡曰然則

我國人物不欲捉給而如是防之乎汙之所言不欲

傳達於貴國而有此之言耶山名伴記不欲謄書以

去而然邪前日吳朴使臣之行亦有此事而惟楊使

臣苦之防塞使臣之意如此則初何人來予然則自

我國直送軍兵其為住产等并為捉來云了言辭悖

慢不恩見不忍聞而其中仲男尤甚為囹齊臣忍懷

半餉徐言回人臣受命之日忘其身吾何厭名保守

脊辱而含糊不言乎刷還與否惟在事之曲直如何

二十日

49

去乙臣取考其小名件記則只書某邑某人家女人
幾名男女幾名而已不書當身名字耶見實滿白去
乙臣言此類之曲折則俺實不知而大槩刷還一事
極難之意俺已知之玄丁卯年你等入冦我境之日
兩西人民被殺被攄者已矣而幸而生存者盡皆流
散於他道他鄉自朝廷立法條令方刷還而武有
聞風逃避者或有居住許接誤聞者或有因嫁誣者
者今至五年迫未刷還請冊以平一路各官空虛之
事你等往来同見一國之内流離者尚且不易况他
國人物或従父世以此以彼難明者乎且見列名件

捉給與否及期行會捉逸則好矣又若空還則自有
處置之事云之為白志乙臣荅曰那關應還云之此
類許捿小名何能得知而如是乎彼等荅曰我國人
福同稱名者北道阿吾之堡十餘居生出来者未久
矣撫㤙居阿乙其乃造山居沙乙其等去年五月分
八去明知而来言焉不喻上年會寧府使言於我人
曰你等為胡種云冬其戶主等則謂本是我國之人
云查覈撫綏若胡種的實則你必不無擧乎此族屬
耶謂各其族屬率来則可以憑閱刷還云故今者其
族屬等亦為率去非白之事其敢如是乎云之為白

白則自有新為止事是如云〻以去為白有如于當
日午後者賴莘四胡以汗意來言北道我國人許接
者數多當為刷還而上年秋貴國使臣之還小名居
義令者次知胡人者賴又以刷還事明日發送前日
任騰書以去而以捉給與否追無黑白須無和好止
段置北道官員則只待　朝廷分付處置云〻朝廷
則視為尋常亦不明查分付迁延時日我人久留為
難不得成事而還者賴報到一再兩國相好之道固
如是于應刷之類許接小名居住使臣亦為騰書而
去傳達於貴國今番則世従前習我人●在彼之時

而尚無黑白今者使臣之行更為出去傳達貴國云

々到彼則當駿官員具由狀啟以待朝廷處置而已〔議力〕

非通信使价之任也況你等市往来絡繹而必以俺

慈達者未知其意也決難遂之矣彼等作色曰通信

使价亦為國事也為國事而往来則兩國之情傳達

未為不可且今行乎欲傳達別非他意者之類以愿

類刷還事今當敦行此道而到彼之時捉給與否欲

及期行會之計也臣答曰俺雖　啟達而迄無黑白

者想愿類之刷還不當故而然也俺雖啟達事俸不

可則無益也彼等嚇言曰今者更為出去而又無黑

不傳於臣希參與者頼壽自中話荅紛〻相詰為白

去乙臣謂希參曰是何言耶也自相詰荅而不傳耶

希參曰此事以如此〻〻曲折而當矣方言之故急

於酬荅趍未傳語是如為白去乙臣謂彼等曰此言

汝非汗之分付耶者頼任此事而私自言之耶彼等荅曰

汝非汗之分付則豈敢發言於使臣前乎臣荅曰如

此等事惟在朝廷處亞與事之曲折如何耳雖是希

參之婢子渠不可自斷使臣亦不可擅便口舌相爭

俱是無益云則彼等荅曰非特此事也北道應刷者

多在居任姓名前日賣國使臣之行已為謄書以去

使臣日記中具錄啓達而無黑白之事非我輩當知
也且吾在京時聞北兵使狀啓中有云汝在北矣
使日我到此之日我與汝汗前詰定之時我無辭九
月間當捉給兩言云之汝何戴天慌說至此邪其時
此言相詰之際阿之胡朴仲男等皆聽之人今亦在
此可以辨正云之則者賴語塞曰汝之捉給之說吾
不言之兵使必信聞伊狀啓矣然捉給與西朝廷之
意如何邪希參答曰朝廷聞此事其時刷還文記
相考則給俺刷還的實故還給不當云之則者賴曰
然則有不給之意也云之謫白齋大驚此言之曲折

子既爲還送則況其些少藥材之價豈可闇記之理

乎幷其數還末云彼等黙頭曰旣受之俾幷還末未

安云々者賴稱名者乃北道人物刷還次知胡人也

他人等刷還之事居住許接列名膳書以去矣吾上

者賴言於希參曰汝上年七月到此些日汝婢子及

年九月八去北道此意言於北兵使則兵使曰時無

朝廷分付而大騷金帝參方在京中出入你國你

等與金希參下正帰一後待　朝廷分付處瓦云々

其時汝與使臣回還不得上達其意于顧後何無黙

白耶希參咨回其時我與汝相詰曲折及巾名記則

病之人必給價服藥當有效 云故送價矣貴國和好

之間受之未妥且有隨送之意云敢不還頗今若還

送則亦未安亦出於好意道故厥銀子捧置云是如

僞白志乙臣即使次知驛官崔泰交取來厥銀子囊

封不封面授兩白遣銀子臺簿文書詳考則二百十

五兩五錢是白乎旀其文書末段以胡書記錄爲白

有去乙臣以其書示曰此則你等之自書而俺不得

解見其數幾許耶以右書之數觀之則元數二百十

五兩四錢云彼等見其胡書而答曰五兩半加來云

此必我等在京時受來藥價幷送之耶臣答曰元銀

定奪將此意更寬云、為白遼船時等催促宴床陳

設臣位外宴等則三人弁一床軍官譯官等則二人弁

一床下人等則四人弁一床各酒一壺而屠牛羊比

前豐備是如為白宇旅行三酌而固辭強勸至五酌

而罷為白齊二十二日滿月芥阿之好者賴仲男等

以汗意傳言於臣曰以蒙古酋長等相會事起未回

還使臣以致久關昨日適以風雨不得親接宴礼未

妄云乙臣答曰承此慰問感則感矣而昨言藥仰銀

子完璧一事何以定奪耶彼等答曰躰時等昨日自

此直汗前將使臣前後邪言曲折稟定則汗言凡有

我國之言是如焉白齊行茶礼訖能時傳言於臣曰
今日此處當行宴禮而風雨如此自所館處權行可
也云即為罷出臣到館所俄頃于仙阿朴吉阿滿月
乙介能時大海阿代阿之好朴仲男等以設宴事
來到臣處寒暄後臣謂彼等曰禮單藥材今已傳之
而價銀一事前者盡言之而尚未定奪鄙此事必稟
知汗意然後傳之可也故姑留待之矣大殿兩國通
和有無相資而至於不緊草藥以銀換送則有何信
義之道裁情理未妥故厥銀子完璧以還之意你等
須告汗善處云則能時等曰此事前者齎稟而時未

汗則堂上居中坐汗之西貴永介豆卽介汗之東乃

介土皆與汗建床列坐汗則阿之阿貴廔多好口要

土等床下東邊列坐也乙介沙河羅勃音阿頭ぅ等

床下西邊列坐刀乙好刀斗等與名不知六人汗後

床下列坐八固山諸將胡等取東西庭各設帳幕會

坐爲白遣汗軍官五十餘名佩釰堂外簷下列三而

韓賊亦在其中爲白廯骨貢蒙古諸將郁合滿朝阿

等邪率幷三十餘名持馬二十五匹駞二頭列之庭

中三叩頭後亦列八於束庭第一帳幕後汗搖手撑

顯移時諸話爲白于矣古官等遠不及詳聞而非向

齊臣又問我國陪臣消息如何云耶彼等答曰真健
俱與漢人相戰豈有害及之理乎其陪臣則無事出
來云々是如爲白齊二十一日昨聞今日接見禮云
而風雨氣作憂悶而生病白有如乎午後雨適漸歇
熊時無補介朴仲男等以邀臣事來言兩勢難如此
暫行接見禮是如滿向去乙臣即與熊時慧同行持
禮軍進去臣軍官申克孝及李馨長等先將禮單藥
材等物入庭高足床上排置後熊時大海仲男等引
臣以入就拜席奉傳　國書行禮畢大海又引臣至
亞庭第一帳幕入坐軍官驛官段從臣後差退列坐

入金國而金國與貴國通和豈料到此有戰鬪之事
乎其官員等及聞此言乃止不戰云乆男丁三百一
名捷女六十名兒捷七名則自直路已爲入來又百
餘名則見貴國發兵圍立惶惻散走指向水上之故
自此迎護軍二百餘騎亦爲出送而貴國欲害投來
眞撻者何向南朝上意尤重而然也臣答曰是則不
然投撻等下陸之初防備之事你等勿以爲訝彼等
弥你國之亡奴也當初未知曲折防備者守邊官之
戰分及聞其言乃止不討者亦遵守和好之意也其
爲處事不亦可乎彼等答曰此言則是也云乆爲白

捷亦知機漏通兩言相附故真撻等驚慌發憤乃敢

先犯漢人等頭、將官二十餘名及以下軍兵幾盡

厮殺與治等兄弟亦為鄉縛將殺之際與治衰乞曰

我與你等依當初結約同入瀋陽云、而諸撻或有

以為可者或有以不可者論議紛紜未決與治又與

殺牛決盟以定衆議然後乘夜潛耿隣島漢兵大將張

形勢更處接戰之時真撻突入只所殺劉興治兄弟

即為見逐退適艱難乘般生還者四百餘名下陸於

貴國也方登巖休息之際又貴國官員二員率其軍

兵圍立放砲似有接戰之狀真撻等曰我等今方投

遟想以到此願聞其詳彼等答曰南朝聞有劉興治

與真撻投入我國之意自南朝送差檄書於興治曰

汝兄興祚送死於齡卒為忠臣汝亦宣無效報之心

耶島中役撻數多後患可慮弃為生擒鄉送則隆汝

爵禄欽差仍領島中云之與治信其言與諸將等審

議真撻等處治事設策約束軍又言及於顧妻而厥

妻乃曾在瀋陽自上年與治有向意於我國通信然

後許以出送者也其妻曰我等全國之恩難死難忘

而汝何出此不忍之計耶反覆相詰之際與治親近

使嘆兒撻窃聽漏通於真撻之中又他將官使嘆兒

十二

瘦與吞摘奸此故委送是如爲白遣即爲起去一行

馬匹幷爲點遣爲白齊二十日早朝骨者能時大海

阿代阿無稱介名不知一胡六人以汗意來言於臣

日國王平安乎答萬安又問朝廷諸大臣平安乎

答平安又言使臣久留客館無聊多苦何以消遣耶

臣答曰無聊之苦不足道而到此日久尚未傳國

書以此悶鬱爲被等答曰汗適出他之故也不然有

何留滯至於斯耶明日當行接見禮臣又言明日接

見則何日發程乎彼等答曰此則未及定奪別無苟

滯之事云臣又言島中之變因何事而出耶經變乙

滿曰有如可逃來于蕭州矣及開賣國有寬厚大道

投來云而渠先差言江都事又言兩國雖曰和好云

莫信之朝鮮方修築城機八道軍兵時方操鍊添入

兩西云又請兵倭國待賣國恐兵西向之時進擊爲

天朝報誓云云城機之修築賣國差介之往來目見

我言虛實以此可知云是如云云滿白齊十八日向

暮守門胡人言汗入來是如云云滿白如子十九日

長胡投闘了称名者以汗之分付來言使臣一行員

役菊粮等無乃有不謹之事于臣啓曰接應事有裕

有何不勤止事乎彼答曰汗言各項等事及爲匹肥

處諸固山等則曰攻城火咒今已多造直犯寧遠衛

云々有此二論而未知其處先犯八月間則必飛大

事之計云々所謂火咒一柄載一車駕驢二十匹云

雖不盡信其火咒之重大可知是白齊十六日臣謂曰

金希參李馨長等曰洪賊同測云々就與車仁範曰

元吉鄭國敬男祿世等所言相附而但稱同測而已

未聞其言之曲折則似有不實汝等設策行計詳閱

探聽事前已分付爲白是如乎當日李馨長與祿世

給毛衣誘而問之則祿世密言曰洪賊自稱洪府院

君之孫廢朝時已經全州判官反正以後被罪定配

不測之言毀謗貴

慮如出一口故我　國人爭訟之際此人等繼之助

如滿白玄乙馨長答曰此賊等皆作罪於我國而投　國之怨感無非此輩等師為是

禄世者稱更探云　馨長又言當聞今番軍兵指向

來者云々欲知其居住姓名你可探聽密傳幸甚云

借下羅巢穴云矣如何即還耶禄世答曰借下羅蒙

古雅咸不可輕敵且八月間向南朝有乱大事之意

故還來云馨長又問若向天朝則進忆何處乎禄世

答曰　天朝降將馬騰雲等則設策曰過紅山口加

入四日程有一路而不備之地如入無人之境云此

為白齊十三日李馨長與守門胡人禄世曰汝前日

受恩於我　國之人而視若不見一何無信耶禄世

荅曰只緣禁法有（麗）故也我豈無信而然也馨長又

言上年十二月我　國人三名投入你國之事吾已

知之而汝何不言禄世荅曰如何得聞果有此事而

不敢浪言云馨長又言此賊尋到此改姓名云汝必

知也無諱云禄世荅曰其皆則吾亦不知而在此可

土家者一人稱為金姓年可三十餘或云兗州使人

或云居京人在汗家者二名稱為兄弟而兄則年可

二十餘弟則年十四碧潼通引云、而洪太雄方以

達稱名者引問役中事情則仁達答曰天朝陞將馬

蟄雲黑雲龍土摠兵馬摠兵等設策曰上年犯北京

時由紅山口而入今則必防備不可更犯此路而過

紅山口四日之程有一路無備之地若由此路而入

無人之境待秋成與蒙古今勢爭事云而新府蒙古

中抄其丁壯馬餘名團束汗妹夫豆即介定將加作

一團山且入固山那屬中各抄十八歲以上者餘名

亦為加入於團束中投降漢人等五千名別團束皆

持火咒使董揚聲定將方為鍊習專意於天朝之計

而已向我國則毎稱難信云 別無他意是如云

28

者上年十二月朴仲男自我國回還時辭來而一者
則付在比介土豪林以兄弟二者則付在汙家云此
者等到此向我國多蒙恩測之說是如為白卧乎乙李
馨長等又與他被擄人鄭國敢男等各引而問之
則一如白元吉之言是如為白卧乎所碧潼通引戍
川人物之言則臣入去時與軍仁範所言一樣是白
手矢又加一名且有兄弟之說未知其實狀是白在果
洪賊則自稱兩班已經判官之戰云故众胡等呼稱
判官給妻給家興韓賊一体對接云是如為白廥李
馨長等與汙信任中軍能巨里妻娚義州被擄人仁

27

其屍而歎曰惟我生靈遭此盍手緣我得罪扵天而
然也云々為白遣即馳發送偵探二十餘騎為白是
如手翌日向暮騎馬漢人三名生擒而来汗使大海
誘問天朝防備形止則厥漢答寧遠衛則漢人真撻
蒙古幷精騎十二萬兵錦州衛則漢人真撻精騎六
萬餘兵恒路待讓云而火砲與各樣防備之事比前
嚴設是如為白等各樣軍需物貨而載船一百八
十餘隻自南京三月十七日己到寧遠是如云々為白
白廊李馨長等隨汗出去時因義州被擄人白元吉
閑君潼人一名咸人一名又姓名不知者一名幷三

武徒傷人馬而已莫如姑停觀勢圖之云て汗信其
言即令回兵還来是如滿白亇稱加乙真砲可骨真
阿奴等四處蒙古酋長等所寧并二十餘名来會而
其中阿奴蒙古酋長孫豆即巨則令番新面相會寫
書告天結盟後連膝會坐設宴是如爲白齊李馨長
等從汗入去時到中途聞胡人等自中相語曰去三
月二十六日漢兵三千餘騎以築城形止看審事出
来爲白有如可仍討加乙真蒙古部落生擒三十餘
名斬首百餘級是如爲白如乎李馨長等到其所見
之果如其言屍遍戰塲流血未乾爲白是去乙汗見

中故也云ㄴ即爲起去爲白齋十二日李馨長朴等
自汗所在處先爲回來言內汗開臣持禮物入來且
見國書辭意頗有喜色云而汗則十六七日間當還
是如滿白在果汗之所據處非蔘湖江邊過蔘湖深
入加乙真蒙古地方自瀋陽相距五百餘里是如爲
白予旀汗弟平古空文將抄領諸固出軍兵三萬餘
騎去月晦日直犯借下羅蒙古巢穴之計是白如予
汗四寸妹夫骨真蒙古酋長投舍土稱名者初三日
来到汗處言曰借下蒙古兵勢甚爲強盛不可輕敵
當此夏雨之節孫軍深入若見窘則不幸難勝之不

人已為率來而其數老迷弱并三百餘名近當入來

云〻不答伴臣之事觀其辭色有知而不言之狀滿

白者乙臣又問我國陷臣之消息你等非不欲知之

而不肯乃言有那以然而然耶彼等相顧徐言曰寶

不知之若知之則何必問於使臣乎臣又問曰島中

之徒雖曰你國之亡奴應知兩國通好之事不忍害

及於我國陷臣矣彼等答其問之事實不知之投徤

入來則可知云臣又曰曾聞刘興治多有問意於你

國與真徤服心云矣今者真徤得勝則然何以至於

致死云耶彼等答曰服色與漢一体必相雜於乱兵

23

是事子臣答曰接應之需有裕有何那欠彼等又曰

曾聞島中賣國官員二員恒留云笑今者島中生變

其官員何以淪之子臣答曰二員之說錯矣劉也自

稱領差云故虛實間諜差一陪臣常在陸地如有不

得已議定事則或有出入俺来時聞以漢人作聖事

出去未還云矣島中之變出於俺之渡江之日到此

之後無路得聞未知如何也你等必先知此願聞其

詳彼等答曰概島中真徳與漢人三晝夜相戰劉與

治則死於乱兵中真徳得勝解甲休息之際又被隣

島漢人之掩襲以致見逐下陸賣國地方云龍胡送

日秦到言內鳥中劉興治死於乱兵之中投未真捷

入未而入安州地下陸真捷三百餘名已到龍胡耶

二百餘名捷女五十餘名唐女二十餘名今日當為

在處借得朝鮮軍粮六石放料終當入未云之是如

為白在杲前後之言不同為白齋初六日早朝眎時

阿伐阿等未見臣曰使臣久處客館無聊多筈何以

度日以慰問事未到云臣答曰来見慰問多謝客中

無聊常事不足道而侄到此日久尚未傳　國書以

此為悶彼等容曰汗適出他故也然事豈審畢不數

日內當還云或言一行員役蒭粮饌物等無乃有不

到之狀有不可勝言艱難書對準授求得出送而仲
男與眾胡等來到館門外揚聲催督嚇言曰朝鮮偏
向 天朝若害及於投來真徒則是天與之破盟矣
云々之說尤極痛惡爲白齊初二日無別樣消息午
時量宴床備送而間三日日次自前規例是如爲白
齊初四日守門胡人三名入來求請南草各二束給
之仍問汗何日入來也軍兵已爲發送于某爲將領
去也答曰汗弟 古定大將領去已經四日而汗之
還末能的知是如云々 爲白齊初五日守門胡人祿
世稱名者與金希參密言曰龍骨大從胡自灣上昨

自汗所眞到臣處以汗意言曰龍骨大馳報內椵島

中生變漢人與眞㺚相戰二百餘名下陸於貴國安

朝地方云故寧來事朴仲男等四名出送使臣帶來

軍官中二員亦爲許令寧去事分付是如督發甚急

爲白去乙臣答曰近來兩國通和使价絡繹何以帶

我人而去乎乃欲寧行者未知何意也能時客曰使

臣之行當到此際通有事於貴國而委送我人副事

當偕送故汗之分付如此急速整送云云臣舟三乶理

牢拒則胧時等作色似有驅迫亂造不得已臣軍官

宋得許送辭緣狀　啓搆草之際立督太急錯乱煩

19

地方和賣資生真㺚六百餘名無路得食飢饉玆甚

方欲結約投來之際漢人萬餘名人知機相戰漢人

見敗劉興治返為投入真㺚之中方欲乘般出來之

際他島中漢人依㑅來到斷殺真㺚之逃生者十五

名云々而不信其言方欲囚禁云々是如為白齊希

參又問曰軍兵指向何處乎答曰諸處蒙古盡為投

屬我國而南朝兩北間居借下羅蒙古尙未來附時

方朝貢南朝々々許以開市云故軍兵指向厥處掩

襲後慶着借下羅蒙古服色称以開市仍㣇南朝之

計是如云々為白齊當日戌時量舡時阿伐阿兩胡

来如得新採則當隨得送救莒可屑こ爲買賣者乎
元銀子今姑完璧而云時等黙頸不答是非藥材
物目益兩傳書已去爲白齊二十九日炮聲震動閭
之則習放是如云爲白齊每日羊一口鵝一首雞一
首至屬貞役料米廩草等計數依前例備給是如爲
白齊四月初一日守門胡人禄世稱名者能解我旺
語者也與金希秦有相知之分嘗以偵探書厚賂爲
約而與衆胡同處不得接語之隙爲白如平當日午
時量偶得少隙言及日自島中生慶投来真楗十四
名去月二十八日八来言島中漢人則或出入朝鮮

釜山接送矣又問曰近来島中消息如何臣已料其

島中迤徒先未故有知而仍問之意答曰俺渡江之

日風聞遙望有相戰之状而近来船路不通其間虚

實未能詳知而俺路上月見龍骨大差胡虜島中投

遞一名先到此處兩等兄先知之願聞其詳云而則

黙頭不答曰國責外又無口傳之事耶座答曰難有

耶懷未傳旺壽之前有何耶言而但藥村難曰治人

之病皆是草木土屬金銀世稱為寶而兩旺旣窩通

和有無相資堂可以銀換藥手通秋採已盡　天朝

船路阻陳醫局儲羽不得稱情艱難竟得三十餘種

鮮怒氣를白遣又問曰此道源屬于之介於貴國如

前相通買賣子臣答曰別遣御使犯禁者　與示嚴

加禁斷己経數年之久其後貴國使价絡繹不有所

聞知而如何更問又曰于之介等亦為歸服我國五

千餘名以為摩耒之事李馨長等亦所目見其餘則

納坡會坡處此介等三處分置而前月北道諸開時

搜米者為救此涹之計也又曰倭國使臣恐是出入

子臣答曰倭國之使有別撗事機而後送之故或五

六年一度而近無送使之事矣彼等答曰倭使亦來

子臣答曰稱使土倭則罕来雖或来土不入國內自

負無罪乎臣答曰以此方在推轂中矣能時又曰送
礼之物旺王不為親覽乎臣答曰我旺之法勿論大
小事有司金管次知矣又曰至於隣國送礼之物不
為親覽之説似歇云〻 臣答曰我旺體西本來如此
大槩今番貴國書中許多説話及甬等邪謂云〻之
説皆是爲〻情外之説不須相較而兩旺既爲告天
結盟約爲兄弟則前来礼物雖領留而言之尚且無
顔至於還送其爲慙愧如何可言即令設備礼物特
遣別使以補前失我旺信義之情盖在其中甬等亦
豈不知也能時點頴而答曰此則似合和意云〻 楠

備云而亦不如前例我旺不以礼物為貴只恨種々
外待之意也當初結盟約條固如是乎多有勃然之
色臣徐言曰邦謂種々外待未知指其事而言也至
於礼單減削之説實出無情而言之細瑣故只以貧
乏各之矣今者甫等以此為執言不得不畧陳之當
初結盟約條只以春秋信使満定而上年春信使之
還甫旺使价亦知回礼而随之回礼之還又無回礼
之物者雖所當然而其時我旺空送使价亦為未妄
又封畧干礼物送之矣今者春信使之礼物有司錯
料并計前送之數而磨鍊故耳能時又曰然則其官

大國執爻然今已暝矣明當早來登書云、爲白遣

捅館直不謹俯掃是如嚴飭檢乳俯理塗排己爲優

待之意滿白齋二十七日 能時脫力阿伐阿朴仲男

吾不知並四人早食後來到臣處曰屈處鄉酒何以

經過臣答曰作客之人是亦足矣好能時卽謂分付

館舍次知朗人等急速俯理事催促爲白遣仍爲旺

書膳書見其礼單物目又農言曰貴下礼物自初比

則年々城省固不以咎近來事々漸不如前春信使

之行何太減削耶臣答曰只緣貧王致皇情薄然

也能時等作色曰勿以爲飾辭也今者雖曰加數設

見辭見之人從汗出去當傳書以給云臣答曰凡使
价耶重國書而已不得奉傳之前使价等許令出見
尚且未妥況又聲書送給子彼等答曰使臣之言雖
是而文翰之人通涉汗出請借使臣之于不得不已
辭色極緊臣又言曰必不得已登本則汗人中亦多
能屬者使之登書幸甚云則彼等又答曰兩呪通好
之書不可使外人知之云臣曰此言則似有理然兩
等書之雜亂草登書無妨自俺行書之紙地字畫不
如本旺書之精微則非徒有欠敬心亦損體面於心
未妥決難從之云彼等喜聽敬心之說笑答曰使臣

平安子答曰平安臣又問汗之安否答曰平安而去

二十四日以新附蒙古奠長等相會事出去參湖江

邊仍爲牧馬留十餘日乃還云李馨長等亦觀光事

寧去是如爲白齊俄傾陳設宴床其爲歟饌豐盛雖

是習俗而近於今無謂只行三酌而罷仍與京胡等

聯轡入城到館所俄傾能時阿代阿朴仲男名不知

一胡盖四人来見臣曰欲見國書云臣答曰早晩傳

旺善脱力汗然後見之彼等又言汗方在外處今日

使臣入来之奇明當走報而國書中之意不可不通

故詣見云臣將然其意出而視之又曰我等不得解

兩李馨長等亦爲率是如爲白齊同日虎皮堡止宿

羊酒蜀粮等物依例備給爲白去乙蜀粮則一行員

一後等處分給羊酒則迎護胡人等分給爲白乎矣叩

顯稱謝爲白齊二十六日冒雨登程未及瀋陽十五

里許有一間家將胡能時阿伐阿千他卜朴仲男名

不知二胡並六人預到同村屠牛羊設宴誤先送一

胡請邀臣行曰今日兩勢如此似難野次迎接村家

雖窄陋礼不可廢暫駐云臣如其言到其所家胡出

出門相揖迎臣以入分賓主而坐容說寒暄之後能

時等先問國王安平乎答曰萬姓入閭朝庭諸大臣

得入把墜落前覘未妥云〻爲白齊進新城五里許
三和居校生車仁範戊午被擄者也金希參累度出
入嘗有面分偶然相値於中途問其事情則汗領軍
兵昹日出去指向蒙真蒙古地方是如爲白乎旀上
一則碧潼通人一則成川人物云而其名則不知云
年十二月我國人物二名投入瀋陽與洪大雄同處
方欲相問之際護行胡人等迫到不得更問而退爲
白齊又被擄人戎立稱名者亦與希參有面分自瀋
陽出來路中相逢問其事情則汗二十四日出蔘湖
江邊軍兵點送後仍爲點閱新付蒙古兵牧馬云〻

中火前向新城未及十五里餘胡將二名稱以汗之

分付牽従胡二十二名迎護事出来是如爲白去乙

馬上寒暄互相先後入城之際左右觀者如市而其

中或有奔走望見而渝狂者或有自家中痛哭者亦

多胡人叱禁使不得聲哭此是我國被擄人懷土之

哭情甚矜惻爲白齊又胡人頭頼稱名者與金希參

在北道時隅江居生素有相知之分即與寧語曰汗

聞使臣入来頗有喜色云多幸云、是如爲白齊二

十五日自新城一行礼單卜物等賣之中馬載之胡

人等押領輸運吓騎馬則適以牧馬事遠出来還不

7

二名来到一則太川戸房崔景連女子台生一則義
州通事南香妹已生補名者也台生則小無衰戚之
色已生則産下三叩頭痛哭慘不忍見臣即爲禁抑
使不得悲泣因問近来有何別揀消息子答曰別無
緊閣消息臣又問雖有某事你等皆是女人必不詳
知云答曰我等之夫此我國則皆稗將之頹細微之
事難或不知如有大事則可以知之而但此處軍法
叩密束向去則西向亦難知之云方欲更問之際同
站執事胡人二名来到曰你等無雜言即罩去一行
人馬痩困當日因留止宿爲白遣二十四日三流河

6

遣使真撻不得開口即為走馬而去為白齊同日會
寧嶺庶與胡人作隣止宿二十三日至會寧嶺上胡
人二十餘名以投來真撻迎護事持粮饌酒食而來
為白去乙叱驅使舌官問你等指向何處乎答曰慮
有我國人逃亡者偵探次出去云辭不直言為白齊
午時量到甜水站城外別館俄頃把館胡持苹酒鷄
粮而飴之已有前例是如為白去乙即令依例分給
一行員役為白遣因問今日嶺上相逢二十餘胡何
往乎答曰自島中迯來真撻迎護事出去云、此則
以直言之為白齊胡人出去之後丁卯年被擄女人

5

先行故有此引問之端徐答曰島中所謂生䕫云

之說俺渡江之日暫得風開自此遠望似有相戰之

狀云而即令艇路不通其間虛實何可知也龍胡又

曰我若到貴國則可知云々為白齊當日至八渡河

止宿為白遣二十二日畓洞中火之除龍骨大従胡

二名率其真撻一名崔馬還來指向瀋陽為白去乙

臣使金希三問其曲折則答曰自島中逃來真十五

名内十四名段隨後入來先將一名告知於汗前又

使希參向真撻問其曲折則領來従胡等曰龍將分

付内如遇朝鮮人切不得相接勿言島事是如為白

別錄已為馳啓為白有齊金差段當日曉頭先發臣
段差曉登程僅至二十里許龍胡一行斤候騎胡四
名見臣行當途即為駐馬四報龍胡、、先為下馬
路左似有等候之狀臣亦到即下馬相與對坐各說
寒暄之後龍胡先問國王平安乎臣答曰萬安臣又
問汗之安否答平安臣又問令番你行邪領寧兵及
商胡物貨幾許耶答曰軍兵六百餘名商胡八百餘
名物貨則只六萬餘兩云、與前日龍胡先來邪言
大相不同而此言亦不可准信是白齊龍胡又問近
來島中消息如何臣料其阿朴兩差既知島之釁而

瀋陽往還日記　歲在辛未崇禎四年也

臣等三月十九日申時量渡江僅至中江日己昏暮

姑留秣馬待月登程過九連城五里許金姜哥駐處

止宿禡白遣二十日早朝臨發之際龍胡開市先來

二十名來到問彼中署于辭緣狀　啟後湯站堡中

火過鳳凰城十五里許金姜等先到留為白有去

乙臣開兩差明曉先發即為往見問答辭緣段護送

軍放還時已為白狀　啟為有齊二十一日臣以為

今之事機與前頓異而彼中情形探得無路使金希

參行討與阿之好問答辭緣段臣軍官守得出送時

2

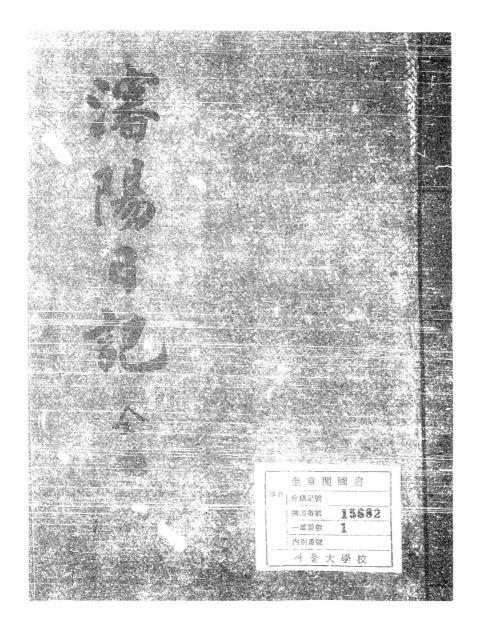

[영인]심양왕환일기

[影印]瀋陽往還日記

위정철魏廷喆 원저

서울대학교 규장각한국학연구원 소장 등초본(1927년)

여기서부터 영인본을 인쇄한 부분입니다. 이 부분부터 보시기 바랍니다.

역주자 신해진(申海鎭)

경북 의성 출생
고려대학교 국어국문학과 및 동대학원 석·박사과정 졸업(문학박사)
현재 전남대학교 인문대학 국어국문학과 교수
BK21플러스 지역어 기반 문화가치 창출 인재양성 사업단장

저역서 『우산선생 병자창의록』(보고사, 2014)
　　　『강도충렬록』(공역, 역락, 2013)
　　　『호남병자창의록』(태학사, 2013)
　　　『호남의록·삼원기사』(역락, 2013)
　　　『심양사행일기』(보고사, 2013)
　　　『17세기 호란과 강화도』(편역, 역락, 2012)
　　　『남한일기』(보고사, 2012)
　　　『광산거의록』(경인문화사, 2012)
　　　『강도일기』(역락, 2012)
　　　『병자봉사』(역락, 2012)
　　　『남한기략』(박이정, 2012)
　　　이외 다수의 저역서와 논문

심양왕환일기 瀋陽往還日記

2014년 8월 16일 초판 1쇄 펴냄

지은이 위정철
역주자 신해진
펴낸이 김흥국
펴낸곳 도서출판 보고사

책임편집 이경민
표지디자인 오동준

등록 1990년 12월 13일 제6-0429호
주소 서울특별시 성북구 보문동7가 11번지 2층
전화 922-5120~1(편집), 922-2246(영업)
팩스 922-6990
메일 kanapub3@naver.com
http://www.bogosabooks.co.kr

ISBN 979-11-5516-271-2 93810
ⓒ 신해진, 2014

정가 21,000원

이 도서의 국립중앙도서관 출판시도서목록(CIP)은 서지정보유통지원시스템 홈페이지
(http://seoji.nl.go.kr)와 국가자료공동목록시스템(http://www.nl.go.kr/kolisnet)에서
이용하실 수 있습니다. (CIP제어번호: CIP2014021699)